Antje Rávic Strubel

In den Wäldern des menschlichen Herzens

Episodenroman

S. FISCHER

MIX
Papier aus verantwortungsvollen Quellen
FSC
www.fsc.org
FSC® C083411

Erschienen bei S. FISCHER

Satz: Dörlemann Satz, Lemförde
Druck und Bindung: CPI books GmbH, Leck
Printed in Germany
ISBN 978-3-10-002281-3

Ein Berg ist eine vorübergehende Anpassung an Druck,
und das Ich ist vielleicht eine ähnliche Anpassung.

Joan Didion

Und eines jeden Platz ist in der Mitte
in eines jeden Mitte
unter dem umlaufenden Himmel

Mirkka Rekola

Der Anfang von etwas

Stora Le, Dalsland, Schweden

Alles wurde anders mit ihrem zweiten Sommer im Camp.

Im vorigen Jahr war hier noch braches Land gewesen, auf dem Brennnesseln und gelbe Raute wucherten. Ein alter Holzschuppen hatte als Küche gedient. Inzwischen wurde der Schuppen als Lager benutzt, in dem Paddel, Zelte und Schwimmwesten aufbewahrt wurden, die alle den Schriftzug *Hemingway* trugen.

Das war der Name des Camps. Teilnehmer der geführten Kanutouren hatten sich über das veraltete Männlichkeitsbild beschwert, das darin zum Ausdruck kam, ausgerechnet hier, wo sie sich erholen wollten. Aber die Campleitung hielt an diesem Namen fest. Die Teilnehmer hatten Outdoor-Urlaub gebucht inklusive Verpflegung und Ausrüstung, Erste-Hilfe-Sets und Wasseraufbereitungstabletten, sie wurden in die Paddeltechnik eingewiesen und über Verhaltensregeln auf Rastplätzen belehrt, sie waren versichert und trugen wasserabweisende Kleidung. Der Name war das Einzige, was noch echte Abenteuer heraufbeschwor. Er erinnerte an Überlebenskämpfe in der Wildnis, an das Ringen mit den Gewalten der Natur, das entschieden wurde nach den großen, unzweideutigen Prinzipien von Sieg oder Tod.

Im letzten Sommer hatten die Scouts Tipis aufgestellt. Sie hatten junge Bäume gefällt und die Stämme entastet und gehobelt, ohne es je vorher gemacht zu haben. Die Aufbauanleitung einer alten Cheyenne-Indianerin aus dem Internet hatte ihnen geholfen, und so standen jetzt Cheyenne-Tipis mit schön gekreuzten, blanken Fichtenstämmen auf der Wiese und erinnerten daran, dass nichts und niemandem ein fester Platz auf der Welt vorherbestimmt war.

Katja und René hatten schon im Vorjahr in einem der Tipis geschlafen, nach der langen Anreise von Berlin. Es waren hohe Zelte. Durch eine Öffnung in der Spitze kam frische Luft. Die Feuerstelle in der Mitte war unbenutzt, aber die Leinenplanen waren von der Witterung inzwischen ausgebleicht genug, um den Anschein zu erwecken, dass es sich um Originalstücke handelte.

Während der Tour schliefen sie in einem schnell aufstellbaren Igluzelt. Ihre Gruppe war klein. Fünf Kanus auf der Weite des Stora Le, der sich bis nach Norwegen erstreckte. Schroff ragte Trollön aus dem See, eine Insel mit Kanurastplatz hoch oben auf einem Plateau. Das Wasser um die Insel herum war aufgewühlt. Wellen brandeten an die Klippen, besprengten den Pfad, der im Zickzack vom Ufer aus anstieg. Das Felsplateau war von einer so dünnen, trockenen Erdschicht bedeckt, dass die Heringe beim Straffen der Zeltleinen immer wieder aus dem lockeren Boden flippten. Aber niemand protestierte. Die Aussicht von hier oben wog die Schwierigkeiten auf.

René und Katja spannten eine Plane als Windschutz über die Lebensmittel und stiegen noch einmal zum Ufer hinunter. Sie schoben ihr Kanu ins Wasser, ließen die Gruppe und das Lagerfeuer zwischen den Zelten zurück und paddelten hinaus. Katja saß vorn, René am Ende des Bootes. Als der Grund in die Tiefe abfiel, begannen sie zu angeln. Nach einer Weile fingen Tiere an zu rufen. Die Rufe kamen vom gegenüberliegenden Ufer und mischten sich unter die Fetzen der Songs, die die Gruppe am Feuer zu singen begonnen hatte, einmal klang es wie die deutsche Nationalhymne.

»Sie sollten die schwedische singen«, sagte René, »oder die kanadische.«

»Die kanadische? Weil die Typen im Camp behaupten, die Tipis stammen aus einem Indianerreservat?«

»Die Cheyenne leben in Nordamerika, nicht in Kanada.«

»Sie behaupten, sie hätten die Dinger bei kaputten Hippie-Häuptlingen gegen Halluzinogene eingetauscht«, sagte Katja. »Und die Mädels haben das geglaubt.«

»Die Landschaft hier hat was von Kanada. Riesige Seen, unberührte Weite. Endlose, tiefe, dunkle –«

»Du mit deiner Schwäche für den Norden«, sagte Katja. »Warst du überhaupt schon in Kanada?«

»– Wälder«, sagte René. »Mit einem ungeheuren Fichtenbestand.«

»Wie kommen sie auf sowas Blödsinniges wie die Nationalhymne?« Katja stach das Paddel senkrecht ins Wasser und zog durch, was René mit einem sorgfältigen Schlag ausglich.

»Vielleicht weil sie ein paar Textbruchstücke kennen«, sagte René. »Kannst du dich an den Text erinnern?«

»Kein Bedarf.«

»Er ist mehr wie ein Volkslied.«

Katja sagte nichts. Sie paddelten langsam weiter und achteten darauf, der Angelsehne nicht in die Quere zu kommen.

Dann legte Katja das Paddel aus der Hand, und nur die Steuerschläge Renés hielten das Boot noch in leichter Bewegung auf Kurs.

»Sie beißen nicht an«, sagte Katja.

»Noch nicht.«

René fischte gern mit Katja. Sie hatten es im letzten Jahr zum ersten Mal getan. Sie hatten vom Ufer aus geangelt, an einem windstillen, warmen Morgen. Die Holzstämme waren noch feucht gewesen vom nächtlichen Regen. Katja trug knielange, ausgefranste Jeans, ein altes Jackett mit aufgekrempelten Ärmeln und rote Hosenträger. Ihre weißblonden Haare stachen wirr vom Kopf ab in die Luft. Sie hatte Ginger Beer mitgebracht und die kleinen, braunen Flaschen im Wasser gekühlt. Morgennebel trieb auf dem See.

Später hatte Katja ihr Jackett ausgezogen. Sie hatte es über einen Ast gehängt und im Umdrehen Renés Gesicht berührt. Ihre Hand lag um Renés Kinn, das sie zu sich hochgehoben hatte, kräftige, warme Finger. Sie hatte so nah gestanden, dass Renés Haut das raue Band der Hosenträger streifte.

Katja war älter. Sie war schon in Berlins Nachtclubs unterwegs gewesen, als René noch in Neuruppin gewohnt hatte und gerade ein paar Filmklassiker kannte, *Desert Hearts, Mädchen in Uniform, High Art*. Da hatte Katja schon die Zapfhähne im Roses, im Bierhimmel, im Berghain bedient, war in Safer-Sex-Performances aufgetreten, zu denen sie mit ihrer cremefarbenen, verchromten Chopper fuhr, hatte jeden Drag King kennengelernt und jeder Drag King sie, und an diesem warmen, nebligen Morgen vor einem Jahr hatte sie René den Kopf in den Nacken gebogen.

René hatte sich nicht klargemacht, dass sie zum Küssen hergekommen waren. Hatte nicht damit gerechnet, dass der Kescher und die Köder in den Einweckgläsern, der Wassereimer, die Bleischrote und Rutenhalter zwischen feuchten Stämmen auf Moos den Schauplatz einer romantischen Episode abgeben würden. Unter dem Kuss hatte René lächeln müssen. Erst, als Katja nach ihren Brüsten gefasst hatte, um sie in einem festen Griff zu verankern, hatte sie sich entzogen. Sie hatten Ginger Beer getrunken und aufs Wasser geschaut, bis ein Barsch anbiss. Und als Katja mit gebogener Angel am Ufer stand, in ihren roten Hosenträgern und im gleichen ärmellosen Kapuzenshirt wie jetzt, war das der Moment gewesen, in dem René sich verliebt hatte. Beim Töten hatte sie weggesehen.

Sie angelten noch immer in der Mitte des Sees. Die Strömung war schwach, und hinter den Spitzen der Fichten kam noch einmal die Sonne hervor. Im schwindenden Licht, das aufs Kanu fiel, leuchtete Katjas kurzgeschorenes Haar.

Es wurde kühl.

Unter ihnen im Wasser zog ein Schatten entlang, der ein Fisch sein konnte. Aber in der Dämmerung war er nicht gut zu erkennen, und als Katja die Angel aus dem Wasser zog, war der Köder abgefressen. René sah zu, wie sie einen neuen Tauwurm auf den Haken drückte. Sie nahm ihn aus dem Glas, in das sie vorhin, als es noch hell war, die Würmer gesammelt hatten.

»Sie fressen«, sagte René.

»Aber sie beißen nicht an.«

Das Kanu schaukelte, als Katja weit ausholte und die Sehne davonschnellen ließ. Das Auswerfen verursachte ein Sirren, das kurz die Rufe der Tiere und den Gesang der Frauen zerschnitt. Dann verschwamm die Sehne mit der Dunkelheit. Das Einzige, was sie erkennen konnten, war das wippende Rot des Blinkers, das langsam grau wurde.

»Lagerfeuer sind doch genial«, sagte René und hielt das Boot auf Kurs. »Erwecken den Eindruck von Wildheit, wirken aber zivilisatorisch. Kaum brennt eins, fangen die Leute an zu singen. Und nie scheinen ihnen die Texte auszugehen.«

»Die singen bis zum Umfallen«, sagte Katja. »Egal, wie kaputt sie sind. Wenn es heißt, fünfzehn Kilometer, paddeln sie fünfzehn Kilometer, und dann schleppen sie die Verpflegungstonnen trotz Totalerschöpfung noch auf diesen dämlichen Felsen, als gäb's dafür 'ne Medaille –«

»Du warst auch für Trollön«, sagte René. »Wie im letzten Jahr. Da hat es dir gefallen. Du wusstest, wie steil's hier ist.«

René achtete darauf, dass ihr Paddel sich nicht in der Angelsehne verfing. Wenn sie sich über den Rand des Bootes beugte, konnte sie nichts erkennen. Tagsüber sah man deutlich die Köpfe auf den Wellen tanzen, aber jetzt sah aus der Dunkelheit nichts zurück.

Sie musste an den Text der deutschen Hymne denken, Väter und Brüder, und an den Text der anderen deutschen Hymne, Väter und Brüder und Ruinen, und dachte lieber an ihr Buch. Sie dachte nicht daran, wie sie es angehen wollte. Sie machte sich keine Gedanken über Aufbau oder Titel, sondern stellte sich vor, wie Katja reagieren würde, wenn es eines Tages geschrieben wäre und bei einem Verlag. Es würde ihr imponieren. Sie würde die Daumen unter ihre Hosenträger klemmen. Skeptisch lächeln. »Werden wir jetzt etwa berühmt?«

Katja würde auf Empfänge gehen wollen, zu Vorträgen und Partys, die ihnen bislang unzugänglich waren. Sie würden ein Teil der Kulturelite sein, der High Society Berlins, weil sie, René, sich einen Namen gemacht hätte. Ein Name, der sie auch schützen würde. Zwei schlanke Frauen in Hosenanzügen, von denen die eine sich die Lippen schminkte, die andere nicht, die ihr weißblondes, kurzgeschnittenes Haar mit Festiger zum Stehen brachte, zwei Frauen, die sich küssten und anfassten und auch sonst keinerlei Anstalten machten, ihre Zuneigung zu verbergen; es gab Menschen, die das irritierte. Selbst gebildete Leute hatte René schon fragen hören, ob Geschlechtsverkehr bei ihnen strenggenommen überhaupt klappte. Idioten musste man einkalkulieren. Aber es gab auch immer noch Berührungsängste.

Sie warfen die Angel noch einmal auf die gleiche Art aus, bevor Katja die Angel einholte. Sie legte sie ins Boot, griff nach ihrem Paddel und zog das Kanu in einem Bogenschlag herum, den René zu spät parierte. Das Kanu kippte. Aber sie waren geübt genug, um rechtzeitig dagegenzusteuern, und trieben das Boot in einem schnellen Rhythmus in Richtung Trollön.

Auch in Ufernähe nahm Katja die Geschwindigkeit nicht zurück. Das Boot lief ein ganzes Stück den Strand hinauf. Das Aluminium schabte über die Steine, und die Scout würde sie morgen früh für die Kratzer verantwortlich machen. Aber René sagte nichts. Sie stieg aus, warf Paddel und Angel ins Gras. Sie brauchten ihre ganze Kraft, um das Kanu noch weiter den Strand hinaufzuziehen und es umzukippen, so dass alles Wasser herauslaufen konnte.

»Was ist denn los, Katja?«

»Ich weiß nicht«, sagte Katja und holte Holz, obwohl oben am Feuer bereits mehr gelegen hatte als für einen Abend benötigt wurde. Aber Katja trug das Holz nicht zu den anderen hinauf. Sie warf es auf die kleine, illegale Feuerstelle, die jemand in einer Sandmulde am Ufer aus Felssteinen angelegt hatte, und versuchte, es im Windschatten in Gang zu setzen. Auch dazu sagte René nichts, obwohl sie befürchtete, dass die Scout herunterkommen und sie an die Verhaltensregeln erinnern würde. Sie ging noch einmal zum Boot, und als sie zurückkam, war Katja auf dem Weg zum Plateau.

Drei Tage wollten sie noch bei der Gruppe bleiben, dann allein weiterpaddeln ans südliche Ende des Sees. Ein Runengrab war dort für Hobbyarchäologen zugänglich gemacht worden. Und obwohl René sich nichts aus Katjas Hobby machte, jedenfalls nichts daraus, auf Händen und Knien durch den Dreck zu robben, um Scherben auszubuddeln, konnte sie vielleicht ein paar brauchbare Informationen sammeln. Sie hatte eine Schwäche für den Norden, und es war ihr erstes Buch, und sobald sie wieder zu Hause wären, würde sie anfangen, daran zu arbeiten. Bisher hatte sie nur Erfahrungen mit Beiträgen für Reisezeitschriften gemacht.

Der Wind blies den Rauch gegen die Felsen. Deshalb breitete René die Decke zwischen dem See und dem Feuer aus. Sie setzte sich mit dem Rücken zum Feuer und wartete auf Katja. Sie dachte dabei an nichts. Sie sah die zwei Nächte, die sie in den Tipis verbracht hatten, vor sich. Zuerst sah sie die Nacht von vor einem Jahr und dann die diesjährige Nacht, nach der verschwitzten Busfahrt, einem *lättöl* auf dem Passagierdeck der Stena-Line und dem Grillabend im Camp. Beide Male hatten sie ein Tipi für sich allein gehabt. Sie hatten gegenüber dem Eingang geschlafen, und vor dem Einschlafen hatten sie sich in ihrem Doppelschlafsack fast lautlos geliebt.

René dachte an die Gänsehaut auf Katjas Bauch. Sie dachte an die glatte Innenseite der Schenkel, die weißblonden Haare, die schmale, grasige Spur, kitzelnd an den Fingerkuppen. Leise hatte sie sich zu Katja geschoben. Nur das dünne Rascheln war zu hören gewesen, als sich das Kopfteil des Schlafsacks mit ihrem aufgerichteten Körper angehoben hatte. Im Dunkeln hatte sie gespürt, wie Katja sich widersetzte. Sie hatte einen Arm um Katjas Taille gelegt und sie niedergehalten. Sie war auch sanft gewesen. *Mein Mädchen*, hatte sie gesagt, *mein geliebtes Mädchen*, und Katja hatte geflüstert, wie herum sie es hielten, sei egal, es sei vollkommen gleich, es spiele keine Rolle, mit René sei es so oder so sexy.

Die Nächte unterschieden sich in nichts, abgesehen von kleinen Auslassungen, wie sie auftraten, wenn man an etwas zweimal dachte. Aber auch dann waren es immer noch Bilder, die man exakt übereinanderlegen konnte.

René umschlang ihre Knie. Es war nicht ganz dunkel. Der Feuerschein reichte bis zum Wasser, und sie konnte die Boote liegen sehen. Das Feuer schimmerte auf dem Aluminium.

Katja kam zurück und setzte sich dicht neben sie auf

die Decke. Hinter ihnen war der steile Pfad, der aufs Plateau ging, und vor ihnen lag die Bucht, die auf den Stora Le hinausführte, an dessen Nordufer das Camp lag. Wenn man weiter um Trollön herumfuhr, gelangte man nach Norwegen.

Katja hatte Teig mit heruntergebracht und zwei Stöcke mit geschälten Spitzen, um die sie den Teig rollten, um ihn über dem Feuer zu rösten. Der Teig war süß und schmeckte nach Hefe.

»Mir ist gar nicht nach Essen«, sagte Katja.

»Aber du hast es doch extra geholt.«

»Schön«, sagte Katja.

Sie drückten den Teig leicht an, so dass er nicht herunterfiel, und hielten die Stöcke dicht über die Glut. Sie passten auf, dass die Flammen den Teig nicht verbrannten, und beobachteten den Feuerschein auf dem Wasser.

»Bald kommt der Mond raus«, sagte Katja.

René sah über die Bucht hinweg zu den Linien, die das Land auf der anderen Seite markierten. Die Linien hoben sich scharf gegen den Himmel ab. Sie wusste, dahinter kam jeden Moment der Mond hoch, denn auch solche Dinge wusste man beim zweiten Mal.

»Ich weiß«, sagte sie vergnügt.

»Du weißt alles«, sagte Katja.

»Hör doch auf.«

»Ich kann nichts dafür«, sagte Katja. »Du weißt alles. Und ich weiß alles. Man hat uns alles beigebracht. Das ist das Unglück. Wir sind hier nur zwei Figuren, die die Arschkarte gezogen haben.«

René sagte gar nichts.

»Was wissen wir eigentlich nicht? Wir haben nichts neu

erfunden. Wir können nichts neu erfinden, weil alles schon da ist. Wie diese blödsinnigen Hymnen. Die einem nicht mehr aus dem Kopf gehen.«

»Sei still«, sagte René. »Sei einfach still.« Und dann: »Da kommt er.«

»Klar kommt er. Was denn sonst.«

Sie saßen auf der Decke, ohne sich zu berühren, und sahen zu, wie der Mond aufging.

Vor wenigen Tagen, dachte Katja, nachdem sie den Schlafsack schon eine Weile geschlossen und im Dunkeln gelegen und gelauscht hatten, wie der Wind gegen die Zeltwand des Tipis schlug, hatte René ihr das Shirt hochgeschoben und sie auf den Rücken gedreht, das Gesicht sehr nah. Sie hatte nach ihren Brüsten gegriffen und sie gestreichelt, lustvoll, fest, und langsam in eine schmerzhafte Erregung hineingebracht. Und Katja hatte sich widersetzt. Sie hatte René nicht nachgegeben, diesmal nicht, die das noch angespornt hatte, die heftiger geworden war, ihre Handgelenke festgehalten und ihr Dinge ins Ohr geflüstert hatte, von denen sie wusste, dass sie sie beide erregten.

Mein Mädchen, hatte René gesagt, *mein silbernes Mädchen*. Und obwohl es ein Missverständnis war, hatte Katja geschwiegen. Obwohl es weniger mit Katja zu tun hatte, als damit, wer Katja nicht war. Es hatte mit jeder anderen möglichen Person mehr zu tun als mit ihr, hatte mit allen außer der Einzigen zu tun, die in dieser Nacht mit René im Tipi gewesen war. Mit nichts hatte es etwas zu tun, dachte Katja, und dennoch hatte sie es dabei belassen.

Hatte nachgegeben.

Hatte sich zurückgelegt und nach passenden Bildern gesucht und flüsternd geantwortet, es sei egal, wie herum sie es hielten, es spiele keine Rolle und ändere auch nichts, und nur das Rascheln war zu hören gewesen, mit dem das Laken an der wasserdichten Außenschicht des Schlafsacks rieb. René hatte sie geküsst und dann heftig und gekonnt gevögelt, bevor sie übergangslos und ohne Slip neben ihr eingeschlafen war.

Katja hatte dagelegen, ohne zu schlafen. Ihr Körper sperrte sich. Er sperrte sich an Stellen, an denen Renés Hände zugefasst hatten, dort, wo Renés Hände nicht hätten sein sollen, *nicht so, anders, fass mich anders an, bitte, mach,* die Katja bisher immer umgedeutet hatte, heimlich, ohne René einzuweihen. Dazu fehlte ihr der Mut oder die Gelegenheit. Katja hatte dagelegen und gewusst, dass sie nicht schlafen konnte, dass sie nie wieder würde einschlafen können, jedenfalls nicht, solange sie in ihrer Vorstellung Renés Hände in andere Bewegungen hineinzwang und an einen Körper dirigierte, den es nicht gab.

Die Anstrengung machte sie ungerecht.

Auch im Sommer vor einem Jahr hatten sie die erste Nacht in einem Tipi im Camp verbracht. Neben der Feuerstelle, die Reißverschlüsse ihrer Schlafsäcke offen. René hatte gesagt *Mein geliebtes Mädchen* und sich mit ihrem schönen Gewicht auf sie gelegt, alles war genauso passiert, und es hätte eine Warnung sein sollen. Aber die Hände, an die sie schon gewöhnt war, die fliegende Zärtlichkeit und der überm Feuer im stählernen Outdoorkännchen gebraute Espresso am Morgen hatten die Anstrengung weggewischt, die Katjas Haut dieses Jahr spannte. Das Kopfteil ihres Schlafsacks wurde nass. Aber sie weinte nicht. Sie weinte nie, das gehörte nicht zur Ausstattung. Sie machte nur den

Mund weit auf, bis ihr Kiefer taub wurde. Blieb still. Sie lag da und hörte den Wind gegen die Außenhaut des Tipis schlagen, und sie hörte René flüstern *Katja, Katjuscha, dein Haar, es leuchtet im Dunkeln wie Silbergras.*

»Was redest du für ein Zeug«, sagte René. »Was ist denn eigentlich los?«

»Ich weiß nicht.«

»Natürlich weißt du's.«

In all den Jahren, in denen Katja fünf- oder sechsmal verliebt gewesen war, war sie nie so verliebt gewesen wie in René.

»Nein, wirklich nicht.«

»Los. Sag's.«

Katja sah weiter auf den Mond, der über die Hügel auf der anderen Seite hinaufkam. »Es macht keinen Spaß mehr.«

Der Mond war schlagartig da, gleißend stand er über den Baumwipfeln.

»Es macht keinen Spaß. Überhaupt nichts mehr.«

René saß da und wandte ihr den Rücken zu, und Katja sah Renés Rücken an. Der neongrüne Schriftzug leuchtete auf der Schwimmweste, die René wegen der Kälte, die vom Boden kam, nicht abgelegt hatte. *Hemingway.* Wäre es heller gewesen, hätte das Wasser den Namen als vielfache Spiegelung zurückgeworfen.

»Mir ist, als ob alles in mir weg ist.«

René sagte nichts.

»Jetzt weißt du's. Mehr gibt es nicht zu sagen.«

René drehte sich zu ihr um. Ihr Gesicht lag im Schatten, überblendet vom Mond.

»Sag schon.«

»Gut. Ich kann's versuchen«, sagte Katja, und es kam ihr vor, als wäre der Gedanke dagewesen, bevor sie ihn gedacht hatte. »Es ist wie bei einem langen Orgasmus. Wie bei einem Orgasmus, der gleichzeitig kurz davor und weit über der Grenze ist und den du versuchst, immer weiter auszudehnen. Und an dem Punkt, wo er explodieren müsste, wo mit einem Mal alles aufgehen müsste, wo sich eine Logik herstellen müsste, irgendeine Art von Körperlogik, in dem Moment ist er plötzlich weg. Als ob der Mechanismus aussetzt. Ich weiß nicht, René. Ich kann's nicht erklären –.«

Sie blickte weiter auf den Schatten vor sich.

»Macht Liebe nicht trotzdem Spaß?«, fragte René.

»Nein«, sagte Katja. »Nicht so. Nicht, wenn wir nicht einmal wissen, wie wir's anders machen sollen. Das wissen wir nicht. Auch wenn wir's vielleicht ahnen. Aber wir kriegen es nicht hin. Und das wäre das Einzige, was sich zu wissen lohnte.«

»Es macht keinen Spaß?«, fragte René noch mal.

»Nein«, sagte Katja.

René stand auf. Katja saß da, den Kopf in die Hände gestützt.

»Ich nehme das Boot«, sagte René in die Richtung, wo Norwegen lag. »Du wirst mit den anderen weiterfahren müssen.« Und weil sie wussten, dass in den Booten kein Platz für eine dritte Person war, fügte sie hinzu: »Oder zu Fuß zurückgehen.«

»Gut. Ich helfe dir, das Boot umzudrehen.«

»Ist nicht nötig«, sagte René und wartete, bis Katja den hinteren Holm angefasst hatte, weil es unmöglich war, das Boot allein umzudrehen.

»Hab ich dir schon gesagt, dass du einen schönen Nacken hast«, sagte Katja leise.

René nahm eines der Paddel, die sie vorhin ins Gras geworfen hatten. »Nacken ist ein hässliches Wort. Und unpassend für eine so komplexe Stelle am Hals.« Sie schob das Kanu ins Wasser und trieb auf das mondbeschienene Wasser hinaus.

Katja ging zurück und legte sich auf die Decke neben dem Feuer. Sie konnte René auf dem Wasser paddeln hören.

In Ufernähe erkannte sie Wurzelschatten, die sich vom Himmel abhoben. Die Wurzeln begannen über der Erde und reichten an steilen Stellen bis auf den Grund des Sees. Im letzten Jahr war sie getaucht, um herauszufinden, wie tief die Wurzeln hinunterführten. Sie waren mit einem Drahtgeflecht verwoben, das mit Steinen beschwert war, damit das Steilufer durch den Angriff der Wellen im Herbst nicht ins Wasser hinein weggeschwemmt wurde. Sie hörte René jetzt weit draußen paddeln. Und sie fürchtete, sie würden so weitermachen, das Boot gegen die Wellen gestellt, die sie zurücktrugen zu Orten, an denen sie nie gewesen waren und die sie doch als ihre Vergangenheit erkannten.

Katja lag da, während sie hörte, wie jemand vom Plateau, wo sie zu singen aufgehört hatten, den Pfad zwischen den Bäumen hindurch herunterkam. Es war die Scout.

»Wo ist sie?«

»Weg«, sagte Katja. »Was sonst.«

»'ne Szene gehabt?«

»Nein. Wir hatten keine Szene.«

»Was ist los?«

»Lass mich ein bisschen allein, ja.«

Die Scout nahm einen der Stöcke, an denen der Teig inzwischen braun und knusprig geworden war und ging hinüber, um die Boote zu checken.

Als Katja René draußen auf dem See nicht mehr hören konnte, dachte sie, dass bei so einem Mond ein Ufer wie das andere aussah. Sie waren alle gleich. Das undurchdringliche Schwarz dichtstehender Fichten, eines ungeheuren Fichtenbestands, zu den Wipfeln hin fahl werdend, umschloss in allen Richtungen den kilometerbreiten See.

Der weiße Felsen

Sequoia National Park, Kalifornien, USA

Sie hatten ein Zimmer in der Ponderosa Lodge gebucht.

Es war ein geräumiges Zimmer mit zwei großen Betten und einem Balkon. Dicht vor dem Fenster standen Sequoias. Sie waren nicht bis zu den Wipfeln zu sehen, dazu waren die Bäume zu hoch, dickstämmige, alte Riesen, deren rotbraune Borke wie Rehfell aussah. Die Bäume waren so berühmt, dass man das Gebiet, in dem sie in großer Zahl wuchsen, zum Nationalpark erklärt und nach ihnen benannt hatte.

Die Eingänge zum Park waren mit roten Pfosten und einer Schranke gekennzeichnet, die um diese Jahreszeit offen stand. Schilder warnten vor den Gefahren der Wildnis. Die Besucher wurden daran erinnert, dass sie den Park lebend verlassen wollten, und deshalb aufgefordert, achtsam zu sein. Emily hatte sich darüber lustig gemacht. Ging es nicht meistens darum, unbeschädigt wieder herauszukommen, aus einem Auto, einem Bett, einer Krankheit, einem Traum? Ging es nicht, solange man lebte, darum, aus dem Leben unversehrt hervorzugehen?

Leigh hatte gesagt, dass es solche Schilder vor jedem Nationalpark gab. Sie markierten die Grenze zwischen dem, was die Menschen als natürlich ansahen und der eigentlichen Natur, waren aber im Grunde nur ein Barometer. Die Dramatik auf den Tafeln zeigte den Grad der menschlichen Angst vor der Wildnis an, die je nach Saison variierte, und hatte mit wirklichen Gefahren des Lebens nichts zu tun. Emily nickte, denn Leigh hatte in diesen Dingen mehr Erfahrung als sie.

Sie hatten das Mietauto vor der Lodge geparkt und ihr Zimmer bezogen. Es war zwei Uhr mittags, Tom noch nicht da. Er hatte Leigh vor ein paar Tagen eine Nachricht geschickt, und Leigh hatte sie ausgedruckt, und jetzt lag der Zettel auf dem Nachttisch.

»Ich werde in der südlichen Sierra sein. Nimm dir eine Landkarte mit und folge Route 190 von Porterville aus Richtung Osten, durch Springville, bis du oben auf dem Berg bist. Ich habe in meiner Hütte keinen Handyempfang, auch kein Festnetz, aber in der Ponderosa Lodge kann dir jeder den Weg beschreiben oder mir Bescheid geben. Freitag würde gut passen. Du willst auf keinen Fall im Dunkeln zurückfahren, also denk dran, dass du übernachten musst. Es gibt einen Zeltplatz in der Nähe, die Ponderosa Lodge hat Zimmer und auch das Mountaintop B&B.«

Emily setzte sich aufs Bett. »Er scheint freundlicher zu sein, als ich dachte.«

»Er ist arrogant. Aber wenn er in Form ist und ein paar seiner berühmten Antworten gibt, dann ist die Arbeit so gut wie geschrieben.« Leigh stand am Fenster und besah sich den Balkon aus grobbehauenen Holzbalken und die zusammengeklappten Liegestühle an der Wand. Emily fing an, ihre Tasche auszupacken.

»Du weißt also schon, was er sagen wird.«

»Ab einem bestimmten Punkt sagt er immer dasselbe.«

Emily nahm die Flipflops aus der Tasche und zog die Turnschuhe aus, die sie auf der Fahrt getragen hatte. Ihr Schlafshirt legte sie auf ein Bett. Es gab zwei einzelne Betten, sich selbst teilte sie das hintere zu und Leigh das Bett am Fenster.

»Wichtig ist, dass er es *mir* sagt. Wenn er mir auf meine Fragen dieselben Antworten gibt, sind es schon andere Antworten«, sagte Leigh und verließ das Zimmer, um noch einmal hinüber zum Restaurant zu gehen. Es war ein robustes Bergrestaurant, eine Gaststube mit wuchtigen Holztischen, grob gehobelten Bänken und einer langen Theke, die gleichzeitig als Rezeption diente. Dahinter standen jede Menge Whisky- und Tequilaflaschen, die davon zeugten, dass weder Mexico noch Texas weit entfernt waren. Neben das Flaschenregal hatte jemand zur Aufmunterung der Gäste ein handbeschriebenes Stück Pappe an die Wand geklebt. *If all else fails, there is always delusion.*

Emily nahm die Handtücher von den Betten. Sie waren von der gleichen braunen Farbe wie die Bezüge der Bettdecken, die straff über den Matratzen festgesteckt waren. Im Zimmer war es trotz der grellen Sonne halbdunkel. Emily trug die Handtücher ins Bad, und dann kam Leigh zurück und sagte: »Er ist schon da« und suchte hastig die Sachen zusammen, den Schreibblock, auf dem die Fragen notiert waren, die beiden Bücher, um notfalls Zitate nachschlagen zu können, das kleine Aufnahmegerät und den Schal, der auch bei den anderen Interviews dabeigewesen war.

»Der ist zu warm«, sagte Emily. Sie hatte sich wieder aufs Bett gesetzt, das jetzt Leighs Bett war. »Draußen sind fast dreißig Grad.«

»Ich weiß. Ich trage ihn ja nicht, um mich vor Kälte zu schützen. Überhaupt sollten Klamotten weniger der Meteorologie entsprechen. Die Funktionen solcher Dinge wie Kleidung, und nicht nur der Kleidung, sollten viel öfter außer Kraft gesetzt werden. Ich glaube, man muss sie anders gebrauchen.«

»Dreißig Grad und Schal?«, sagte Emily. »Tom wird dich entweder für krank oder für verrückt halten. Das ist es, was ich glaube.«

Leigh sah sie an. »Ich such uns einen Schattenplatz.«

Emily war gern mit Leigh unterwegs. Sie zog gern mit ihm freitags in Culver City durch die Bars, bis es hell wurde und sie auf den Treppenstufen vor seinem Haus Nachos zum Frühstück aßen, und jetzt wäre sie gern mit ihm hier allein gewesen.

Das Zimmer war eng und still ohne Leigh. Unter dem grellen Licht von draußen schien es zu schrumpfen. An der Decke bewegten die hölzernen Flügel eines Ventilators die Luft. Sie drehten sich langsam. Außerhalb ihres Radius ließ die Bewegung nach, und auf der Höhe von Emilys Kopf stand die Luft schon wieder still. Emily sah hinaus. Die Bettdecke unter ihren Fingern fühlte sich an wie ein Brett.

Sie hatte Leigh in diesem Frühjahr kennengelernt. Es war ein langweiliges Frühjahr gewesen, zweites Semester Biologie, und ihr waren merkwürdige Dinge durch den Kopf gegangen, unklare Dinge, für die sie keine Erklärungen fand. Dabei war sie nicht schlecht im Denken, sie war die Hellste an der ganzen Uni, behauptete ihre Freundin Faye, mindestens, und in der endlosen Zeit, die sie in diesem Frühjahr hatte, dachte sie darüber nach, ob sie aus der falschen Richtung an die Dinge heranging. Als das nicht half, versuchte sie sich abzulenken. Sie ging auf Partys, sie probierte Haschisch und eine teure Designerdroge, die sie für den Rest der Nacht in einen erstarrten Körper sperrte, und belegte zusätzlich Kurse in *European Studies* und amerikanischer *used-upness of certain forms, replenishment of* Literatur. Obwohl die Dringlichkeit des Ungeklärten nachließ, blieb das Gefühl, etwas zu verpassen, das Gefühl, ihr würde etwas Wesentliches entgehen. Das beunruhigte Emily. Es machte sie nervös wie offene Schranktüren.

Draußen flackerte das Licht. Die Kronen der Bäume waren so dicht, dass die Sonne, vom Laubwerk gesiebt, in flirrende Teilchen zerfiel. Ein paar Blätter wehten über die Holzbohlen des Balkons, Herbstblätter vom letzten Jahr. Als Emily die Tür aufmachte, fielen die Liegestühle polternd zu Boden. Sie blockierten die Balkontür. Durch den schmalen Spalt zwängte sie sich hinaus, blieb aber mit dem Flipflop an der Schwelle hängen und stieß sich am Metall den kleinen Zeh.

Im Wasser, das ihr in die Augen schoss, verschwammen die Bierbänke vorm Haus.

Sie hörte Leigh unten und dann Tom, der lachte. Es klang gemein. Aber dieser Eindruck konnte vom Schmerz kommen, der ihr durch den Fuß zuckte. Zu sehen waren die beiden nicht. Sie saßen weiter drüben, vor dem Eingang zum Restaurant, und dorthin war die Sicht durch eine Blende verdeckt.

Der Zeh schwoll an. Emily überlegte, eine der scheußlichen Decken vom Bett zu reißen und sich eine Stelle zwischen den Bäumen zu suchen, auf der sie die Decke ausbreiten und sich ausruhen konnte auf dem knisternden Boden aus Zweigen, trockenen Gräsern und Laub, auf diesem spröden, rissigen Grund, in dem sich die riesigen Bäume mit solcher Leichtigkeit hielten, als hätten sie kein Gewicht, als würden sie schweben, als wäre die sichtbare Verbindung zum Boden nur dazu da, die Logik nicht zu stören, niemanden zu verwirren, weil es nun einmal üblich war, dass Bäume in der Erde wurzelten. Diese hier schienen das nicht nötig zu haben. Emily fiel ein, dass sie Leigh davon erzählen musste. Leigh würde das gefallen.

Zu Beginn des Semesters hatte er in einem schlechtbesuchten Seminar gesessen. Er trug eine ausgebeulte Jeans, ein Jackett, das an den Schultern überstand, im Kurzhaarschnitt eine Sonnenbrille mit runden Gläsern. Emily hatte das Bedürfnis gehabt, in seiner Nähe zu sein. Sie kannte ihn nicht. Sie hatte diesen Studenten noch nie gesehen. Als sie auf seinen Tisch zusteuerte, schaute er auf, gelassen, ohne zu lächeln, sah sie an, *a stop the mind makes between uncertainties,* schoss es Emily durch den Kopf. Er machte keine Anstalten, mit ihr zu reden, schob nur die Bücher, die auf dem Tisch ausgebreitet waren, mit dem Arm auf seine Hälfte. Aber seit Emily neben ihm saß, war sie nicht länger beunruhigt.

Sie nahm ihren Sommerhut vom Bett, einen geflochtenen Mexikanerhut mit breiter Krempe, der einmal teuer gewesen war, und ging nach unten. Der Hut war ausgefranst. Das Stroh stand an den Rändern in der Luft.

Als Emily den Parkplatz überquerte, um dem Wanderweg zu folgen, der zu den ältesten Sequoias führte, kamen Motorradfahrer die Bergstraße hinauf. Zuerst war es ein

Motorradfahrer, der in den Parkplatz einbog. Er war ganz in Schwarz. Nur Lenker und Auspuff seines Motorrads glitzerten in der Sonne. Dann kam der Zweite, und schließlich wurden es immer mehr, bis der gesamte Parkplatz unter dem Druck der Motoren dröhnte und Emily von den Maschinen umzingelt war.

»'N Burger und 'n Kaffee«, rief der Anführer der Motorradgang und setzte den Helm ab. »Vorher kriegt ihr mich nicht mehr in den Sattel. Mein Arsch tut höllisch weh.«

Auf dem gleißenden Asphalt, der durch die Hitze der Motoren zusätzlich aufgeladen wurde, schmolz die Luft und brannte auf Emilys nackten Füßen. Ihr Zeh fing wieder stärker zu schmerzen an. Die Motorradfahrer parkten vor dem Gasthof. Schwere, ausladende Fahrzeuge, lederbestiefelte Füße, wuchtige Jacken. Sie umgab ein satter, geerdeter Dunst.

»He, Roland«, rief ein Bärtiger. »Hast du die Kleine zum Lunch dazugeordert?«

»'N Burger und 'n Kaffee«, sagte der Anführer. »Mehr ist in eurem Reisepaket nicht drin.«

»He, hör mal, du Pfennigfuchser. Ich nehm' die Kleine gern auf 'ne Rundfahrt mit. Ich hab eh kein' Bock, jetzt schon abzusitzen. Na, wie isses«, sagte der Bärtige zu Emily. Einige Fahrer hatten ihre Helme über die Rückspiegel gestülpt und kamen näher. »Lust, 'ne Runde mit Papa Bär zu drehen? Der sieht nur böse aus, für die Damen hat er sogar 'ne Sissibar.« Er streichelte die Lehne am Sozius seiner Harley.

»Nimm mal deinen Topf ab!«, sagte der Anführer. Eine Flamme schlug seinen Hals hoch in den ausrasierten Hinterkopf, sie entfuhr dem Maul eines bunten Drachen.

»Hat schon lange keine mehr ihre süßen Schenkel gegen das alte Leder gepresst«, sagte der Bärtige.

»He, Mann. Geh's sachte an.«

»Ich sag doch nur, dass es lange her ist.«

Emily achtete darauf, Abstand zu den erhitzten Auspuffröhren zu halten.

»Ich mag Chopper.« Sie wedelte sich mit ihrem Hut Luft an die Beine. »Aber ohne Besatzung.«

Sie drehte sich um, und auch beim Umdrehen achtete sie darauf, nicht in die Nähe der heißen Krümmer zu geraten.

»Verkackt«, sagte der Mann mit dem Drachen.

Emily drängte sich an seinem Rückspiegel vorbei und ging hinüber zum Restaurant, sie machte nicht halt und setzte sich wie selbstverständlich neben Leigh.

»Was ist los?«, fragte Leigh.

»Nichts. Kann ich zuhören?«

»Tom, das ist Emily. Ist das okay für dich?«

»Tom ist nur eine Kurzform«, sagte Tom gelangweilt.

Leigh sah Emily an. »Ist alles in Ordnung?«

»Tom-Tom-Tom«, sagte Tom. »Das ist kein Name. Hatte ihn ändern wollen. Man kann in diesem Land alles ändern. Image, Namen, Haut, Nase. Wollte ihn ändern, und der ganze Scheißdreck, der sich um den alten Namen angelagert hat, sollte mit über Bord gehen. Hab's aber nicht gemacht.«

Emily legte ihren Hut ab. »Haben die Biker eure Aufnahme gestört?«

»Das sind Götterboten, Emily«, sagte Tom. »Auf die alten Götter ist Verlass. Sonst rettet einen ja keiner mehr vor sich selbst.«

Tom war älter, als er sich kleidete. Obwohl er langsam,

fast schläfrig sprach, machte er den Eindruck eines rastlosen, eines wie von einer Sehne durchzogenen Mannes.

»Ich war gerade dabei, Blödsinn zu reden, nicht wahr, Leigh«, sagte er. »Wir haben nur Blödsinn gequatscht, und das ist jetzt wenigstens nicht einwandfrei für die Ewigkeit digitalisiert.«

»Ich finde, Sie haben es ganz gut gemacht.«

Tom zog laut die Nase hoch. Er lehnte sich über die Tischplatte. »Wie hältst du's denn mit den Göttern, Emily?«

»Gar nicht, solange ihre Boten Männer auf Motorrädern sind.«

»Die haben sich bloß verkleidet«, sagte Tom, wieder schläfrig. »Ohne ihre Verkleidung würden wir die gar nicht erkennen.«

»Heißt das, Sie haben zu einer Art Glauben gefunden?«, fragte Leigh und überprüfte das Aufnahmegerät, und Emily sah ihn an. Wie er da saß, so schön und überhaupt nicht verrückt oder krank mit seinem Schal. Seine Frisur war verwirbelt, und Emily wollte ihm durchs Haar fahren.

»Ich glaube zutiefst an alles, woran ich glaube«, sagte Tom. »Ich kann mich nur nicht immer dran erinnern.«

»Ich kann mich erinneren, dass ich das schon mal irgendwo von Ihnen gelesen habe«, sagte Emily, obwohl sie wußte, dass Leigh sich darüber ärgern würde. Es war das letzte Interview, das wichtigste für die Master-Arbeit, die von einem Stipendium in einen straffen Zeitplan gespannt wurde, aber sie machte weiter. Sie machte weiter, als wäre Tom an allem schuld, an ihrem pochenden Zeh, an den Motorradfahrern, die ihr den Spaziergang versaut hatten, und daran, dass sie nicht allein hier war, allein mit Leigh. »Im selben Wortlaut habe ich das schon mal gelesen.«

»Dann wird's wohl stimmen«, sagte Tom.

»Sie haben ein paar provokante Sätze auswendig gelernt, und jetzt machen Sie sich nicht mal mehr die Mühe, die Fragen anzuhören.«

»Emily«, sagte Leigh.

»Wenn ich Ihre Geschichten lese, habe ich das Gefühl, alles ist von Anfang an festgelegt. Jede Ihrer Figuren wiederholt nur andere, die es schon tausendmal gegeben hat. In tausend anderen Geschichten. Sie reproduzieren die gleichen Gesten, den gleichen Sex. Macht Sie das an? Spekulieren Sie auf den Wiedererkennungseffekt? Gute Verkaufszahlen? Oder geilt es Sie auf, dass niemand dem Vorhersehbaren entkommt?«

Die Motorradfahrer zogen lärmend eine Bierbank in die Sonne, dampfende Stiefel lagen im Gras.

»Die einzige Hoffnung ist, dass wir eines Tages sterben«, sagte Tom nach einer langen Pause.

»Glauben! Sterben!«, rief Emily.

Leigh reagierte nicht. Er schien sie gar nicht zu hören. Er sah zu den Männern hinüber, die ihre stämmigen, nackten Arme auf die Tischplatten gepflanzt hatten, von Tattoos umrankt wie von dunklen Flechten. Sein Gesicht war angespannt. Erst, als der Wirt herauskam und Kaffeekannen und Nachos vor den Bikern auf den Tischen verteilte, fiel die Anspannung von ihm ab, als wäre er mit Erscheinen des Wirtes außer Gefahr.

»Sind Sie ein moralischer Mensch?«, fragte er Tom unvermittelt, und Tom lachte und sagte einen der Sätze, die er in jedem Interview sagte: »Ich mache mich über alles lustig, über das, was ich hasse, und über das, was ich liebe.«

»Lieben?«, rief Emily. »In Ihren Büchern beschreiben Sie bloß Sex, und Sie beschreiben den Sex zwischen Mann und Frau wie die Erledigung einer Notdurft!«

Tom richtete sich auf, als würde jemand die Sehne, die durch ihn hindurchlief, spannen.

»Die Dichter, Emily, hatten zweitausend Jahre, um uns was von Liebe zu erzählen. Um uns was von romantischer Liebe zu erzählen. Jetzt erzähle ich euch mal was.« Seine rechte Hand war erhoben, der Zeigefinger gestreckt und auf Emily gerichtet, ein knochiger Finger, den er ansah, erstaunt, wie ein ihm fremdes Körperteil, bevor er die Hand heftig auf den Tisch fallen ließ. »Jedenfalls«, sagte er, und seine Faust machte ein trockenes Geräusch auf dem Holz, »sind wir am Ende.«

»Die Dichter oder wir alle?« Leigh goss Wasser nach, obwohl Toms Glas noch halbvoll war.

»Das müsst ihr euch schon selber fragen.«

Leigh nickte.

»Was gibt's da zu nicken? Ihr wisst doch gar nicht, was ihr euch fragen sollt.«

»Doch«, sagte Emily. »Die Dichter der letzten zweitausend Jahre verstanden mehr von Liebe als Sie!«

Tom sah Emily an, und Emily sah zornig zurück.

»Weißt du, was es heißt, sich zu sehnen«, sagte Tom langsam. »Sich auszusetzen? Preiszugeben? Aufgerissen? Aufgebrochen? Ausgeliefert? Wisst ihr das überhaupt noch?« Seine Faust, die auf dem Tisch lag, löste sich. »Könnt ihr euch überhaupt noch vorstellen, was das bedeutet?«, sagte er. »Wenn der Körper brennt?«

Emily schwieg.

»Wenn jede Nervenbahn des Körpers ein Glutfaden ist?

Wenn das Ersehnte wie Schnee ist?«, sagte er. »Wie Schnee, der schmelzen würde, wenn er in Berührung mit diesem Glutfaden käme?«

»Das ist gut«, sagte Leigh leise.

»Gut?«

»Ja«, sagte Leigh. »Der Glutfaden. Und der Schnee.«

Sie musterten sich, Leigh und Tom, bis Tom auflachte. Er warf sich gegen die Lehne zurück. »Selbst die Frösche balzen besser als wir! Wir kennen nur noch: zack und rein mit der Droge. Werden depressiv und verrenken uns das Hirn, um rauszukriegen, warum. Dabei ist die Sache easy. Umwege, Freunde!«, rief er. »Ausflüchte, Geheimgänge, Nebenstraßen, die ganze Bandbreite des Alternativen, schwerer zu finden, als früher, aber nicht unmöglich!«

Leigh und Emily sagten nichts. Leigh behielt das Aufnahmegerät im Auge.

»Aber statt uns ein bisschen zu bemühen, geben wir uns der totalen Verdinglichung hin. Die Sehnsucht! Worauf läuft sie hinaus? Auf pornographisch verödeten, emotionsfreien Sex. Nichts mehr mit höchster Subjektivität, gesteigerter Innerlichkeit. Kein Unbedingtheitsanspruch auf das eigene Empfinden, nur noch Körperabklatsch. Obwohl wir nur den einen Körper haben, verwechseln wir die simpelsten Sachen. War nicht der Sex mal gut für die moralische Übertretung? Wir aber erklären ausgerechnet die Gefühle, das Empfindsame für obszön. Kitsch und Gewalt, das kann kein Mensch mehr auseinanderhalten. Die Verherrlichung von Gang-Rape und Vergewaltigung im Mainstream-Pop, das war groß in diesem Frühjahr. Und diese Songs trällern jetzt zwölfjährige Girls, damit sie schnell kapieren, was sie zu erwarten haben. Und was von ihnen erwartet wird«, sagte er nach einer Pause. »Sagte ich vorhin, dass es Götter gibt? Es gibt höchstens noch ihre Todesboten.«

»Und da warten Sie lieber aufs Sterben«, sagte Emily hochmütig. Toms Ausbruch hatte sie beeindruckt, aber sie zeigte es nicht.

»Fahler als trockene Gräser bin ich, einer Toten beinahe gleicht mein Aussehen«, sagte Tom, warf ein paar Dollarnoten neben die Kaffeetassen, labbrige, zerriebene Scheine, mehr als genug für das, was sie getrunken hatten. »Denk an den weißen Felsen, Leigh!«

Die Motorradfahrer johlten.

Tom steuerte auf den Sandweg zu, der am Ende der Lodge in den Wald führte und von zwei Sequoias überschattet war. Die Stämme hatten einen Durchmesser von einigen Metern und quollen knapp über dem Boden auf. Zwischen diesen Stämmen wurde Tom ein kleiner Mann.

Es war immer noch heiß. Auf die Ränder der Tassen setzten sich Fliegen.

Der weiße Felsen lag zwei Meilen von der Ponderosa Lodge entfernt. Für die Chumash war er ein heiliger Ort gewesen. Sie hatten ihn verehrt, bevor man sie verjagt und das Gebiet unter den Schutz der Behörden gestellt hatte.

Emily und Leigh nahmen den Wagen.

Vor einer Schranke im Wald stellten sie das Auto ab, die Weiterfahrt war nur Rangern erlaubt. Obwohl es später Nachmittag war, fiel das Licht noch immer kräftig zwischen den Stämmen hindurch und ließ sie schmaler aussehen. Die Blätter, die am Boden lagen, hatten gezackte, schattige Ränder. Sie liefen hintereinander, Emily lief hinter Leigh, und bevor sie den Felsen erreicht hatten, sagte sie: »Zum Glück hast du Tom vorher schon zum Reden gebracht. Bevor ich kam.«

»Da hat er geredet«, sagte Leigh, »aber nichts gesagt.«

Sie folgten einem Bach, bis der Pfad sich verzweigte. Es war so, wie Tom es Leigh beschrieben hatte. Nach einem kurzen Fußmarsch erreichten sie den Waldrand.

Vor ihnen lag ein großer, flacher, wie geschliffener Stein. Er ragte einzeln aus der Waldlandschaft heraus. Er war ganz weiß. Die Oberfläche war geneigt, so dass er aussah wie eine Loge in einem von der Natur geschaffenen Amphitheater vor der Bühne des langgestreckten, weiten Tals.

»Ich war wütend«, sagte Emily. »Er hat dich nicht ernst genommen!«

Sie setzten sich auf den Stein. Er war warm und glatt, und es war schön, so dazusitzen, und die Beschaffenheit des Felsens an den Fußsohlen und den nackten Beinen zu spüren.

»Er hat nur sein Band abgespult«, sagte Emily.

»Am Ende hat er unerwartete Sachen gesagt.«

»Es ist nicht das, was du brauchst.«

»Selbst wenn«, sagte Leigh. »Tom würde es nie autorisieren.«

Vor ihnen lag das dichtbelaubte Tal, grüne, wogende Wipfel, aus denen die Baumkronen der Seqouias herausragten.

»Wenn der Mond aufgeht, soll es irrsinnig schön sein«, sagte Leigh, und Emily nickte, und dann zog Leigh sich aus.

Er legte den Schal zusammen, streifte das T-Shirt über den Kopf, knöpfte die Jeans auf und stieg aus der Hose. Er verlor das Gleichgewicht und lachte, er ließ die Hose achtlos fallen, zog auch die Unterhose aus und legte zuletzt das enge, sportliche Trägerhemd ab.

Die Sonne stand in glühendem Orange am Horizont. Emily sah ohne zu blinzeln in das blendende Zentrum. Als sie sich wieder umdrehte, lag Leigh neben ihr, rücklings ausgestreckt auf dem Felsen. Er hatte die Augen geschlossen, und es war Emily überlassen, sich diesen Körper anzusehen. Es war ein gebräunter, muskulöser Körper, nackt auf einem weißen Stein.

Emily trug noch immer ihr knielanges Sommerkleid.

»Es ist jetzt schon irrsinnig schön«, sagte sie leise.

Es war warm, und der Geruch von Nachtjasmin hing in der windstillen Luft.

»Du hast mir noch nie erzählt, seit wann du's weißt.«

»Was?«, murmelte Leigh.

»Seit wann du weißt, dass du ein Junge bist.«

Leigh regte sich nicht. Die Arme waren ausgestreckt, die Handflächen nach unten gedreht, als spürten sie der Festigkeit des Steins nach. Nur ein schmaler Muskel, der vom Ellbogen zur Handwurzel lief, spannte sich kurz an, und es war ein beinahe unbewusster Impuls, dem Emily folgte, als sie sich vorbeugte und die Stelle küsste, an der der Muskel hervorgetreten war.

»Noch nicht so lange«, sagte Leigh.

Emilys Lippen brannten. Sie musste an den Glutfaden denken, von dem Tom gesprochen hatte, und an den Schnee.

»Und du?«, sagte Leigh. »Wie lange wolltest du mich das schon fragen?«

»Schon am ersten Tag. Als du die Sonnenbrille abgenommen hast.«

»Das dachte ich mir. Du hast mich immer so angesehen.«

Emily schwieg.

»Ich weiß es, seit ich es gespürt habe«, sagte Leigh. »Am eigenen Leib. Seitdem komme ich mir vor, als ob ich aus allem rausgewachsen bin.«

»Wie ein Sequoia?«

»Ja.« Leigh lächelte mit geschlossenen Augen. »Wie ein Sequoia.«

Emily goss Cola in die zwei Metallbecher, die sie mitgebracht hatten, und füllte jeden der Becher mit einem großen Schluck Bourbon auf, obwohl der Wirt sie gewarnt hatte. Maker's Mark sei zu mild, um ihn mit anderen Getränken zu vermischen. Emily nahm einen Schluck und fand den Bourbon nicht zu mild und die Cola nicht zu süß, das Mischungsverhältnis war genau richtig.

»Und du überblickst jetzt alles von oben?«

»Schön wär's.« Leigh streckte einen Arm aus, und Emily drückte ihm den Metallbecher in die Hand, und beim Trinken hob Leigh den Kopf. Er sah Emily über den Rand des Bechers an. »Ich überblicke nichts«, sagte er. »Ich bin rausgewachsen wie aus zu engen Klamotten.«

»Findest du keine neuen?«

»Nein.«

»Du hast nichts, was nicht zu eng ist?«, fragte Emily.

»Nein«, sagte Leigh.

»Dann gibt's also gar keine Ausnahme.«

»Nein«, sagte Leigh noch mal und schlug mit der flachen Hand auf den Felsen. Die Luft knisterte.

Emily sah in ihren Becher.

»Und wie war das, als du's gemerkt hast?«

»Ich war einundzwanzig.«

Emily wirbelte die Whisky-Cola einige Male im Kreis herum, bevor sie einen großen Schluck trank.

»Sie war zwei Jahre älter als ich«, sagte Leigh. Zögerte. »Ich musste sie dauernd ansehen. Ich wollte ihre Stimme hören, ich wollte sie einatmen, ich wollte sie betrachten im Schlaf.« Leigh lag mit geschlossenen Augen auf dem Rücken, und Emily sah ihn an. »Ich wollte mit ihr schlafen. Auf dem Fußboden, auf einer Decke im Wald, am Strand, auf der Couch, im Auto. Ich wollte langsam sein, ich wollte uns auszehren, ich wollte an ihr verglühen. Die Oberschenkel, die Lenden, mein Unterleib, meine Handflächen, es war so stark, dass es weh tat. Als ob der Körper schmerzhaft geweitet wird. Tom hat das vorhin ganz schön gesagt.« Leighs Brust und das geschwungene Kinn und die Stirn schimmerten im Licht, das jetzt rot war, ein Abglanz der Sonne, die hinter den Baumwipfeln verschwand.

»Ich konnte an nichts anderes denken«, sagte Leigh. »Ich stellte es mir immerzu vor. An ihr, über ihr, auf ihr, in ihr. Dann haben wir es gemacht. Sie hat es mir gezeigt. Und es war richtig. Dabei hatte ich damals noch keinen Schwanz.«

Emily konzentrierte sich auf die Arme. Sie betrachtete Leighs Oberarme und die Ellbogen, und dann übersprang ihr Blick den Körper hin zu den Füßen, die leicht auswärts gedreht mit den Fersen auf dem Felsen lagen. Es waren kräftige Füße mit langen, schlanken Zehen.

»Aber du warst schon ein Junge«, sagte sie.

»Ja. Das andere kam später. Wochen, Monate später. Da habe ich mir die erste blaue Boxershorts gekauft, und in einer Dildomanufaktur fand ich ein schönes Exemplar, das gut zu mir passte. Das war nicht die Hauptsache. Das war nur eine Ergänzung.«

»Zeig's mir«, flüsterte Emily.

»Die Hauptsache war die Sehnsucht«, sagte Leigh. »Dass diese ungekannte Sehnsucht mich völlig besessen hat.«

»Zeig's mir«, sagte Emily noch einmal.

Leigh blieb so liegen und sagte nichts, und der Himmel wurde dunkler, und mit der Dunkelheit kam Kühle auf. Leighs Brustwarzen zogen sich zusammen, über die Schultern lief Gänsehaut.

»Nur ein bisschen«, sagte Emily leise und ohne Leigh anzusehen. »Nur hier. Während wir auf diesem Felsen sind.«

»Das geht nicht.«

»Und warum nicht?«, fragte Emily nach einer Weile, aber Leigh antwortete nicht.

Sie griff hinter sich in die Tasche und zog eines der Badetücher heraus. Sie breitete das Tuch vorsichtig über seine Beine und den Bauch.

»Du hast ihn nicht dabei«, sagte sie dann.

Leigh griff nach einem Stein. »Jemand muss es entzünden.«

»Und ich kann das nicht?«

Leigh schleuderte den Stein in den Himmel, und sie blickten ihm nach.

»Du musst dich ja nicht gleich verlieben«, sagte Emily.

Leigh zog das Badetuch ein Stück höher zur Brust. Seine Knöchel sahen jetzt unter dem braunen Tuch hervor, und die Form seiner Beine zeichnete sich deutlich ab, die Wölbungen der Knie, die Oberschenkel, die Mulde im Schoß, wo der Stoff ein wenig nachgab. Das Handtuch war nicht lang genug, um die Brüste zu verdecken, und Emily dachte an das, was Leigh vorhin über den Glutfaden gesagt hatte und an das, was Tom gesagt hatte, und sie dachte daran, dass der Stein, den Leigh geworfen hatte, nicht aufgekommen war.

»Wo bloß der Mond bleibt.«

Sie sahen über das dunkler werdende Tal. Das Grün der Bäume war zu einer schwarzen Wand geworden, vor der ein einzelner Sequoia schattenhaft aufragte. Er überragte die dunkle Linie des Horizonts, die im Vergleich zu ihm wie ein niedriges Zäunchen aussah. Sie lagen eine Weile so da, die Arme im Rücken aufgestützt, und passten auf, ob der Mond aufging.

»Meinst du, Tom hat was gesehen?«, sagte Leigh.

»Tom?«

»Er war auf einmal so anders.«

»Was soll der schon sehen?«

»Er hat mich ganz anders angeguckt. Als hätte ich ihn aus dem Konzept gebracht.«

»Das warst nicht du«, sagte Emily.

Leigh richtete sich auf. Er schob das Handtuch zur Seite, und Emily konnte noch ein Mal den schönen, dunklen Körper sehen vor der Helligkeit des Steins, bevor Leigh aufstand und seine Sachen einsammelte, die verstreut auf dem Felsen lagen. Leigh zog sich an. Zuerst zog er die Unterhosen und die Jeans an, dann Trägerhemd und T-Shirt, und alles lief in umgekehrter Reihenfolge ab. Zuletzt streifte Leigh die Socken über.

»Wegen dem Schal«, sagte er. »Vielleicht sah ich doch verrückt aus. Bei den meisten gibt's das große Gezeter, wenn sie merken, dass da was nicht stimmt. Dass sie sich auf einmal in ihrem Gegenüber nicht mehr wiedererkennen.«

»Wer erkennt sich schon in irgendwas wieder«, sagte Emily heftig. Sie goss die Becher mit Whisky auf. Das Metallgrau der Becher verschwamm mit den weißen Schatten des Felsens, und sie musste darauf achten, nicht danebenzugießen. »Egal, wie du aussiehst. Und Tom ist nicht gerade der Blitzmerker, was das angeht.«

»Vielleicht«, sagte Leigh ruhig. »Aber was, wenn du deine Illusionen nicht länger für die einzige Wirklichkeit halten willst? Klar, du kannst deine Sachen packen und abhauen. Die Frage ist, wo du dann landest. Im Zweifelsfall nirgendwo«, sagte er, *who are you to be telling us our home today is going to be someone else's home tomorrow*, schoss es Emily durch den Kopf. »Im verinnerlichten Außen dieser tollen Gesellschaft, in der du lebst. Tom hat auf jeden Fall was gesehen.«

»Du bildest dir ganz schön viel drauf ein«, sagte Emily. »Wie sehe ich deiner Meinung nach denn aus?«

Hinter ihnen stieg der Felsen leicht an, bis er an den Waldsaum stieß, und vor ihnen lag das Tal, das in nördlicher Richtung, wenn man es bis ans Ende durchwandern würde, in die Wüste führte. Emily fröstelte. Ihr Sommerkleid war dünn, und mit Einbruch der Dunkelheit war es kalt geworden.

»Jedenfalls gibt's heute keinen Mond«, sagte sie. »Er müsste längst da sein.«

»Wart's ab.«

»Wenn wir dran gedacht hätten, Holz zu sammeln, könnten wir wenigstens ein Feuer machen.«

Leigh nahm seinen Schal und legte ihn Emily um die Schultern. »Besser?«

»Bisschen.«

»Du hast recht, was das Aussehen betrifft. Es ist egal. Solange man beim Benutzen der öffentlichen Damentoilette keine Schwierigkeiten kriegt.«

»Urinale Se-gre-ga-tion«, sagte Emily. »Hör bloß mit deinen Franzosen auf. Wenn du die liest, hast du irgendwann nur noch Kohlensäure im Blut. Aber weißt du, was ich noch gelesen habe? Die Skandinavier versehen ihre Klotüren mit zwittrigen Icons; Strichmenschen mit einem Hosen- und einem Rockbein.«

»Bleibt zu fragen«, sagte Leigh, »wozu ein auch in der Tierwelt verbreitetes Bedürfnis wie das Erledigen der Notdurft überhaupt mit einem kulturellen Geschlechtercode beschildert werden muss, wenn unser Pissen sich nicht mal wesentlich von dem der Bären unterscheidet.«

Emily trank die Whisky-Cola aus.

»Wenn der Mond nicht aufgeht«, sagte sie, »finden wir nicht zurück.«

Leigh lachte.

»Im Ernst.« Es war schlagartig dunkel geworden. Die Schwärze um sie herum wurde von nichts durchbrochen, außer einem sehr schwachen Leuchten vom Stein.

»Hast du Angst?«

»Wir haben nicht mal eine Taschenlampe.«

Emily dachte an die Warnschilder vor den Parkeingängen. In den Topanga-Bergen war vor einiger Zeit eine Familie von Berglöwen gerissen worden. Die Topanga-Berge waren nicht der Sequoia-Park. Aber Berglöwen gab es überall. Im Sequoia-Park lebten auch Klapperschlangen und Braunbären, die manchmal von den Wanderwegen aus zu beobachten waren.

»Tom hat gewusst, dass wir ohne Mond aufgeschmissen sind.«

»Quatsch«, sagte Leigh. »Wenn du willst, geh ich mal nachschauen.«

Leigh stand auf, um den Weg zu suchen, den sie gekommen waren. Solange er auf dem weißen Felsen blieb, war sein Schatten erkennbar, der aber schon nach wenigen Schritten in die Dunkelheit mit ihr eins wurde. Die Schwierigkeit bestand darin, die Stelle zu finden, wo der Trampelpfad auf den Felsen stieß. Der Pfad war nicht beschildert, der Übergang vom Freien in die geschlossene Baumreihe des Waldsaums nicht markiert. Schon am Nachmittag war der Pfad stellenweise verdeckt gewesen vom Laub aus dem letzten Herbst.

Emily hüllte sich fest in den Schal.

Ihr Zeh fing wieder stärker zu schmerzen an. Ihr war kalt. Der Zeh pulsierte. Sie begann, sich auszumalen, wie es wäre, neben Leigh zu schlafen, mit ihm auf dem bloßen Felsen zu liegen, an seinem Körper, eingehüllt in die Badetücher und in seinen Schal, beschützt vor Berglöwen und Braunbären und den verkleideten Boten fremder Götter. In so einer Nacht würde sie alles erfahren. Die Unruhe des Frühjahrs würde sich klären. Sie hatte keine Vorstellung von dem, was sie *don't* erfahren *learn* würde *anything*. Aber das gehörte dazu *because it's always learned*, schoss es ihr durch den Kopf, denn solange man etwas nicht kannte, *of another person's body*, war es unmöglich, sich etwas darunter vorzustellen. Leigh wusste das. Er hatte mehr Erfahrung als sie.

Emily lauschte in die Nacht, die still war. Es gab keine

Geräusche. Die Luft war reglos, das Dunkel ein großer Ballon, der sich ausdehnte und in dessen Mittelpunkt sie kleiner wurde. Auch die Berührungspunkte mit dem Felsen, auf dem sie saß, wurden kleiner, und um einen Halt zu finden, drehte sie sich um.

Im Delta

Kvikkjokk, Sarek, Schweden

Sie hatten versucht, miteinander zu schlafen.

Sie hatten sich spät ins Bett ihrer Holzhütte gelegt, nachdem sie ein Lagerfeuer gemacht hatten am Fuß eines Gebirges, das Kälte abstrahlte, obwohl es von der Mitternachtssonne beschienen war. Die Sonne hatte eine Handbreit über dem Bergrücken gehangen. Kurz vor eins war sie wieder aufgestiegen, und gegen drei hatten sie beschlossen schlafen zu gehen, obwohl sie nicht müde waren. Sie hatten sich unter der Decke gegenseitig die Pyjamahosen abgestreift. Sie hatten sich aneinander gerieben, aber die Handgriffe stimmten nicht. Das Streicheln blieb trocken und blass, und sie waren mutig genug, das einander zu sagen. Sie hatten den Sex sein gelassen.

Am nächsten Morgen stritten sie darüber, wer fuhr. Beide wollten ans Steuer. Es wurde eine zermürbende, nervenaufreibende Fahrt. Sie hatten sich Abwechslung von den Sámi versprochen, mussten aber bald feststellen, dass es keine Sámi gab. Es gab Sámi Adventure Center, in denen Trachten und Jagdgeräte ausgestellt waren. Die Besucher wurden agitiert. Auf den Audio-Tours forderten hysterisierte Sprecher dazu auf, für die Sache der Sámi zu kämpfen, sich für das Bleiberecht einzusetzen, für die steuerfreie Nutzung der Weiden. *Wir waren schon immer hier*, hieß es, *das ist unser Land.*

Als sie Kilometer um Kilometer durch schmale Fichten und niedrigwüchsige Kiefern fuhren, Rentiere am Straßenrand, fragten sie sich, wo die Menschen waren. Auch in den wenigen Siedlungen, durch die sie kamen, waren keine Sámi zu sehen. Vielleicht hatten sich die Ureinwohner in Auftreten und Kleidung bis zur Unkenntlichkeit assimiliert, aber René wurde das Gefühl nicht los, dass die Sámi ausgestorben waren.

Mittags aßen sie geschnetzeltes Rentierfleisch in einem Schnellrestaurant. Sie schoben ihre Plastiktabletts über eine Theke, die wie die Essensausgabe einer Kantine aussah. Eine sumpfbraune Soße bedeckte den Fleischberg auf ihren Tellern. Das Fleisch schmeckte streng, nach Ziege vielleicht oder nach Schaf. Und obwohl sie wussten, dass die Würstchenbude ihre einzige Alternative gewesen wäre in einem Ort, in dem es außer einem Supermarkt und einem Gemeindegebäude nur einstöckige Wohnhäuser gab, und obwohl sie sich über ihre Neugier lustig machten, denn vor wenigen Minuten hatten sie sich noch danach gesehnt, das Lieblingstier der Sámi zu probieren, gaben sie sich insgeheim gegenseitig die Schuld am miserablen Essen. Nur der Hunger war gestillt.

Sie losten aus, wer weiterfuhr. Sie starteten schweigend. Das Land faltete sich vor ihnen auf, eine wie leergefegte Weite. Sie durchquerten grünes Buschland mit Hügelketten am Horizont. Sie passierten kahle Felsplateaus. Sie gelangten in Ebenen, die bewachsen waren von schlanken

Birken, durch die ein silbriges Licht auf die Farne am Boden fiel. Links tauchte ein Fluss auf. Es war ein gewaltiger Strom aus metallisch glänzendem Wasser, das eine unwirkliche Schwere zu haben schien. Reglos bewegte es sich fort. Als sie anhielten und ausstiegen, traf sie eine feuchte, wassergesättigte Luft. Es war, als füllten sich die Lungen mit den schwarzen Tropfen des Stroms.

Sie husteten, sie lachten zum ersten Mal.

Dann stellten sie fest, dass sie laut GPS schon eine ganze Weile in die falsche Richtung fuhren. Ihr Ziel war ein Städtchen, das auf der Weltkulturerbeliste der UNESCO stand. Aber hinter Jokkmokk musste René zu früh abgebogen sein. Statt auf den finnischen Meerbusen zuzuhalten, waren sie in eine Sackgasse geraten, die in Kvikkjokk endete. Hinter Kvikkjokk kam nur noch der Sarek, ein gewaltiges Hochgebirge. Sie hatten den Sarek umfahren wollen. Aber da Norman befürchtete, ein GPS-Gerät würde seine Fähigkeiten, eine Karte zu lesen, verkümmern lassen, hatte er sich geweigert, es rechtzeitig einzuschalten. Jetzt waren diese Fähigkeiten erst recht in Frage gestellt.

Sie saßen im Auto und hörten, wie die programmierte Stimme sie ununterbrochen aufforderte, umzukehren, bis Norman den Gummipfropfen von der Frontscheibe riss.

»Wir könnten weiter diesen Fluss langfahren«, sagte René.

»Über den Fluss und in die Wälder. Sie hat gesagt, du sollst umkehren.«

»Vielleicht irrt sie sich.«

Bevor es zu einer Auseinandersetzung kam, einigten sie sich darauf, dass die Straßen schlecht beschildert waren und das Rentier schwer im Magen lag. Auch die Sonne, die beinahe im Norden stand, hatte sie verwirrt.

»Ich an deiner Stelle«, sagte Norman und brach ab. Er hatte sich auf das gebuchte Drei-Sterne-Zimmer im Weltkulturerbe gefreut, und Kvikkjokk klang nicht wie ein Ort, an dem mit einem Hotel zu rechnen war. »Ich sag nur, dass es dein erstes Buch ist, René. Wir sollten uns an die geplante Route halten.«

»Du und deine komische Korrektheit.«

Es gab eine *Fjällstation*. Sie stand auf halber Höhe an einem Hang. Dahinter begann das Gebirge. Ein Wasserfall, der vom Sarek hinunter ins Delta schoss, kam dem Dach der *Fjällstation* so nah, als überwölbte er das Gebäude, als würde das Wasser bei Sturm das Haus unter sich begraben. Die Schneefelder an den Hängen reichten bis ins Tal.

Norman nahm sein Piratentuch aus dem Handschuhfach und band es sich um den Kopf. Für die Wildnis hatte er seine Tweedjacketts und die Hosen aus dickem Cord gegen hauchdünne, wasserdichte Unisex-Bekleidung eingetauscht. Er hatte sich ein schickes, atmungsaktives Outdoorhemd gekauft mit einer ökologischen Membran, auf das er besonders stolz war, einen Overall aus Fleece und ein blaues Buff-Tuch. Gestern Abend hatte er sich in seinem neuen Outfit am Lagerfeuer präsentiert. Er hatte fremd ausgesehen in diesem körperbetonten Stoff, fremd und sexy, und René hatte ihm das gesagt. Es hatte sie beide in eine merkwürdige Hochstimmung versetzt.

Sie kannten sich schon lange. Sie hatten sich noch vor der Bankenkrise in einem Yogastudio kennengelernt, als René täglich nach Berlin gependelt war und in einem großen Reisebuchladen jobbte. Norman hatte damals nichts Sportliches an sich gehabt. Es war ihm auch egal gewesen, was er trug. Er wollte Yoga machen, um rauszukommen, anderen Leuten zu begegnen, nicht nur den Typen, die seit kurzem verstärkt in weißen, harmlos gelabelten Sweatern und Doc-Martens-Stiefeln in der Kaffeerösterei oder vor der Weinbar gesessen hatten, braune, gepflegte Hunde neben sich, als wollten sie die Macht in der Stadt übernehmen.

Für René war die Freundschaft mit Norman das Einzige, was von ihren Yoga-Ambitionen übriggeblieben war. Sie kannte ihn gut, wusste um die Macken, die ihm die Kleinstadt verpasst hatte, jedenfalls seiner Meinung nach, die Sehnsucht abzuhauen. Aber nur sie hatte sich schließlich dazu entschlossen, nach Berlin zu ziehen, obwohl der Buchladen vor der Pleite stand. Norman war in Neuruppin geblieben. Erst mit sechsundzwanzig zog er bei den Eltern aus.

René kannte seine Eltern. Sie kannte seine übertriebenen Ansprüche an Liebe und Ehe und zog ihn damit auf, dass *jeder dem anderen entgegenstreben sollte, bis man miteinander verwächst wie der Stamm eines Baumes, der ursprünglich zwei Sprösslingen entsprungen ist.* Einander verlassen zu können, war da nicht vorgesehen.

Und Norman wusste von Katja. Er wusste von dieser ersten, intensiven Beziehung, hatte miterlebt, wie sie nach schmerzhaften Einschnitten auseinandergebrochen war. Er wusste auch, dass René sich die Schuld daran gab.

Es war, als ob du eine Plastiktüte umstülpst, hatte sie ihm nach der Trennung gesagt. *Versuch dann mal die Schrift zu lesen. Spiegelverkehrt! Du hast die gleichen Buchstaben, alles wortgetreu und trotzdem: Wortsalat.*

Was einer der Gründe war, warum er und nicht Katja mit René auf diese Reise gegangen war.

Ihre sexuellen Vorlieben hatten sie nie voreinander verheimlicht.

Eine Hochstimmung wie in der letzten Nacht hatten sie allerdings noch nicht miteinander erlebt. Es war diese Hochstimmung gewesen, die sie verleitet hatte, und die Sonne, die nicht untergegangen war, und René wurde vor Peinlichkeit heiß, als sie jetzt daran dachte.

Über dem Delta lag ein klares Licht. Es strömte über den Parkplatz, der so leer war, dass schon kleinste Bewegungen der Luft die Lichtströme in ein Flackern versetzten.

In der *Fjällstation* roch es nach Schweiß und Hund. An der Rezeption lehnten Abfahrtsski.

»Wenn ich am Steuer gesessen hätte«, sagte Norman, »hätten wir jetzt UNESCO-Komfort.«

»Du meinst, ich lese die Karte besser als du?«

Er machte eine Geste, die vage war und bestenfalls *nicht so schlimm* bedeuten konnte, und René spürte einen Stich, als wäre sie schon jetzt verantwortlich für eine schlaflose Nacht.

Auch das Bettzeug roch nach Hund. An den Zimmerwänden klebten schmierige Überbleibsel der letzten Mückenschlacht. Als René die Mückenschutzcreme aus dem Rucksack nahm, die sie am Flughafen gekauft hatten, sagte Norman: »Wenn wir die drauftun, riechen wir schlimmer als die Betten.« Er öffnete die Dose, roch. »Wir werden stinken wie die Kohlenfahrer!« Dann lachte er, verzog das Gesicht und fing an, sich einzucremen, Stirn und Wangen, und seine Laune wurde besser. Die Creme hinterließ graue

Streifen auf der Haut. »Wie Fakire, die die ganze Nacht barfuß durchs Feuer gelatscht sind.«

»Sind wir doch.«

»Absolut!« Er zog sie in eine Umarmung. »Zwei coole Fakire, die sich die Fußsohlen verbrennen.«

Er war größer als sie. Ihre Stirn lag an seiner Schulter, und auf einmal wusste sie, warum er ihr in diesen Outdoorsachen so gefiel. Er wirkte weniger steif. Er war biegsamer geworden in diesem atmungsaktiven Stoff, und sie dachte, dass die letzte Nacht nichts an seiner erotischen Ausstrahlung geändert hatte. Umso missglückter erschien sie ihr.

Sie gingen hinaus, um sich die Kirche anzusehen, einen nordischen Holzskelettbau. Der Glockenturm stand auf drei gegrätschten Pfählen auf der Wiese, mehrere kleine Spitzdächer über dem Geläut. Neben dem Altar hing ein samisches Messgewand aus leuchtendem Blau, und René machte ein paar Fotos. Trotzdem war sie enttäuscht.

»Folklore«, sagte sie zu Norman. » Das ist ja okay, solange sie übersteigert ist. Durchgeknallt. Das ist doch die einzige Art, in der auch die Ureinwohner Lapplands heute noch an sowas wie Wurzeln glauben können, da wett ich mit dir!«

Norman gab dem Messgewand einen freundschaftlichen Klaps.

»Wie diese Filzmützen mit ihrem bunten Schopf. Der Schopf ist immer in die Himmelsrichtung gedreht, aus der einer kommt. Wusstest du das?« Sie betrachtete das Messgewand auf dem Display. »Aber auch für die Sámi wird das, und da wett' ich mit jedem, erst in der Inszenierung Wirklichkeit.«

»Klar«, sagte Norman. »Dann lass ich dich mal dein Ding machen.« Er ging raus.

Klar, dachte auch René, mit den Gedanken jetzt in diesem Text versunken, den sie schreiben wollte, denn das Urbild, dem die Sámi nahezukommen versuchten, war weder in sie eingepflanzt noch war es das der Touristen. Es wurde vielmehr mit jeder Aktualisierung produziert. Jede Wiederholung weckte erneut die Illusion, in der Fähigkeit, Garn aus den Sehnen eines Rentiers zu spinnen oder Messergriffe aus Renhorn zu schnitzen, zeige sich etwas Wesenhaftes, eine innere Tiefe, das wahre samische Geschlecht.

Das Geschlecht musste am Ende beglaubigt werden, wie das *Sápmi Experience Qualitätssiegel* bewies, mit dem Gesänge und Handwerk in den Sámi Adventure Centern versehen waren.

Ihre Tante hatte im Grunde etwas Ähnliches gemacht, dachte René, als sie das letzte Foto schoss. Zu DDR-Zeiten. Dolmetscherin. Ehrgeizige, verrückte Genossin, die sich ebenfalls eine Tracht zugelegt hatte. War mit grell lackierten Fingernägeln vor englischsprachigen Nicht-RGW-Staatlern aufgetaucht, um sie für sozialistische Generaldirektoren zu dolmetschen. Die Nägel hatten sich gebogen wie Papageienschnäbel. Auf dem Kopf trug sie einen Dutt aus schwerem Blondhaar, für den sie zum Schlafen ein Nackenkissen brauchte, damit er nachts keine Dellen bekam. Haarturm, Nägel und bunte Kleider stellten ihre Verwurzelung in einem überlegenen, auf den Kommunismus zueilenden Volk zur Schau, das mittlerweile ausgestorben war. Der Haarturm war zu hoch gewesen, um echt zu sein. Die Nägel waren künstlich. Und nach getaner Arbeit kehrte sie in eine

Dreiraumwohnung im Plattenbau zurück. Aber das störte sie nicht. Auch die Tatsache, dass ihre Tracht den ausländischen Gästen etwas anderes vermittelt hatte, ließ ihre Tante kalt: Die Aufmachung hatte vor allem Auskunft über ihr unklares Verständnis von westlicher Mode gegeben.

René trat aus der dunklen Kirche zurück ins Tageslicht. Norman saß im Gras. Selbst unter dem Fleece wirkte er schlank.

»Wenn du dich 'ne Minute mal nicht bewegst«, sagte er, »fängst du an zu schlottern. Und das mitten im Juni. Dieser Strom strahlt eine Schweinekälte ab.«

Aber der Abstecher hatte seinen Reiz, darin waren sie einig. Das Donnern im Eis, das in regelmäßigen Abständen vom Wasser herüberklang, stand zum schlichten Äußeren der Kirche in einem schönen Gegensatz. Das Eis riss unter der Sonne auf. Es barst, und die Trümmer stürzten die Wasserfälle hinab und brachten die Ströme des Deltas zum Schwellen.

Dem Stand der Sonne zufolge war es noch lange nicht Abend. In der *Fjällstation* erwarteten sie Mückenleichen und Hundegeruch. Und doch schlingerten sie, als würden sie von etwas gedrängt, erneut auf eine Auseinandersetzung zu. Sie kamen sich eckig und missverstanden vor, dabei ging es nur um die Uhrzeit. Norman fand es zu spät, um noch ans Delta zu gehen, für René hatte die Tageszeit schon jede Bedeutung verloren. Als sie auf ihr Handy sah, war es halb sechs.

»Komm schon! Oder hast du dich fürs Bett mit Ruß bemalt?«

Sie nahmen die Abkürzung durch die Birken. Ein Holzsteg ragte wie ein Streichholz in die schwarze Masse des

Stroms. Auf eine Tafel war ein Papier gepinnt, das sich vor Nässe wellte. Lars Johansson, Bootsmann von Kvikkjokk, eine Telefonnummer. Er war der Fährmann zwischen den Wanderwegen Padjelantaleden und Kungsleden. Er machte auch Ausflüge ins Delta, und aus einer Laune heraus, die düsterer zu werden drohte, riefen sie die Nummer an.

Zehn Minuten später tauchte ein Mann auf einem Fahrrad auf. Eine eisblaue Strickmütze saß wie angenäht auf seinem Kopf. Er warf das Rad ins Gras, scheuerte Schlamm von den Gummistiefeln, musterte sie. Er schaute ihnen reglos ins Gesicht, ein Blick, der scheinbar endlos lange einen Punkt fixieren konnte.

René gefiel die Idee, mit diesem Mann hinauszufahren. Er wirkte kantig unter seiner festen, wettergestählten Haut. Er war für diese Landschaft genau richtig. Das Delta kam ihr jetzt weit und wunderschön vor, und sie hatte vergessen, dass sie soeben noch abgespeist worden war mit Kieferntee und Agitation.

»Hat er gesagt, wie er heißt?«, sagte Norman.

»Frag ihn.«

»Nachher ist es gar nicht Lars. Dieser Sohn vom Johan.«

Der Bootsmann winkte ihnen auf eine herrische Art, die der Strenge des nördlichen Lichts entsprach.

»So viel Auswahl gibt's hier nicht.«

»Hat der überhaupt eine Befugnis für seinen Kutter?«

Sie betraten den Steg, und Norman sagte auf Englisch: »Wir haben's uns anders überlegt, Mr Johansson. Wir würden den Ausflug lieber auf morgen verschieben.«

»Spinnst du?« René musste an Katja denken. An Katjas weißblondes, kurzes Haar, *leuchtend im Dunkeln wie Silber-*

gras, die roten Hosenträger. Katja hätte dieser Johansson gefallen. Sie wäre begeistert hinaus ins Delta gefahren.

»Du musst ja nicht mitkommen«, sagte sie.

Sie dachte an die Kanutour, damals auf dem Stora Le, vor der *Generalüberholung*. Katja hatte die Umschichtung von Muskeln, Fett und Körperhaar, die sie an sich registrierte, einmal spöttisch so genannt. René dachte an die Zeit, als Katja noch *Katjuscha* gewesen war. An das nächtliche Angeln auf dem See. An das Camp, in dem es nur Deutsche gab. Und obwohl sie dann eine Woche durch Dalsland gepaddelt waren, waren sie noch immer keinem Einheimischen begegnet. Sie hatten deutschsprachige Abende am Lagerfeuer mit deutschen Krautnudeln, Bratlingen und Knüppelkuchen verbracht, und als sie Katja auf Trollön zurückgelassen, sie allein gelassen hatte und einsam durch die Nacht gepaddelt war, war sie ausgelaugt an einem felsigen Ufer gestrandet, und auch dort hatte sie keinen Schweden getroffen. Sie war niemandem begegnet außer den Ameisen, die sie in den frühen Morgenstunden mit Bissen geweckt hatten. Und nicht einmal die hatten schwedische Wurzeln gehabt, weil es aller Wahrscheinlichkeit nach ein norwegisches Ufer gewesen war, dachte René, als Lars Johansson sie ins schwankende Boot hinabzog.

Er duldete keinen Widerspruch.

Er riss den Motor an. Auf dem Bootsboden lag das Gerümpel vergangener Sommer, achtlos unter die Sitzbänke geschoben. Eine alte Autobatterie, Plastikflaschen, Schokoladenpapier, eine zerfetzte Schwimmweste.

Er steuerte das Boot auf die Stromschnellen des Kamajok

zu. Er trieb es in die Strudel hinein, bis der Bug sich unterhalb des Wasserfalls befand. Tosend stürzte das Wasser auf sie zu, Gischt regnete herab, verscheuchte immerhin die Mücken. Der Lärm schlug in ihren Köpfen auf. Das Boot wurde gegen einen überhängenden Felsen geschlagen, zurückgespült, strudelnd schrammte der Boden über Gestein, bis das Boot erneut zu schleudern begann und sie emporgehoben wurden. Die Schraube drehte frei in der Luft, und René, die sich festgeklammert an der Reling aufrechthielt, wagte einen Blick nach oben, wo das Wasser über den Klippenrand schoss und zu verharren schien, bevor es auf sie zustürzte, das Boot absackte und abprallend auf der Oberfläche aufsetzte und der Bootsmann sich gegen das schlingernde Steuerholz warf.

»Ihr mögt keine Natur«, rief er in das Tosen, bevor er sie dort herausbrachte und der Lärm nachließ und das Boot ruhiger im Wasser lag.

Norman saß aschfahl neben René auf der Bank. Die Mückenschutzcreme machte ihn noch bleicher.

René hätte ihm gern ein Ginger Beer gegeben, das half gegen Übelkeit. Katja hatte ihr das beigebracht. Aber sie hatten keines mit. Über den Streit hatten sie alles vergessen.

»Euch gefällt das Delta nicht.« Der Bootsmann steuerte einen Seitenarm an. Bäume ragten in den Strom, verschwenderisches Blattwerk der Büsche. Auf den höher gelegenen Stellen der Ufer dampfte in der Wärme das Gras.

»Ihr habt die Geduld von Kindern«, sagte der Bootsmann, der vielleicht Lars Johansson war, vielleicht auch nicht. »Aber ihr habt Glück. Die Lagune ist warm diesen Monat.« Seine Regenjacke stand offen über der nackten Brust, die bretthart war und glatt. Die Mücken auf Armen und Stirn registrierte er nicht. Nur an Brustmuskeln und Hals zuckte die Haut wie die Haut eines Pferdes. »Die einzige Zeit zum Schwimmen.«

René hielt eine Hand ins Wasser, zog sie aber sofort zurück.

»Bei dieser Kälte gehen Sie schwimmen?«

»Acht Monate lang ist alles gefroren. Der Wasserfall gehört den Ottern. Das einzige natürliche Licht kommt vom Schnee, der die Sterne reflektiert und den Mond.«

»Von mir aus können die Otter im Wasserfall verottern«, sagte Norman auf Deutsch. René roch den Angstschweiß, den seine Ökomembran an die Luft abgab, vermischt mit dem Lagerfeuerrauch der Mückenschutzcreme.

»Im Winter sind wir neunzehn.« Der Bootsmann steuerte tiefer in den Deltaarm hinein. »Neunzehn Männer am Fuße des Sarek. Jeder allein auf seinem Gehöft. Da wächst die Geduld mit der Natur.«

»Gehören Sie der samischen Bevölkerungsgruppe an?«, fragte René freundlich. Sie fühlte sich frisch und energiegeladen, ihre Knie hatten aufgehört zu zittern. »In jedem Adventure Center wurde uns gesagt, dass hier das Land der Sámi wäre. Und da wundern wir uns. Wir sind nämlich keinem begegnet.«

Er fixierte sie, die Augen eisblau wie seine Mütze.

»Ihr bemerkt sie nicht. Ihr sucht sie nicht dort, wo die *sájvva* ihrer Vorfahren ist. Eure Begriffe machen euch blind.«

»Sie könnten's uns erklären.«

»Die Sámi sind in ihren Joiks«, sagte Lars Johansson bedächtig. »Joiks sind Gesänge der Natur. Das ist die Sprache aller Geistwesen.«

»Geistwesen«, sagte Norman.

»Im Joiken ist es möglich, mit einem Menschen, einem Baum oder einem Tier eins zu werden«, sagte der Bootsmann, »oder mit den Toten zu verschmelzen. Die Toten leben in der *sájvva*, der Unterwelt.«

Der Deltaarm verzweigte sich.

»Menschen wie ihr glaubt, die *sájvva* liege unter der Erde. Unter der Erde oder im Himmel. Weil ihr alle dieselben Fehler macht. Für die Sámi sind die Lebenden und die Toten gleich. Die Toten sind nicht weniger wirklich. Sie sitzen mit uns im Boot. Weil die Unterwelt der Sámi mitten im Leben ist. Überall hier.«

Der Bootsmann ließ das Steuer los, um zu zeigen, wo die Sámi überall waren oder die Vorfahren der Sámi, im Strom, in den Bergen, im Gebüsch, und das Boot geriet aus dem Gleichgewicht. Es neigte sich zur Seite, und im Wasser leuchteten ihre Schatten, Normans Schatten und ihrer, zwei unterspülte Umrisse, die durch die scharfe Kurve übereinandergeschoben wurden.

»Kann es sein«, sagte Norman, der haltsuchend ihren Oberschenkel gepackt hatte, »dass unser Mann am Steuer ein Durchgeknallter ist?«

»Kannst du aufhören, so zu tun, als wäre er nicht da?«

Seine Hand war ihr vertraut, aber die Berührung war nicht mehr dieselbe.

»Der ist besoffen, dieser Sohn vom Johann! Typischer Ureinwohner. Ein Spriti. Oder hast du von irgendeinem Gesetz gehört, das einem Lappen auf seinem Boot das Trinken verbietet? Und selbst wenn es so ein Gesetz gibt«, sagte er, »wer sollte das in dieser *sierra* kontrollieren?«

»Red Englisch.«

»Weißt *du*, wo der mit uns hinfährt, du Sámiversteherin? Oder ist das genauso ein Fake wie deine Anmache gestern Nacht?« Das Schokoladenpapier war ihm auf die Schuhe gefallen. Er schleuderte es von sich. »Der kehrt jedenfalls nicht so schnell um.«

René hatte die letzte Nacht vor Augen. Sich und Norman, wie sie da hockten auf dem Rand ihrer Betten, die Pyjamahosen abgestreift, die Hände an den falschen Stellen, der Druck zu fest, die Haltung verrenkt, und das Tempo stimmte nicht, der Rhythmus war falsch und die Haut glutlos, trocken wie altes Laub, und es war nicht einmal dunkel genug gewesen, um die Scham voreinander zu verbergen, weil die Sonne längst wieder aufgegangen war.

»Der kehrt um, wenn wir's ihm sagen«, sagte sie.

Der Bootsmann nahm von ihnen keine Notiz.

»Der hat noch nicht mal eine Schwimmweste für uns«, sagte Norman. »Die einzige Schwimmweste, die der hat, ist kaputt.«

»Wohin fahren Sie uns?«, fragte René, freundlich wie zuvor.

Lars Johansson zog das Boot nach links. Dschungelartige Ufer erstreckten sich in eine gestochen klare Ferne, in der das lichtdurchströmte Wasser dunkler wurde, dann in das Schwarz des Bergmassivs überging. Dem Stand der Sonne zufolge fuhren sie in westliche Richtung. Aber die Sonne war keine verlässliche Größe, und so schien es, als würden sie sich nur immer weiter von Kvikkjokk entfernen.

Norman holte sein Handy heraus. Er prüfte es, es gab Empfang.

»Mach das aus«, sagte der Bootsmann.

»Ich will nur ein paar Fotos –«

»Mach es aus.«

Bäume und Büsche lichteten sich. Aber nur ein weiterer Seitenarm tat sich auf. Lars Johansson steuerte das Boot an den Pfosten einer eingestürzten Holzbrücke vorbei und stellte den Motor ab.

»*Ei se kannatte!*«

»Was sagt er?«, fragte Norman.

»Weiß ich doch nicht.«

Es war auf einmal sehr still. Wasserpflanzen wuchsen am Grund, sie waren von einem hellen, beinahe durchsichtigen Grün.

»Mach das Handy aus«, sagte der Bootsmann.

»Wieso?«

»Mach das Handy aus oder es landet im Fluss.«

Aus einem Baum stieg ein Vogel auf. Sein Gefieder war silbergrau, es sah aus wie funkelndes Wasser, das Richtung Himmel spritzte, aber er flog nicht weg. Er flatterte bloß zu einem höheren Ast.

»Es ist mein Handy«, sagte Norman.

»Ihr seid in meinem Boot. Ihr macht, was ich sage.«

»Es ist sein Handy«, sagte René.

»Ausmachen«, sagte Lars Johansson.

Norman starrte sein Telefon an, obwohl auf dem spiegelnden Display nicht viel zu sehen war. Dann hielt er es Lars Johansson mit gestrecktem Arm vors Gesicht, als schaltete er statt des Handys den Mann mit der eisblauen Mütze ab. Sie hörten den Ton, mit dem sich das Programm herunter fuhr.

»Gut.«

Lars Johansson lehnte sich zurück. Träge gluckste das Wasser ans Boot. Er ließ sie treiben.

»Wie fühlt ihr euch?«

»Bitte bringen Sie uns zurück«, sagte René.

Der Bootsmann streckte die Gummistiefel von sich. »Ihr ertragt die Übergänge nicht. Sie sind durchlässig wie Luft. Fein wie Wasser.«

Das Boot lag still. Norman saß wieder mit genügend Abstand neben René, aber sie saßen nicht mehr aufrecht da, sie saßen gekrümmt unter den Blicken des Bootsmanns.

»Wer die Sámi sucht, braucht Geduld. Der muss lernen, das Wasser zu lesen, die Luft. Ihr aber habt noch nicht einmal die verschiedenen Blautöne des Deltas bemerkt.«

»Doch«, sagte Norman. »Haben wir. Ganz sicher, Mr Johansson. Alle Blautöne.« Und dann sagte er auf Deutsch: »Wir sind zu zweit. Wir sind stärker als er.«

»We could swim«, sagte René und sah den Bootsmann an.

»Wir können schwimmen, aber wir kommen nicht weg«, sagte Norman. »Bei dieser Schweinekälte bist du in drei Minuten tot.«

»Hör endlich auf, Deutsch zu reden. Du reizt ihn nur noch mehr!«

»Der geilt sich an uns auf. Kapierst du's immer noch nicht? Der braucht uns, damit er was hat, das er die nächsten acht Monate in seinem Schädel rumbewegen kann!«

Der Vogel stieß einen Ruf aus. Er gellte einsam durch die Luft und machte die Stille noch größer, die das gesamte Delta umspann. Auch die Blätter bewegten sich ohne Ton, als schluckte der Sarek jedes Geräusch.

»Die Lagune ist warm«, sagte Lars Johansson. Zum Beweis hielt er eine Hand ins Wasser. »Die einzige Zeit im Jahr, in der die Luft kälter als das Wasser ist. Das Wasser wird euch wärmen.« Er blinzelte. »Zieht euch aus.«

Der Vogel rief erneut.

»Worauf wartet ihr?«

Der Vogel rief einmal, zweimal, und jedesmal machte er eine Pause zwischen den Rufen, als führte er einen Dialog, als würde er auf sein eigenes Rufen antworten.

»Die Kleidung lasst ihr im Boot. Gebadet wird nackt.«

René und Norman rührten sich nicht.

»Los«, sagte der Bootsmann. »Ausziehen. Das versteht ihr doch.«

»Bringen Sie uns zurück«, rief René, aber es schien, als läge ein Gewicht auf ihrer Stimme, als drückte die Luft sie zusammen oder als drängte der ganze gewaltige Raum, der sie umgab, in sie hinein, presste sie nieder auf die Bank.

»*Ei se kannatte!*«, hörte sie Lars Johansson, und hinter dem Kondensnebel der Luft sah sie sein Gesicht, unbewegt, als wäre der Winter noch da, als taute sein Gesicht gar nicht erst auf, der Sommer war zu kurz, um aufzutauen, so, wie der Pächter der *Fjällstation* die Abfahrtsski den Sommer über in der Garderobe stehen ließ. »Nur wer nackt und bloß dem Strom entsteigt, ist nicht verloren an den Mond im Winter. Hört auf die, die mit dem Licht hierhergekommen sind!«

Das sagte Lars Johansson, oder sie bildete sich das ein, denn im selben Moment heulte der Motor auf.

Er kehrte nicht um.

»Scheiße«, sagte Norman, und René griff nach seiner Hand. Aber die Hand war nicht da, und vor ihnen im Wasser tauchte ein umgestürzter, toter Baum auf. Und vielleicht war dieser Baum, auf den der Bootsmann mit hoher Geschwindigkeit zuhielt, der Grund für das abrupte Ende ihrer Fahrt.

Oder es war die Auswirkung der letzten Nacht.

Über beide Möglichkeiten dachte René hinterher nach, Stunden später, als sie längst an Land waren, nachdem Lars Johansson ihr geholfen hatte, falls er Lars Johansson war. Er hatte Norman aus dem Boot bugsiert, der unter der kaputten Schwimmweste fror. Er bebte so stark, dass er die Beine nicht aufstellen konnte, und der Bootsmann hatte sich Normans Arm über die Schultern gelegt und ihn über den schmalen Steg und den leeren Platz vor der Bootsanlegestelle bis zur *Fjällstation* geschleppt. Die Wanderschuhe und die wasserdichte Hose, die Norman nicht hatte ausziehen wollen, hatten eine nasse Spur auf dem löchrigen Asphalt hinterlassen. Norman hatte sich geweigert, etwas auszuziehen. Er war in voller Montur ins Wasser gestürzt, aus dem Gleichgewicht gebracht beim Versuch, das Steuer an sich zu reißen. Sein Fleeceoverall und das Outdoorhemd hatten sich vollgesaugt und erstarrten in der von Kälte durchschnittenen Luft zu einem eisigen Panzer. »Ich mach doch hier keinen Striptease«, hatte er zwischen klappernden Zähnen hervorgepresst, die Haare klatschnass am Kopf, während das Tuch in der Strömung abgetrieben war.

Der Bootsmann hatte Norman herausgefischt. Ein Ärmel seiner Regenjacke hatte sich am Totholz verhakt, und das Boot war auf die Seite gekippt, bis Lars Johansson den Arm mit Gewalt befreite, wobei die Regenjacke riss. Mit freiem Oberkörper war er zurückgefahren, ohne ein Wort.

Die Mücken hatten seine Brust und seinen Bauch attackiert, und da hatte er mit der flachen Hand zugeschlagen, einmal, kräftig, und das Blut in der Strömung abgewaschen.

Das Zimmer roch nach Schweiß und Hund. Norman lag in der unteren Koje des Doppelstockbetts. René hatte ihn mit Tee und Decken versorgt. Draußen war es immer noch hell. Draußen stand die ewige Sonne. Sie stand tiefer als vorhin. In einem waagerechten, grellen Strahl drang das Licht durch den Spalt in der Gardine.

»Der hat gedacht, wir sind die Durchgeknallten«, sagte René nach einer Weile. »Dumme deutsche Touris.«

»Sei froh, dass ich uns gerettet habe.«

»Natürlich bin ich froh.«

»Der hätte uns in dieser Scheißwildnis ausgesetzt, und dann hätte er seine achtzehn notgeilen Kumpels geholt.«

»Und dann?«, fragte René.

»Tu nicht so, als hättest du keine Angst gehabt.«

»Uns ist nicht mal eingefallen, dass mein Handy noch am Netz war«, sagte René. »Mein Handy war noch an.«

»Na und?«

»Wir hätten jederzeit anrufen können.«

»Wen hätten wir denn erreicht?«, fragte Norman. »Du weißt doch, was passiert, wenn's keine Frauen mehr gibt. Die Typen stumpfen ab. Werden gewalttätig, brutal. Mutieren wieder zum wilden Mann. Oder hast du das vergessen?«

Sie hatte das nicht vergessen. Vor ein paar Jahren hatte das in den Zeitungen gestanden. Aus den großen, überregionalen Feuilletons war ein hysterischer Aufschrei gedrungen über die Abwanderung von arbeitssuchenden Frauen aus

Brandenburg. Das Land leerte sich, nur die jungen Männer blieben tatenlos zurück. Zur Befriedung der Zurückbleiber, deren künftige Gräueltaten man schon in allen Farben kannte, warb man verzweifelt um heiratswilliges weibliches Personal. Norman hatte das einen Frauenhandel nach arabischem Vorbild genannt. In den Redaktionen saß kein einziger ostdeutscher Redakteur. Sie hatten sich darüber lustig gemacht. Hatten sich schlapp gelacht bei der Vorstellung, wie westdeutsche Hausfrauen Ruppiner Kratzputzhäuser stürmten auf der Suche nach einem zornigen Stammesführer.

Norman hustete. Schien vergessen zu haben, dass er das einmal lustig gefunden hatte. Er wälzte sich herum. René registrierte das Geräusch, das die Bettdecke machte. Wahrscheinlich hatte er schon Fieber.

Sie dachte an das Totholz, das der Bootsmann angesteuert hatte, ohne die Geschwindigkeit zu drosseln. Vielleicht wäre das Totholz gar nicht im Weg gewesen, dachte sie, vielleicht wäre es einfach unter dem Boot weggetaucht.

Der Hundegeruch war stark. Und die Helligkeit. Eine übersteigerte Helligkeit überströmte sie und das Zimmer und das ganze Haus. Die Gardine sperrte das Licht nicht aus, diese penetrante Sonne, die den Mückenleichen an den Wänden den Schimmer von Lebendigkeit verlieh.

Der Strom draußen bewegte sich lautlos durchs Flussbett.

Schnee auf den San Bernardinos

San Bernardino Mountains, Kalifornien, USA

»Gefällt es dir?«

»Sehr.«

»Du findest es gut, dass ich dich überredet habe?«

Faye lächelte.

»Wenn ich dich nicht überredet hätte, hättest du's nie gesehen. Du wärst nie drauf gekommen, hier rauszufahren.«

»Nein«, sagte Faye. »Nicht in diese uralte Landschaft.«

»Du meinst die Berge?«

»Alles«, sagte Faye. »Die Bäume, das Wasser und die Berge. Das gesamte Land.«

»Gut«, sagte Helen. »Dafür brauchtest du also mich.«

Die Berge waren gewaltige Dreitausender mit Wasserfällen und schroffen Hängen. An klaren Tagen waren sie von der Stadt aus zu sehen. Auf den Freewaybrücken, die sich über Los Angeles aufschwangen, hatten Faye und Helen die blass im Dunst zerfasernden Gipfel der San Bernardino Mountains bewundert, Wolken, wie Faye fand, phantastische Wolkengebäude am Horizont. Faye besaß ein Auto, einen alten, robusten BMW mit zerschlissenen Ledersitzen und einem nicht schließbaren Sonnendach, das sie für jede

Unternehmung benutzte und mit dem sie auch jetzt zum Big Bear Lake unterwegs waren. Der Stausee lag inmitten von Wäldern. Vor hundert Jahren hatten hier noch Grizzlybären gelebt, eine Information, die Helen dem kleinen Reiseführer entnommen hatte und die aufregend genug war, um sie die letzten Kilometer auf der schmaler werdenden Bergstraße zu unterhalten.

Faye nahm ihren Hut ab. Sie warf ihn auf die Rückbank, Staub wirbelte auf, Sand, der unten im Kessel von Los Angeles ungehindert durch das Sonnendach ins Auto wehte. Das Blau der Ledersitze war verblasst. Die ganze Stadt war staubdurchweht. Die Freeways, die Malls, die Paläste der Kinos, die Coffeeshops, die Smoothiebars, die Fitnessclubs und Sushi Kings, die Palmen und The Grove flimmerten von diesem weichen Sand, den der Wind aus allen Richtungen heranwehte. Er kam von den Stränden des Pazifik und von den Wüsten, die gegen die Stadtränder drückten, und Helen irritierte das. Solche landschaftlichen Gegensätze so dicht beieinander zu sehen, das kannte sie von zu Hause nicht. Nur die Berge waren vertraut.

Als sie den Stausee erreichten, war die Sicht zum Wasser von Anwesen mit hohen Hecken versperrt.

»Bei uns kämpfen sie dafür, dass die Ufer zugänglich sind.«

»Volkseigentum?«

»Ja«, sagte Helen. »Vor fünfundzwanzig Jahren.«

»Bei zubetonierten Ufern habe ich immer Angst, dass der See keine Luft mehr bekommt.« Faye nahm ihren Lippenstift aus der Handtasche neben ihr. »Emily war überzeugt, dass jede Seele eine Landschaft hat. Ihren ureigenen Ausdruck.« Sie tippte mit dem Zeigefinger auf den Rückspiegel.

Der Spiegel zeigte nicht länger die Straße, sondern ihr Gesicht.

»Hat Emily dir sonst noch was gesagt?«

Mit dem Lip Liner fügte Faye den Lippen einen beinahe unsichtbaren Rahmen hinzu. »Sie hat mir immer alles gesagt.«

»Ich weiß. Ich meinte, bevor sie verschwunden ist.«

Im Inneren des Wagens entstand ein leichtes Schaukeln, als Faye den BMW halsbrecherisch eng um die nächste Kurve steuerte. Helen bereute ihre Frage. Andererseits fuhr Faye immer sportlich. Sie fuhr draufgängerisch und stolz, und es war schön, sie dabei anzusehen. Ihr Lächeln, das Haar eng am Kopf nach hinten gebunden. Faye war Anfang dreißig, aber wenn sie fuhr, sah sie wie ein Teenager aus. Sie beherrschte das Auto, den Verkehr und die Stadt, wenn sie barfuß aufs Gas trat, die Ledersandalen von den Füßen gestreift, und ohne zu blinken auf dem Freeway die Spur wechselte. Sie hielt einfach die Hand aus dem Fenster, während sie gleichzeitig telefonierte und Kaffee trank. Helen sah weg.

»Hat sie dir keine Nachricht hinterlassen?«

Faye legte den Lip Liner zurück. »Ich hatte gerade für eine Sekunde ausnahmsweise nicht daran gedacht.«

»Sorry. Ich wollte nicht –« Helen kurbelte das Fenster hoch. »Tut mir leid.« Kälte lag in der durchsonnten Luft.

»Welche Hausnummer haben wir?«

Die Straße wurde schlechter. Schotter ersetzte den Asphalt. Am Straßenrand häuften sich Müllsäcke. Zerwühlte Sandplätze lösten die Vorgärten ab. An einigen Häusern waren die Fenster mit Brettern vernagelt.

»Hunderteinundzwanzig«, sagte Helen nach einem Blick in die Papiere. Es war ihr erster Ausflug mit Faye.

»Gott sei Dank.«

Faye hatte noch nie Urlaub gemacht. Sie wusste nicht, was Urlaub war. Helen war als Kind häufig verreist. Zweimal im Jahr waren ihre Eltern mit ihr ans Meer oder in die Berge gefahren, Ostsee oder Thüringer Wald, und so einen Urlaub hatte sie Faye zeigen wollen, wenigstens für ein paar Tage. Sie hatte im Internet nach einem Ferienhaus gesucht, nach einer Hütte mit Kamin, Grillecke und einer vollausgestatteten Küche, wie sie das von zu Hause kannte.

Sie hatte nur Motelzimmer gefunden, in denen es röhrende Eismaschinen vor den Fenstern und Klimaanlagen direkt über dem Kopfende der Betten gab. Schließlich hatte sie die Anzeigen unbezahlbar teurer Hotels auf Sonderangebote hin studiert, die einen Golfplatz hatten und ein Spa und wo das Valet Parking noch einmal extra teuer war. Faye hatte das nicht kommentiert. Sie hätte die Berge auch weiterhin als Wolken sehen können, als helle Gebilde, die es an diesem Himmel selten gab, was Helen zu der Frage veranlasst hatte, ob Faye eigentlich jemals aus der Stadt herausgekommen war. Nur mit dem Flieger, hatte Faye lächelnd gesagt, sich aber mit dem Ausflug einverstanden erklärt, als Helen schließlich doch ein Häuschen mit Whirlpool fand.

»Der große Bärensee; das top Urlaubsparadies ganz in Ihrer Nähe, ganzjährig und für die ganze Familie«, sagte Helen. Ein Ferienort mit Cafés und Seilbahnen, mit Mountainbike-Verleihs und Trachtenmode in den Schaufenstern, wie sie das von zu Hause kannte. »Verlass dich nie aufs Internet.«

Faye fuhr langsamer, sagte aber nichts.

Die Hunderteinundzwanzig war ein Bungalow auf Pfählen. Von einer kleinen Veranda führte eine Treppe auf den Vorplatz. Die Einfahrt hatte tiefe Löcher. Das Gras, das jemand in einem gärtnerischen Anfall gesät haben musste, war gelb und vertrocknet. Unter der Veranda schoss blaues Unkraut hervor. Das Blau kam vom Anstrich der Fassade, der in großen Fladen abblätterte. Aber der Bungalow sah besser aus als die Häuser nebenan. Und schließlich, dachte Helen, wollten sie nicht unter der Veranda schlafen.

Faye war dabei, ihr Gesicht im Rückspiegel zu überprüfen.

»Nicht gerade das Beverly Wilshire.«

Sie stiegen aus. Trotz der Sonne waren die Schatten der Berge zu spüren. Es war kühl. Dann tauchte ein Hubschrauber am Himmel auf. Er flog in Richtung des nördlichen Seeufers und stand dort eine Weile in der Luft.

»Solche hatten sie im Einsatz.« Faye sah zum Himmel. »Eine ganze Staffel hat nach ihr gesucht. Dachten, aus großer Höhe könnten sie besser sehen. Was sich als Irrtum herausgestellt hat.«

Helen hob die Fußmatte vor der Tür an. Immerhin war der Schlüssel da.

»Sie hätten Wärmebildkameras einsetzen sollen«, sagte Faye. »In den ausländischen Kriegsgebieten setzen sie für alles Wärmebildkameras ein, bevorzugt zum Töten, aber wenn's um die eigenen Leute geht, wenn's darum geht, jemanden zu retten, können sie sich das nicht leisten. Dann haben sie plötzlich kein Geld.«

»Ja«, sagte Helen. »Kommst du?«

»Sie hätten sie sowieso nicht gefunden. Mit keiner Wärmebildkamera der Welt.«

Das Treppengeländer wackelte. Der ganze Bungalow schien morsch, er war noch klappriger als viele der Häuser im Kessel. Auch Faye wohnte in einem zugigen Fertighaus. Von außen machte es Eindruck. Von außen wirkte im Kessel alles imposant. Fayes Haus hatte eine leuchtend weiße Fassade, mit dunklen Holzbalken und bunten mexikanischen Fliesen. Aber im Innern wurde offenkundig, dass die Bauweise nur einem Gedanken folgte, der sich untrüglich wie der Sand durch Los Angeles zog: Es lohnte nicht, etwas Dauerhaftes zu errichten, wenn jederzeit alles einstürzen, verschwinden, ausgelöscht werden konnte. Die Geräusche der Nachbarn drangen ungedämpft durch jede Wand.

»Wer damit rechnet, gesucht zu werden, trifft Vorkehrungen. Und Emily hat damit gerechnet«, sagte Faye. »Ganz sicher. Ein paar Helikopter? Das hat sie amüsiert! Wahrscheinlich hat sie den Piloten vom Versteck aus zugewunken.«

Helen stand auf der Veranda und sah zu Faye. Sie stellte sich vor, wie Faye nicht den Hubschrauber, die Berge, die Wolken oder ihr Make-up im Rückspiegel anschaute, sondern sie. Aber das ging vorüber. Es war eine Vorstellung, die schnell wieder verschwand.

»Willst du doch darüber reden?«

»Du hast recht«, sagte Faye. »Lassen wir das.«

Es war eine Vorstellung, die Helen von Anfang an für tabu erklärt hatte. Sie rührte nicht mehr daran. Sie stellte sich Fayes Blick nicht auf irgendeine bestimmte Art vor, sie stellte sich Fayes Blick gar nicht vor. Sie stellte sich nicht vor, wie Faye sie auf die einzige Art anblickte, die Helen sich vorstellen wollte.

Faye war im Kessel groß geworden. Faye lebte hier, Helen aber nicht. Helen wäre im September wieder in Berlin. Sie würde in einem überfüllten Seminar sitzen und Deutschland nicht noch einmal für so lange Zeit verlassen. Obwohl die Zeit letztendlich keine Rolle spielte. Es wäre nie genug. Jemanden wie Faye entschlüsselte man nicht. Von jemandem wie ihr wusste man nie etwas wirklich. Man wusste nichts konkret, konnte nie einschätzen, was sie tat, wo sie war, wenn man nicht dabei war, oder ob sie morgen mit einer solchen Fahrt in die Berge noch einmal einverstanden gewesen wäre, ich jedenfalls kann das nicht, dachte Helen. Auch nicht nach fünf Monaten. Sie hatte keine Vorstellung davon, wie Faye lebte oder mit wem, welche Menschen sie mochte oder nicht, Emily ausgenommen. Emily war das einzig Greifbare an Faye. Ansonsten schien diese Frau anders als alle, die Helen kannte.

Sie hatten sich in der Cafeteria an einer der Unis im Kessel kennengelernt, an der Faye unterrichtete. Sie hatten über Filme gesprochen, hatten über Filmszenen in Cafeterias gesprochen, über berühmte Szenen in Cafés und über den berühmtesten Satz in *Katz's Deli: »I'll have what she's having!«*

Faye ging leidenschaftlich gern ins Kino, und sie verabredeten sich für die Premiere irgendeines neuen Streifens. Faye kannte den Regisseur, und mit der Hälfte der Schauspieler schien sie befreundet zu sein, und die andere Hälfte schien ihr Geld zu schulden, und Helen hielt das anfangs für ein Klischee, ein glamouröses, aber doch ein Abklatsch; genauso hätten sie sich Hollywood zu Hause vorgestellt. Erst im Kino, als Faye dicht neben ihr saß, löste sich das Klischee auf, wurde überblendet von Fayes mildem Parfüm, dem schlichten Silberarmband, der blassgemusterten Bluse und den Spaghettiträgern im Ausschnitt über ihren Schlüsselbeinen. Faye hatte geflüstert, dass sie keine Ahnung hätte, ob der Film etwas taugte, dass sie aber auch einer Fliege beim Krabbeln über die Leinwand zuschauen könnte. Das Licht ging aus, und weil der Abstand zwischen ihnen jetzt gänzlich aufgehoben schien, hatte Helen sich während des gesamten Films an die gegenüberliegende Armlehne gepresst. Später, zu Hause, hatte sie einen blauen Fleck unter den Rippen entdeckt, der, wie sie fand, das Tabu eindrucksvoll besiegelte.

»Emily ist nicht blöd«, sagte Faye und schlug die Fahrertür zu. »Sie wird sich kaum in die Wüste gestellt und Fähnchen um sich rum aufgebaut haben, damit ein paar Helikopterpiloten sie finden. Wenn sie nicht gefunden werden will.«

Sie packten das Auto aus. Sie trugen den Rucksack und den Rollkoffer auf die Veranda, sie schleppten zu zweit die Lebensmittel über den Platz, die sie vor der Abfahrt bei Whole Foods gekauft hatten, zwei gefüllte Tüten für mehr als hundertfünfzig Dollar, die Helen daran erinnerten, weshalb von den vielen Mexikanern in L. A. kaum einer dort einkaufte.

Am Ende der Straße waren die Berge zu sehen, wolkenverhangene Gipfel. Die Felsen darunter leuchteten in der späten Nachmittagssonne, und Helen bekam Lust loszugehen, einem der Hikingtrails zu folgen, die sie in ihrem kleinen Führer ausgesucht und mit roten Zetteln markiert hatte, Faye zuliebe nur einem der gutgesicherten und nur, solange es nicht dunkel war.

»Drinnen sieht's wahrscheinlich auch nicht berauschend aus«, sagte Helen vorsichtig. »Jedenfalls nicht wie im Beverly Wilshire.«

»Nein«, sagte Faye. »Es wird schlimmer sein als in einer Bärenhöhle.« Umstandslos nahm sie den Schlüssel, der aus Helens Hosentasche hing. »Darauf bin ich eingestellt.«

»Ach.«

»Ich kenn mich aus.«

»Du hast dir nicht mal die Fotos angesehen.«

»Das brauchte ich nicht«, sagte Faye gutgelaunt.

»Dann bist du doch schon mal aus L. A. rausgefahren.«

»Ich weiß, was es in diesem Land bedeutet, sich außerhalb der Städte aufzuhalten.«

»Weil du so ein Naturmensch bist?«

Faye klapperte mit dem Schlüssel. »Nur, weil ich High Heels und Paisleyblusen mag und lieber an einem Tisch als auf dem Waldboden mein Abendbrot esse, bin ich noch lange keine Verächterin der Natur.«

»Du besitzt nicht mal eine Regenjacke.«

»Nein, aber ich mache jeden Tag einen Spaziergang am Strand.«

»Und die Berge sind Wolken!«

»In San Bernardino«, sagte Faye ernst, »geht ein Riss durch die Welt.«

Helen hob den Rucksack auf.

»Wer sagt das? Emily?«

»Emily, Emily«, machte Faye und schob den Schlüssel ins Schloss. »Diesen Riss gibt es schon deshalb, weil die Grizzlys darin verschwunden sind. Früher gab es Grizzlys. Jetzt nicht mehr.«

Sie warf einen prüfenden Blick in den Bungalow, wo sich ein paar Gegenstände im Halbdunkel abzeichneten; ein Plüschsofa, ein Kicker, ein brauner Tisch. »Menschen kehren immer zurück. Egal, was passiert. Nach jeder Sturmflut, nach jedem Erdbeben sind sie wieder da, stecken ihre Köpfe aus der Asche und zetern. – Und nach jeder Periode des schlechten Geschmacks«, sagte sie mit Blick auf die Billigmöbel. »Was nicht bedeuten soll, dass ich schlechten Stil gutheiße.«

»Bist du wirklich so gelassen? Oder nur mir zuliebe?«

Faye sah gewöhnlich zuerst die Gefahren, lebensbedrohliche Gefahren, die es außerhalb des Kessels überall gab. Am größten war die Gefahr an den Rändern, an den Rändern von Erdplatten, den Rändern des Pazifik und der Wüste, den Rändern von Siedlungen und am menschlichen Rand, der Haut, dort, wo die Sicherheit darüber verlorenging, ob man innen oder außen war. Das war der Grund dafür, dass Faye nie an den Stadtrand fuhr, weshalb sie ihn bestenfalls überflog.

»Was denn«, sagte Faye. »Traust du dich nicht?«

Faye hatte Angst, dass Unglücke geschahen, wo im Juni der Nebel als breiter, dichter Streifen über der Küste hing und im November schwere Regenfälle Löcher in den porösen Asphalt der Straßen wuschen, Sanddünen wegschwemmten, Klippen ins Rutschen brachten und Feuersbrünste ganze Landstriche versengten. Die Ränder waren das, was zuerst verschwand.

»Hast du Angst reinzugehen?«

»Nein«, sagte Helen. »Ich doch nicht.«

»Du musst dich nicht genieren. Ich gehe davon aus, dass das Haus nicht gereinigt wurde«, sagte Faye. »Fürs Putzen heuern sie illegale Mexikaner an, und die werden miserabel bezahlt.«

»Ich geniere mich nicht«, sagte Helen.

Faye griff nach dem Rucksack. »Deine Fingernägel schwitzen.«

»Quatsch.«

»Im Ernst. Sie schwitzen. Ich wusste nicht, dass das biologisch möglich ist.«

Faye war es, die abrutschende Villen und Palmen, die niedergebrannt waren oder entwurzelt am Strand lagen, verendete Möwen und tote Robben gewöhnlich als Vorboten von Katastrophen sah. Aber jetzt hatte Helen das Gefühl, die Situation drehte sich irgendwie um.

»Ist auch nicht möglich«, sagte sie und hörte Faye lachen, ging schnell an ihr vorbei, öffnete die Fenster, klappte die Fensterläden auf, ein Fensterladen rutschte ihr aus der Hand, knallte an die Tapete. Sie merkte, wie sie schwitzte, die nassen Hände, das Wasser, das zwischen ihren Brüsten hinunter ins T-Shirt rann.

Faye stand vor dem Kamin. Sie legte ihren Hut in den Efeu auf dem Sims. »Das Plastikgewächs ist besonders hübsch. Die passende Ergänzung zu dieser ästhetischen Katastrophe.«

Im Türrahmen zum Schlafzimmer drehte sie sich mit einer weiteren Botschaft zu Helen um. »Soll ich dir was verraten? Es gibt nur ein Bett. *Queensize.*«

Die Sonne fiel in einem niedrigen Winkel durch die Fenster, ein glühender Strahl auf der fleckigen Auslegware. Von der Haustür bis zum Schlafzimmer trennte er den Raum in der Mitte durch. Am Ende des Strahls lag Fayes Hut. Es sah aus, als hätte sie ihn extra so auf dem Kamin platziert, als spöttische Krönung des letzten Lichts.

Der Hut hatte dieselbe Farbe wie der Sand unten im

Kessel. Er war geflochten, mit einer breiten, biegsamen Krempe. Es gab ein Foto mit so einem Hut. Das Foto war festgepinnt an Fayes dünner Küchenwand. Eine schmale Gestalt saß vor einem Baum mit gelben Früchten, einem Loquat Tree, das Gesicht von der Hutkrempe verschattet.

»Ist das Emilys Hut?«, fragte Helen.

»Gefällt er dir?«

Helen schwieg.

»Emily hat ein Faible für Hüte. Ich bin mir nicht sicher, ob ich sie jemals ohne Hut gesehen habe. Nicht außerhalb des Hauses. Das wäre für sie so, als hätte sie vergessen, sich anzuziehen.«

»Emily wäre nie hierher gefahren«, sagte Helen langsam. »Mit Emily wärst du auf ein Weingut in Santa Barbara gefahren oder in ein teures Spa-Resort.«

»Früher vielleicht«, sagte Faye.

»Unter fünf Sternen hättet ihr nirgendwo eingecheckt.«

»Und was stört dich daran?«

»Es stört mich eben«, sagte Helen heftig. »Dieser ganze Luxus. Der stört mich.«

Sie standen sich gegenüber in der dünnen Luft, eintausendfünfhundert Meter über dem Meeresspiegel, diesseits und jenseits des glühenden Sonnenstreifens auf dem Boden, in einem modrigen Geruch nach feuchter Erde und altem Teppich, vermischt mit dem Dunst von Käse, der sich in den Einkaufstüten langsam erwärmte.

»Dass sie die Ufer zubetonieren, damit Leute wie ihr das Gefühl habt, ihr wärt was Besonderes«, sagte Helen. »Und der Rest der Welt kriegt keine Luft mehr wegen diesen ganzen Edelabsteigen mit Verjüngungskuren und Schlammpackungen und halbnackten, ausgebeuteten mexikanischen *boys*, die Smoothies mit *wheat-grass-shots* servieren. Ich könnte sowas nicht.«

Faye sah sie reglos an.

»Aber du und Emily! Ihr habt euch schick bedienen lassen von *boys*, die so tun, als ob sie euch verfallen sind, weil sie glauben, dass das ihr Ticket in die Zukunft ist.«

Faye sagte nichts.

»Gruselig, nicht«, sagte Helen, irritiert von Fayes Blick.

»Sich zu verjüngen ist ein uralter Menschheitstraum«, sagte Faye ruhig.

»Aber wer von dieser Menschheit hat was davon!«

»*The lucky few.* Und zu denen gehörte ich nicht.«

»Nein«, sagte Helen wütend. »Du bist ja auf der falschen Seite des Boulevards aufgewachsen.«

Faye hob den Rucksack auf und stellte ihn auf den Tisch. »Das sind feine Unterschiede«, sagte sie sachlich. »Das verstehen nur Eingeweihte.«

Die Tür zum Schlafzimmer fehlte. Das Queensize-Bett war mit einer knallroten Tagesdecke bedeckt.

»Ich bin auf der falschen Seite der Mauer aufgewachsen. Aber je länger ich in dieser sogenannten freien Gesellschaft bin, umso mehr kommt es mir vor, als ob es die richtige Seite gewesen ist«, sagte Helen.

»Ihr habt die sogenannte freie Gesellschaft einfach überschätzt.«

»Ach ja? Und ihr habt geglaubt, ihr seid arm, nur weil die Leute auf der anderen Seite des Boulevards wohlhabender waren als eure wohlhabenden Eltern.«

»Stimmt«, sagte Faye. »So sah bei uns der Klassenunterschied aus. Ich war in unserem reichen Viertel die Verliererin. Ich gehörte nicht dazu. Emily schon.«

Faye hatte Helen ihr Viertel gezeigt. Es war ein Villenviertel mit breiten, stillen Straßen, mit Security-Schildern und Torbögen, die von Bougainvillea überwachsen waren. Vor Fayes Elternhaus hatten sie den alten, blauen BMW abgestellt. Es war ein schönes Haus im spanischen Stil, von einer weißen, geschwungenen Mauer umgeben, hinter der es Olivenbäume und Feigen und die gelben Früchte der Loquats gab. Sie hatten es sich nicht von innen ansehen können, weil das Haus längst verkauft worden, das Geld ausgegeben oder verloren war.

Faye fummelte an den Rucksackverschlüssen herum. Der Rucksack gehörte ihr nicht. Sie hatte sich den Rucksack geliehen wie die Regenjacke und die Wanderschuhe auch.

»Emily würde dich mögen«, sagte Faye nach einer Weile. »Sie hat auch solche Anfälle. Sie ist der leidenschaftlichste Mensch, den ich kenne. Nur diesmal ist ihre Leidenschaft mit ihr durchgegangen. – Abzuhauen«, sagte Faye. »Ohne irgendwem Bescheid zu sagen!«

»Abhauen und neu anfangen«, sagte Helen und ließ sich aufs Sofa fallen, »das ist noch so ein billiger amerikanischer Traum.«

»Kannst du mir sagen, warum du auf einmal schlechte Laune hast?«

»Ich habe keine schlechte Laune.«

»Nein. Du wärst nur gerne ein mexikanischer *boy*«, sagte Faye. »Der Welt würdest du damit keinen Gefallen tun.«

»Aber dir«, sagte Helen.

Faye sah überrascht auf.

»Du müsstest nicht dauernd an Emily denken.«

»Ist es das, was dir auf der Seele brennt?«

»Wenn ich ein *boy* wäre«, sagte Helen leise. »Dann wäre einiges anders.«

»Was genau?«

»Alles«, sagte Helen, ohne Faye anzusehen.

»Du solltest das schon genau wissen«, sagte Faye. Sie hatte den richtigen Verschluss gefunden. Aber sie machte den Rucksack nicht auf. Sie legte nur ihre Hände darauf. »Und solltest du dabei sein, dich zu verlieben, tu das nicht.«

Fayes Augen lagen im Licht. Es waren schöne Augen, wasserhell und blauer als ein wolkenloser Himmel. Draußen fing ein Hund zu bellen an, draußen gab es Berge und Wanderwege, die bereits dunkler wurden, und es gab den See, von dem sie noch nicht einmal das Ufer gesehen hatten. Sie hatten überhaupt noch nichts gesehen, außer der zerschlissenen Straße und den baufälligen Bretterbuden, sie konnten noch immer glauben, dass die Berge Wolken waren. Selbst die Wanderschuhe waren noch verpackt. Sie lagen ganz unten im Rucksack.

»Keine Angst«, sagte Helen leise. »Ich habe jemanden, der im Bett auf mich wartet.«

Faye nickte. Sie holte das Päckchen mit Kaffee, den sie frisch hatten mahlen lassen, aus einer der Einkaufstüten. Die Tomaten fielen heraus. Auch der Käse und das Brot landeten in der Spüle. Für einen Moment war es still.

»Sie ist nicht radikal, ist sie nie gewesen. Ungestüm, ja. Wild; von mir aus. Extrem eigensinnig. Aber nicht nachlässig«, sagte Faye dann, »nie nachlässig oder gedankenlos bei Menschen, die sie mag. Ich kenne Emily. Wir kennen uns, seit ich sieben war. Ich sieben und sie fünf. Das Mädchen, das im Kleid über die Gartenmauer klettert, wenn meine

Mutter mal wieder auf einem Trip war und uns eingeschlossen hatte und den Schlüssel nicht fand. Ich war immer lieber bei Emily. Hab eine Zeitlang so oft bei ihr übernachtet, dass ich schon dazugehörte, Schwester, Wahlschwester von mir aus. Wir machten Hausaufgaben nach der Schule, und dann blieb ich einfach da. Ihre Mutter mochte mich. Spürte, wenn ich getröstet werden wollte. Abends kam sie ins Zimmer und las uns was vor. – Emily im schicken Pyjama«, sagte Faye. »Blau. Blau mit weiß abgesetztem Kragen.«

Sie ging von der Spüle weg. »Ihrer Mutter hätte sie was gesagt. Wenn es die noch gäbe.« Faye ging am Sofa vorbei, eilig, als wollte sie weg von hier, von den dreckigen Straßen, zurück in die Stadt.

Am Fenster blieb sie stehen. »Ihre Mutter hätte gewusst, dass die Meldung neulich in der L.A. Times nicht Emily betrifft. Dass diese Schießerei in der Wüste nichts mit ihr zu tun hat.« Das Fenster war offen, und der Luftzug blähte ihr Hemd. Es war ein Seidenhemd, es war gemacht für einen Sommerabend am Meer und zu fein für die Berge. »Diese entsetzliche Wüste. Ja, Emily liebt die Mojave. Ich hab ihr oft gesagt, sie soll da nicht allein hin. Andererseits gehen ständig Menschen in der Wüste verloren, verlaufen sich, verdursten, Urlauber, die sich überschätzen. Aussteigertypen mit ihrem desaströsen Hang, die unwirtlichsten Orte zu verklären. Aber doch nicht Emily! Nur, weil ein Truckfahrer einen SUV wegfahren sieht und in diesem SUV eine Frau zu sehen glaubt? Weil er sich einbildet, dass die Frau unter Zwang eingestiegen ist? Dunkle Typen, Männer im Anzug, man kann sich alles Mögliche einbilden, nicht, dass das eine unwahrscheinliche Geschichte wäre, ganz und gar nicht, auch wenn es sich für dich vielleicht so anhört. Wenn es klingt, wie aus einem der Streifen, die sie hier im Stundentakt produzieren. Klar machen Filme die Wirklichkeit überhaupt erst sichtbar. Nur würde einer Wüstenkennerin wie Emily sowas nicht passieren. Ausgeschlossen. Und weißt du, was das Schlimmste ist?«, sagte Faye, weiterhin nach draußen gewandt. »Dass niemand ein Interesse hat, den Fall aufzuklären. Sie haben nicht mal das Kennzeichen. Trotz Helikopter haben sie nicht die geringste Spur. Da überwachen sie die halbe Welt und können noch nicht mal einen verdammten SUV finden!«

Auf der Straße war es still. Schon lange war kein Auto mehr vorbeigefahren. Es gab niemanden, der auf den Verandas saß, keinen, der die Gärten pflegte, kein Fernseher lief. Der Hund hatte aufgehört zu bellen. Am Ast eines Straßenbaums hing eine Schaukel. Sie war aus einem Brett und zwei Stricken zusammengebaut, aber nichts deutete darauf hin, dass es Kinder gab, die hier spielten. Kein Urlauber kehrte von einer späten Wanderung zurück. Cafés oder Läden hatte Helen auf der Herfahrt nicht gesehen, nur eine Tankstelle und einen Diner, aber kein Mensch war unterwegs. Helen dachte, dass nichts so war, wie sie es von zu Hause kannte. Die Häuser nicht, die leerstanden, die verwilderten Vorgärten nicht und erst recht nicht das, was in der Zeitung stand.

»Ich kenne die Stelle«, sagte Faye. »Emilys Lieblingsplatz. Die Landschaft ihrer Seele. Ich wünschte nur, ich hätte mir meinen Kommentar dazu gespart. Hätte ihn mir einfach verkniffen. Ein bisschen Pathos; was wäre das Leben denn ohne?«

»Du meinst, sie hatte nicht vor zu verschwinden?«

»Nicht freiwillig.«

Helen trug noch das kurzärmelige T-Shirt, mit dem sie heute Morgen im Kessel bei dreißig Grad losgefahren war. Sie fror.

»Das kann auch jemand anders gewesen sein in diesem SUV«, sagte sie und stand auf, um ihre Jacke zu holen.

Ein Pick-up-Truck hielt vor dem Haus gegenüber. Er wartete mit laufendem Motor, sah wie ein Fluchtauto aus.

Helen legte Faye die Jacke um die Schultern.

»Außer mir kennt die Stelle nur noch einer«, sagte Faye. »Leigh. So ein Typ, an den sie sich gehängt hat.« Sie drehte sich um, und die Jacke rutschte zu Boden.

Als Helen sich danach bücken wollte, hielt Faye sie fest. Das Licht im Zimmer war diffus, aber Faye sah sie an, die Augen blauer als ein wolkenloser Himmel, und legte ihr die Hände ans Gesicht. »Danke.«

»Wieso?«

»Dass du uns hierhergebracht hast.«

Fayes Hände hatten denselben Druck, dieselbe Sicherheit wie im Auto, wenn sie ins Lenkrad griff, stark, zärtlich und kontrolliert. »Das war eine gute Idee.«

Sie schmeckte fremd.

Der Himmel hatte eine bedrohliche Tiefe. Wie dieses Land. Wie die Landschaft mit ihren Gefahren, von denen Faye sich umgeben sah, am westlichsten Ende der Welt, hinter dem nur noch der Pazifik kam, während Helen im Osten aufgewachsen war, schon fast am Ural, wenn man es vom Kessel aus sah, in einem Landstrich, der von Slawen und Kriegen und vom Sozialismus geprägt, auf jeden Fall aber auf Dauer angelegt worden war, und Helen spürte, wie die überstürzte Nähe ihr widerstrebte und sie gleichzeitig nirgendwo anders sein wollte als hier, bei Faye, in ihrem Kuss, an einem Ort, an dem es möglich war, die Fingernägel zum Schwitzen zu bringen.

Über den Bergen hatte sich die Wolkendecke aufgelöst, und dort sah Helen hin, und Faye, die ihren Blick bemerkte, drehte sich ebenfalls um. Sie standen dicht beieinander und sahen den Schnee auf den Gipfeln.

»Wenn jemand im Bett auf dich wartet«, sagte Faye, »dann ich.«

Sonnenbucht

Stechlin, Brandenburg, Deutschland

Sie kamen jeden Tag hierher.

Sie kannten die schönsten Waldwege und die beste Badestelle am Nordufer.

Das Wasser war durchsichtig und hellgrün. In den Buchten lag feinkörniger Sand, Ostseesand, wie Sara sagte, die lieber an der Küste gewesen wäre. Aber Norman hatte darauf bestanden, die Räder zu nehmen und an die alten Plätze zu fahren, und wegen gestern Abend, der Normans letzter gewesen war, der letzte vor der Sommerpause, die jetzt mit ihren langen, furchtbaren Tagen vor ihnen lag, hatte Sara nicht diskutiert.

Fische schwebten über dem leuchtenden Grund. Die Äste der Buchen ragten weit auf den See hinaus. Das Flirren der Blätter wurde vom spiegelnden Wasser zurück an die Baumstämme geworfen, wo es wie flackernde Rinde aussah.

Weder Norman noch Sara waren je in einem exotischen Land gewesen. Sie hatten keine Erfahrungen mit Exotik gemacht, von einer Reise nach Lappland abgesehen, die Norman vor Jahren ohne seine Frau unternommen hatte. Er war mit einer Freundin unterwegs gewesen, zu der der Kontakt nach dem Rückflug abgebrochen war.

Aber es gefiel ihnen, die Sonnenbucht in eine exotische Ferne zu versetzen. Ein Lokaljournalist hatte den smaragdfarbenen See kürzlich mit Lagunen auf den Bahamas verglichen, und sie hatten sich bestätigt gefühlt.

Die Sonnenbucht lag abseits der großen Badestellen. Der Weg war voller Wurzeln, und Norman, der ein Trekkingrad mit starkem Profil besaß, fuhr voraus. Sara blieb mit den beiden Kursteilnehmerinnen zurück, einem Bonner Pärchen, die ihre Räder mit Badetaschen und Yogamatten bepackt hatten. An einer Weggabelung bog Norman zur Hauptbadestelle ab, und Ute, die größere, aufgeschlossenere der beiden, sagte: »Macht unser Yogameister jetzt doch noch schlapp?«

Norman steuerte eine Imbissbude an, vor der weiße Plastiktische standen.

»Ob sie wissen, was ein Daiquiri ist?«

»Auf den Bahamas sollten sie von einem Daiquiri schon mal gehört haben«, sagte Sara.

Ihre Haare waren nassgeschwitzt vom Helm, und sie wäre lieber zügig zur Sonnenbucht gefahren. Sie wollte ins Wasser. Sie wollte hinausschwimmen und tauchen und lange drinnen bleiben. Es war heiß in diesem Sommer.

»Könnt ihr einen Daiquiri machen?«, fragte Norman den Mann hinter der Theke der Imbissbude.

»Sieht das aus wie 'ne Bar«, sagte der Mann.

»Rum, Limetten und Zucker. Oder ist das für diese Gegend zu viel verlangt?«

»Was glaubst'n du, was für 'ne Gegend das ist«, sagte der Mann.

»Tiefstes Brandenburg. Trostloses, aufgegebenes Brandenburg.«

»Besserwessi.« Der Mann drehte sich um.

»Der Daiquiri ist ein kubanisches Getränk«, sagte Norman angriffslustig. »Es wäre ein passender Drink für den Osten. Schließlich hat er auf gewisse Weise den Sozialismus gesehen.«

Der Mann machte sich im Hintergrund seiner Bude am Pommes-Brater zu schaffen.

»Nur der Richtigkeit halber«, sagte Norman, »ich bin in Pritzwalk geboren. Da wird man ungern als Wessi beschimpft.«

»Lass uns zur Sonnenbucht fahren«, sagte Ute.

»Ich hab gesehen, dass er Rum da hat«, sagte Norman zu den Frauen. »Und eine Zitrone wird er wohl auch haben.«

»Ute hat recht«, sagte Sara.

»Sind wir nun auf den Bahamas oder nicht«, sagte Norman. »Zu den Bahamas gehört ein ordentlicher Drink!«

Sara schaute ihn an. Sie schaute zu Norman, und dann blickte sie Ute an, als hätte sie sie nie zuvor gesehen. Ute sah gut aus. Blaue, lebhafte Augen, halblanges, dunkles Haar, das ihr immer mal wieder ins Gesicht fiel. Sie trug eine randlose Brille, die jetzt auf dem Tisch lag. Die Fältchen an den Augenwinkeln wurden beim Lächeln tiefbraune Strahlenbündel, und Sara schaute vom Gesicht weg auf den Kragen von Utes ärmelloser Bluse, die über der Brust ein wenig offen stand.

»Lasst uns damit aufhören«, sagte Ute. »Zumal die Bahamas nicht Kuba sind.«

»Er hat Rum da«, sagte Norman. »Und wir brauchen alle was zu trinken.«

Sara sah ohne zu lächeln auf ihren Mann. Norman hatte die Haare im Nacken zusammengebunden. Um den kräftigen Hals trug er ein Lederband mit einem blauen Opal. Ein Lauffreund hatte ihm den Stein aus dem australischen Regenwald mitgebracht. Mit strengen Fitness- und Ernährungsplänen hatte Norman seinen Fettfreie-Masse-Index auf einen anständigen Wert gebracht. Bei Marathonläufen war er häufig unter den Ersten seiner Altersklasse, und wenn er sich auf diese Läufe vorbereitete, aß er nur das, was unter dem Gesichtspunkt einer ausgewogenen Aufnahme von Proteinen und Kohlenhydraten vernünftig war. Auch er trug ein ärmelloses T-Shirt und Yogahosen. Sie waren verblichener als die Hosen der Frauen. Er hatte sie jeden Tag im Studio an, wo man ihn für seine Umsicht schätzte.

»Wir sollten auf deinen Einsatz gestern anstoßen, Ute«, sagte Norman, »der war top!«

Sara sah von ihrem Mann weg zum See. »Wir müssen das jetzt nicht besprechen.«

»Wieso nicht?«, fragte Norman. »Sie war mutig. Das muss man honorieren.«

»Wir müssen das nicht noch mal aufwärmen«, sagte Sara.

»Dieses Arschloch war nicht von hier. Ein Zugereister, ganz klar«, sagte Norman.

Ute setzte ihre Brille auf. »Also, ihr Lieben, ich muss ins Wasser. Diese Hitze hält ja kein Mensch aus.«

Sara sah sie beide an, und beide sahen, wie blass sie war und wie sie versuchte, sich zusammenzureißen. Norman machte das Angst, weil er es von seiner Frau nicht kannte.

»Vielleicht wäre es besser für euch, ich wäre zu Hause geblieben«, sagte Sara. Aber das war sie nicht. Er hatte sie überredet, den Kurs mitzumachen. Es war ein teurer Kurs mit drei Übernachtungen, Wellness-Paket und Halbpension, und von den Brandenburgern konnten sich das nur Wenige leisten.

Sara stand auf und ging auf den See zu. Sie atmete heftig, und trotz der Haare, die ihr lang über den Rücken fielen, konnte man sehen, wie sich ihr Brustkorb hob und senkte.

»Das ist bloß die Erschöpfung.« Ute sah hinter Sara her. »Ich habe schon viele Gruppenkurse mitgemacht. Nach drei Tagen gibt es immer einen Durchhänger.«

»Nein«, sagte Norman. »Von nun an wird sie mich anders sehen.«

»Unsinn. Am Ende des Sommers denkt keiner von euch beiden mehr dran.«

»Macht es dir gar nichts aus?«

»Natürlich macht es ihr was aus«, sagte Corinna, die die ganze Zeit über nichts gesagt hatte. Ein kleiner Silberring in der Unterlippe schlug beim Sprechen gegen ihre Zähne. »Schon mal dran gedacht, dass du für Utes Gefühlsoffenbarungen nicht der geeignete Adressat bist?«

»Ich stand unter Schock.« Norman rieb sich die Stirn. »Und wenn die eigene Frau das mitbekommt, ist das richtig scheiße.«

Die Hitze wurde unerträglich.

»Also«, sagte Corinna. »Wie isses jetzt mit was zu trinken?« Corinna stand auf und kam mit vier Mineralwassern zurück. Auf einem Teller lagen sehr dünn geschnittene Zitronenscheiben und ein paar Minzeblätter.

»Ich habe Zitronen*stücke* verlangt. Ich wollte alkoholfreien Mojito und hab eindeutig *Stücke* gesagt! Ich hätt's ihm auch buchstabiert.«

Norman sah zu, wie Corinna Minze ins Glas tat. »Ich

wäre euch dankbar, wenn ihr es nicht an die große Glocke hängt. Nicht groß rumerzählt, meine ich.«

»Du meinst, wir sollen es nicht auf Facebook verbreiten?«, fragte Ute. »Corinna und ich sind nicht die großen Krakeeler, die gleich die No-Go-Area ausrufen. Es wäre schade um die Schönheit dieser Landschaft. Schloss Rheinsberg«, sagte sie. »Der Parzival in Neuruppin. Außerdem diskutieren wir unsere Freizeitgestaltung nicht im Internet.«

Norman spürte, wie die Hitze schwerer wurde, wie das Wetter langsam in eine schwüle Wärme umschlug. Die Sonne hatte einen Stich ins Bleiche. Er sah zum Ufer, um Sara ausfindig zu machen.

Sara stand mit den Füßen im Wasser, die Hände im Nacken. Von dort, wo sie stand, konnte sie das Kernkraftwerk sehen. Am Ende eines Kanals erhob sich ein Bollwerk aus Beton, das vor einigen Jahren noch den sowjetischen Reaktor und die Abklingbecken vor den Blicken der Urlauber geschützt hatte. Jetzt war nur das Reaktorgebäude übriggeblieben, das wegen starker Kontaminierung auch die nächsten dreißig Jahre nicht rückgebaut werden konnte.

Auf Radausflügen hatten sie oft an dieser Mauer gehalten, und Norman hatte ihr erklärt, dass das Wasser für den Kühlkreislauf aus dem Nehmitzsee gekommen und danach durch einen Auslauf in den Stechlin geleitet worden war, und für Sara war immer klar gewesen, dass es ihn dieselbe Überwindung gekostet hatte wie sie, danach wieder baden zu gehen, am Nordufer, in ihrer liebsten Bucht, wo der Sand wie an der Ostsee war.

Vor ihr lag der lange Sommer.

Sie zog sich aus und ging ins Wasser, das schnell tiefer wurde. Sie schwamm hinaus, und beim Schwimmen hatte sie das Gefühl, ihr Leben fließe, während sie vorwärts schwamm, rückwärts unter ihr vorbei. Der ganze türkis leuchtende See glitt ihr durch die Finger.

Sie schwamm weit vom Ufer weg, und es sah aus, als schwimme sie direkt auf das Kernkraftwerk zu.

»Abartig«, sagte Corinna. »Bei so einem Wetter in die Sauna zu gehen. Kein Wunder, dass da einer durchknallt.«

»Ich werd's wieder gutmachen«, sagte Norman. »Ich biete euch nachher eine Stunde extra an, und ihr kriegt einen Coupon fürs nächste Mal.«

Sie saßen im Schatten der Buchen, die Hitze drückte aufs Blätterdach, und dann kam Sara das Ufer hinauf. In ihrem schwarzen Bikini, nass vom Schwimmen, lief sie über das verdorrte Gras. Sie sah frisch aus und entspannt. Sie legte ihrem Mann eine Hand auf die Schulter, und unter ihrer Kühle zuckte Norman leicht zusammen.

»Wenn sich so ein Typ benimmt wie ein Schwein, ist das nicht Normans Aufgabe, da hat Ute ganz recht. Da wären ein paar kräftige Jungs von einer Sicherheitsfirma angebracht. Schließlich muss nicht jeder gut darin sein, Köpfe gegen die Wand zu schlagen.«

Norman sah seine Frau an. »Schon gut, Sara. Ich beherrsche Techniken zur Selbstverteidigung.«

»Aber es ging nicht um dich, nicht wahr?«

Sie hatten in einem Halbkreis vor dem Spiegel geruht. Gestern nachmittag, am Ende des Kurses. Schwüle Luft war durch die offenen Fenster gekommen. »Visualisiert den Wind«, hatte Norman gesagt. »Stellt euch vor, wie er die

Fäden jedes negativen Gedankens und Gefühls auftrennt, die jemals in den Stoff eures Wesens gewebt wurden.«

Der Spiegel hatte Saras Gesicht gezeigt. Sie hatte die Augen offen. Ihr Blick lag selbstvergessen auf Ute. Als Norman seine Frau so sah, spürte er seinen Puls schneller werden, aber er musste liegen bleiben und das Mantra von Atmung und Konzentration wiederholen, bis die fünfzehn Minuten vorbei waren.

Als sie später auf der Terrasse eine Schale Jasmintee tranken, sah er diesen Blick von Sara noch einmal, und diesmal sah er, wie Ute ihn erwiderte, und Sara, mit der er seit elf Jahren verheiratet war, wurde ihm ganz fremd.

»Willst du noch Tee?«, fragte er seine Frau. Sara blickte von Ute weg in die Schale auf ihren Knien. Sie schüttelte den Kopf.

»Ich hätte gern noch welchen«, sagte Ute, und Norman schenkte ihr aus der gusseisernen Kanne den Tee ein. »Du hast einen guten Ansatz«, sagte sie. »Du verstehst was von Physiologie und hast gleichzeitig ein Auge auf den Bewegungsapparat. Und du machst das mit einer großen Natürlichkeit. Darin liegt ein ungeheures Potential.«

Als die beiden Frauen in ihr Zimmer gegangen waren, um sich für die Sauna fertig zu machen, und er die Teeschalen wegräumen wollte, hielt Sara ihn zurück.

»Was ist los, Norman?«

»Nichts.«

»Doch. Irgendetwas ist. Das seh ich dir an.«

»Alles bestens«, sagte er.

»Wirst du krank?«

»Diese Westtussis, die waren garantiert noch nie in einer gemischten Sauna.«

Sara lächelte. »Morgen bist du sie los.«

»Natürlichkeit!«, sagte Norman verächtlich. »Hast du das gehört? Wie sie das betont! So ein Bild tragen sie dann in die Welt; das Animalische des Ostens!«

»Sieh's nicht so eng«, sagte Sara und legte ihm eine Hand auf den Arm, und in diesem Moment hätte er gern mit seiner Frau geschlafen. Er hätte sie gern hart auf einer der Yogamatten gefickt und sie in ihren gemeinsamen Rhythmus hineingebracht, sie hineingezwungen, bis sie wie von selbst mitging, bis ihr Körper sich ihm ergab, bis sie sich öffnete und alles im Einklang war, und er hätte gern ihre Augen unter sich gesehen, die, wenn sie kam, diesen Tranceblick hatten.

Gerade da lief Ute in einer weißen Leinenhose und Flipflops an ihnen vorbei, eine Badetasche über der Schulter. Aus dem Duschraum hörte er Stimmen. Das mussten die Männer vom Kernkraftwerk sein, die hier auf Montage waren, seit Jahren bauten sie das KKW zurück.

Norman holte den Wasserbottich und nahm Fächer und Duftöl aus dem Schrank. Dann ging er sich umziehen. Als er die Tür zur Sauna öffnete, um vor dem Aufguss zu lüften, saßen einige Männer schon breitbeinig auf den Bänken, ließen ihre Schwänze wie üblich prahlerisch herunterhängen. Bei anderen verschwand das Glied im Wurzelwerk der Haare, nur die Jüngeren rasierten sich. Oben saßen zwei Dicke, und Norman warf gewohnheitsgemäß einen Blick auf sie. Es erschien ihm jedes Mal wieder wie eine Finte der Natur, den Dicken die Energie, die für den Rest des Körpers nötig war, ausgerechnet aus den Schwänzen abzuzweigen. Ihr Glied schrumpfte auf die Größe eines Knopfes, der an übergroß wirkende Hautsäcke genäht zu sein schien. Bei den Frauen funktionierte das andersherum. Mit zunehmendem Körperumfang wurden ihre Titten praller.

Als er zurückkam, saßen Corinna und Ute auf Liegen im Ruheraum.

»Da is' mir zu viel Testosteron drin«, sagte Corinna zu Sara, die vor ihnen stand. »Ich dachte, wir wären alleine.«

Sara hatte den Bademantel nicht zugebunden. Brüste, Bauch und Schamhaare waren zu sehen, und Norman hatte den Impuls, sich schützend vor seine Frau zu stellen.

Sara streifte den Mantel von den Schultern.

»Nachmittags ist für alle geöffnet«, sagte sie und sah Ute an. »Stündlich Aufguss. Und wenn ihr nicht mitkommt, verpasst ihr was.«

Zuerst streute er Eukalyptuskristalle auf die heißen Steine, ließ sie kurz ziehen, bevor er sie mit orangenölgetränktem Wasser ablöschte. Er entfaltete den Fächer und trat vor die Tür. Er begann, die kühle Luft aus dem Ruheraum in die Sauna hineinzufächern, wo sie sich mit dem aufgehitzten Eukalyptusduft mischte. Er fand in seinen gewohnten Rhythmus, kleine Bewegungen, die nach einer Weile in größere Schwünge übergingen, bevor er die Tür schloss und mit dem Aufgießen weitermachte. Die heißen Luftströme ließ der Fächer ohne viel Wind auf die Körper niedergehen. Selbst die KKWler hatten nach ein paar derben Kommentaren am Anfang ihre Aufgüsse nur noch mit Fächer haben wollen. Niemand sprach. Die Männer hatten die Augen geschlossen. Selbst das Beklatschen der nassen Haut hatten sie eingestellt, und nur das Knacken der heißen Steine und das Zischen des Wassers waren zu hören.

Er hatte mit der letzten Runde begonnen, als ein Nachzügler die Sauna betrat. Der Mann blieb auf der Matte vor dem Ofen stehen. Er kratzte sich die dünn behaarte Brust. »Ich brauch Platz für zwei, Jungs«, sagte er. »Überlegt euch was.«

Als niemand reagierte, stellte er einen Fuß auf Corinnas Handtuch. »Nehmt mich zwischen euch, Mädchen!« Schweißtropfen spritzten von den Fettpolstern seiner Brüste.

»Idiot«, sagte Corinna. »Siehste nicht, dass hier voll ist?«

»Noch 'n Grund mehr, gemütlich zusammenzurutschen.« Er grinste, aber nur ein paar der Männer lachten mit. »Was 'n das für 'ne sauertöpfische Hütte hier? Is' 'n mit euch los? He, Fächermann«, sagte er zu Norman. »Du verzärtelst die Jungs noch mit deinem Gewedel. Mach mal ordentlich Hitze! Die brauchen 'n Schnapsaufguss, die sind ja noch total schüchtern!«

Ein paar Männer auf der obersten Bank nahmen ihn zwischen sich. Die Stimmung war jetzt aufgeheizter. Die Männer lachten, wischten sich über Brustmuskeln und Schenkel. Sie beobachteten Norman und den Fächer und verstohlen die Frauen.

»Was hast 'n drin in deiner Mischung«, sagte einer der KKWler. »Riecht wie Hölle!«

»Knoblauch«, sagte Norman ruhig. »Der Kick für die letzte Runde.«

»Na kiek ma einer an.«

»Riecht wie eingelegte Gurken«, sagte Corinna.

»Typisch Weiber«, sagte der Nachzügler. »Schreien sofort nach Gurken. Da siehste mal. Gurken ist alles, was die wollen.« Er blickte sich um. »Könnt ihr haben, was Jungs?« Er lachte. »Kriegt ihr alles, meine Süßen, und ihr müsst nicht mal in den Spreewald fahren.«

Norman machte schweigend mit dem Aufgießen weiter. Er bewahrte die Ruhe.

Ein Sámi hatte ihn das gelehrt. Den Sámi hatte er auf einer Reise durch Lappland kennengelernt. Damals war er noch am Anfang gewesen, hatte gerade mit der Ausbildung begonnen. Und vielleicht war der Sámi gar nicht echt gewesen. Aber er hatte etwas Entscheidendes gesagt: Man braucht Geduld mit der Natur, auch mit der menschlichen.

Drei Tage hatte Norman dann mit hohem Fieber in einem weißen Krankenhauszimmer nördlich des Polarkreises gelegen, und ihm war es vorgekommen, als ob das Fieber und die Begegnung mit dem Sámi in einem Zusammenhang stünden. Als würde das Fieber alles, was der Sámi gesagt hatte, ins Innere seines Wesens brennen. Am Tropf hängend, wurde er von Träumen durchströmt, die vom Grund eines eisigen Flussbettes aufstiegen. Und dann war er selber dort, am Grund dieses Flusses, und durch das reißende, wirbelnde Wasser über ihm tauchte das maskenhafte, überspülte Gesicht des Sámi langsam auf ihn nieder. *Hört auf die, die mit dem Licht hierhergekommen sind!*

Die Begegnung hatte im Laufe der Zeit eine solche Bedeutung bekommen, dass Norman im Frühjahr und im Herbst seine Regenjacke manchmal auf dem nackten Oberkörper trug. Er ließ sie offen über der Brust wie der Sámi.

Ruhig warf Norman den Fächer auf und senkte die Hitzeströme langsam auf die Sitzenden herab. Er strahlte aus, was seine Kunden suchten, Ruhe und Konzentration. Und wenn sich jemand absolut nicht darauf einlassen konnte, kam er ihm entgegen. Schließlich bezahlten sie ihn auch dafür, dass man sich ihrer Eigenwilligkeiten annahm. Aber die

Mehrzahl von ihnen war nicht eigenwillig. Die meisten waren dankbar dafür, dass er Maßstäbe setzte, die es draußen nirgendwo gab.

»Ist das 'ne schwule Hütte hier?«, hörte er den Nachzügler. »Bin ich in einem Haufen Schwulis gelandet?«

Die Augen waren auf ihn gerichtet. Das mächtige Haupt des Mannes war zwischen die Schultern gezogen. Die Pranken lagen auf den Knien, der Schwanz hing reglos herab, die Brustflossen zuckten. Es war der starre Blick eines Tiers, dem eine deutliche Witterung zugetragen wurde. Die Instinkte waren alarmiert. Das Tier witterte Beute. Seine Ohren waren angelegt, die Weichen nass und heiß, und alles an ihm, seine Kraft, seine Wut und sein Hass verdichteten sich zum Sprung.

Normans Hand zitterte. Er legte die Schöpfkelle weg. Er schüttete den Rest des Wassers direkt aus dem Bottich auf die heißen Steine.

»Seid ihr blind, Männer? Seht ihr nicht, was das für feine Titten –.«

Das nächste, was Norman wusste, war, dass er unter der Dusche stand. Seine Muskeln flatterten. Er duschte lange, und als er in den Ruhebereich zurückkam, hielt Corinna ihn auf.

»Die sind da alle drin«, sagte sie.

»Wer?«

Aus dem Kälteraum, wo das Tauchbecken war und die Wasserfallduschen, drangen Lärm, Gejohle, dumpfes Klatschen.

»Mach was«, sagte Corinna. »Wir müssen da rein.«

»Ich will da nicht rein«, sagte Norman, bevor er sich zurückhalten konnte. Sein Mund wurde trocken, und er sah, dass Sara ihn beobachtete. Sie stand auf der anderen Seite, sie konnte genau wie er in den Kälteraum sehen.

»Kapierst du's nicht? Ute ist da drin!«

»Wenn sie geduscht hat, schlüpft sie einfach raus.«

»Das glaube ich nicht«, sagte Corinna.

»Wieso nicht?«

Corinna sah Norman entsetzt an.

»Die tun ihr was an!«

Sara beobachtete ihn, und er stellte fest, dass er keine Lust hatte, Ute zu retten. Er wünschte sich, dass einer der anderen das übernahm, schließlich waren genügend Männer da.

»Geh schon mal in die Umkleide«, sagte er laut zu Sara. »Und nimm Corinna mit.«

»Und du?«, fragte Sara.

»Ich muss da rein.«

»Ja«, sagte Sara ruhig. »Das solltest du.«

Ein Halbkreis aus nackten Rücken hatte sich vor dem Tauchbecken gebildet. Noch immer gab es Gejohle, und die hetzende Stimme des Nachzüglers, die alles überdröhnte. Einer der Dicken rannte und schlitterte im Schwitzkasten im Kreis, die Adern geschwollen im tiefroten Gesicht, die Hände rutschten am glitschigen Körper des Peinigers ab, und dahinter war der Nachzügler zu sehen, der auf der Treppe ins Tauchbecken stand und einen nackten Körper, der immer wieder Anlauf zu nehmen schien, immer wieder ins eisige Wasser stieß.

Norman stand da mit ausgedorrtem Mund und versuchte, genug Mut aufzubringen, um dazwischenzugehen oder wenigstens die Polizei zu rufen oder den Wachschutz des KKW, und dann hörte er sich sagen: »Ruhig, nur die Ruhe.«

Er war die Ruhe selbst, als er den Kälteraum betrat, wo ihn ein Rauschen überfiel, das zu einem Prasseln wurde und ihn schwindlig machte, als stürzte aus einer der Wasserfallduschen Schutt auf ihn herab. Er schnappte nach Luft. Der Schwindel vertiefte sich. Er lehnte sich an die Kacheln und rutschte langsam daran hinunter. Aber etwas war geschehen, die Männer ließen voneinander ab. Der Nachzügler krümmte sich am Boden. Vor ihm stand Ute. Sie war nackt. Ihre Füße waren weiß vor Kälte, die Haare strähnig im Gesicht. Als sie rauskam, zitterte sie. Die Männer machten ihr Platz. Sie ließ sich von Corinna ins Handtuch hüllen und sagte kein Wort, niemand sagte etwas. Die Männer verschwanden im Umkleideraum. Nur einer spülte mit dem Wasserschlauch eine hellrote Lache von den Fliesen.

Sara war noch da. Sie hatte in ihrem Bademantel hinter der Theke gestanden und alles mit angesehen. Und auch sie ging ohne ein Wort an Norman vorbei, der auf den Kacheln am Boden saß. Sie ging zu Ute. Sie nahm Utes Gesicht in die Hände und küsste sie auf den Mund.

»Nicht doch«, sagte Ute.

»Als Wiedergutmachung.« Sara wurde rot, und Norman, der allein an den Kacheln lehnte, drückte auf den Knopf der Dusche über ihm, und das kalte Wasser krachte auf ihn nieder.

»Willst du Anzeige erstatten?«, fragte er Ute später.

»Nein.«

Das war alles, was irgendwer dazu gesagt hatte, bis sie am nächsten Morgen die Räder ins Auto geladen hatten.

Jetzt war es zwei Uhr nachmittags.

Auch in der Sonnenbucht stand die Hitze. Norman hatte die Shavasana kurz gehalten, schon nach einer halben Stunde hatte er mit den Übungen aufgehört. Es war zu heiß. Er hatte sich dicht an die Uferkante gelegt, das Wasser gluckste unter den Luftwurzeln. Nachdem er einen Moment weggedämmert war und wieder erwachte, ohne an gestern zu denken, daran, wie Ute sich gewehrt hatte, schlief er ein. Er schlief traumlos, bis die Hitze ihn nicht mehr schlafen ließ. Er war so verschwitzt, dass er aufsprang und das T-Shirt von sich warf, und bei dieser Gelegenheit stellte er fest, dass die Frauen ihre Matten tiefer in den Schatten der Buchen gezogen hatten. Sie schienen ebenfalls zu schlafen.

Er schwamm hinaus. Er tauchte. Er legte mehrere Hundert Meter im Schmetterlingsstil zurück, und weit draußen hob er sich aus dem Wasser und stieß ein Gebrüll aus, ein Triumphgeheul. Der ganze Sommer lag noch vor ihm, und schon morgen würde er mit einer strengen Diät beginnen, noch asketischer als beim letzten Mal, noch rigoroser abgestimmt auf das tägliche Lauf- und Muskelaufbautraining, und dann konnte die Marathonsaison beginnen. Er würde seine Zeiten vom Vorjahr übertreffen, er würde sich selbst schlagen, und das bedeutete: auf ganzer Länge siegen.

Er war drüber weg. Die Scham war verflogen. Es hatte geklappt mit dem Atmen und dem Konzentrieren, manchmal bezweifelte er das ja.

Er sah zum Ufer zurück. Hitzeumwabert, wie verflüssigt lag es da. Das Wasser mit seinem türkisfarbenen Leuchten erinnerte tatsächlich an die Südsee, an Daquiris, weiße Strände und Abenteuer, die er sich nicht genau vorstellen konnte, die ihn aber umso stärker reizten, an warme Buchten, in denen er ungestört mit seiner Frau liegen und ihr ein Kind machen konnte, und auf einmal wollte er nichts als das. Er wollte aus dem Wasser kommen und Sara am Strand liegen sehen, dösend, ihre Weichheit hingestreckt und ihn erwartend, und er wollte sich nass, wie er war, auf sie legen, sie erfrischt und taumelnd vor Kraft in den Boden pressen und eindringen in sie, übergangslos und mit dieser geballten Energie, die in ihm pulsierte.

Von dem Traum, den seine Frau hatte, wusste er nichts.

Sara lag im Schatten. Sie war schlapp gewesen, keine Asana war ihr geglückt, und sie war auch nicht mehr schwimmen gegangen. Als Norman Schluss gemacht hatte, hatte sie sich sofort hingelegt. Auch die anderen hatten ihre Matten unter die Bäume gezogen. Nur Corinna saß am Ufer und las.

Sara war eingeschlafen. Im Hitzehalbschlaf, der sie überfiel, wurde sie von einer fliegenden Zärtlichkeit erfasst, von einer trägen Erregtheit. Eine Frau war da. Ärmellose Bluse, Seitenscheitel, dunkles Haar. Sie war kostspielig, das wusste Sara im Traum. Sie wollte aufstehen, um ihr Portemonnaie aus der Badetasche zu holen. Aber jemand anderes hatte das erledigt, denn die Frau schob Sara sanft an den Schultern zurück. Sie war zu schön für so einen Job. Und dann begriff Sara, dass sie der Weckdienst war. Sie war gekommen, um Sara zu wecken, und das beruhigte sie. Sie wunderte sich nur, wie ihr Körper langsam in ein Verlangen hineingeriet, das sich ausbreitete und blieb. Es blieb sogar da, als eine Berührung diesen Traum zerriss, die heftiger war als im Schlaf.

Sara erwachte.

Sie hob den Kopf und sah Norman weit draußen im See. Durch die Buchen fiel zitterndes Licht über das Wasser am

Ufer, und eine Hand lag auf ihrem Bauch. Eine leichte Berührung unter der Bikinihose. Ein Frösteln der Haut. Es war nicht ihre Hand.

»Wenn du willst, mach die Augen wieder zu«, sagte Ute leise. Sie hatte die Brille abgesetzt, die Brille lag neben ihr auf einem Buch im Sand. Ihr Gesicht war nah, das Gesicht, das am Tauchbecken eiskalt gewesen war, als sie gewagt hatte, es zu küssen, mit geschlossenen Lippen, unsicher.

In diesem Gesicht war keine Schwere, nur Wehmut, die Sara gestern schon, im Spiegel des Yogastudios, bemerkt hatte. Es war eine Wehmut, die sie kannte. Sie spürte, wie ihr Körper sich dem Frösteln überließ, das auf die Kopfhaut übersprang.

Sie schauten sich an.

Und als Sara an Utes Gesicht vorbei hinauf in die Blätter der Buchen sah, spürte sie einen Widerwillen gegen diese fremde Hand.

Aber das war ungerecht.

Sara war jetzt vollkommen wach. Die ganze Hitze des Sommers schien in ihren Körper eingebrochen zu sein, und das machte sie zornig.

Sie lag da und bewegte sich nicht, sie hatte die Augen zum Himmel geöffnet, der erschreckend blau war, und vermied es, Ute anzusehen.

Hotel Advokat

München, Bayern, Deutschland

Sie ging zuerst an die Minibar.

Dann sah sie die Preisliste und machte die Minibar wieder zu. Auf dem Kopfkissen lag ein frischer Apfel. Auf dem Nachttisch der schmale Gedichtband zum Mitnehmen.

Sie hatte ein Hotelzimmer gebucht, das sie sich nicht leisten konnte. Sie öffnete ein Fenster, das keine Aussicht hatte.

Im Nebenzimmer hatten sie Sex.

In der Hochglanzschicht des Apfels zeigte sich das Einstiegsloch einer Made.

Helen streifte die Schuhe ab und legte sich quer auf das Bett. Sie hatte seit langem nicht mehr gelegen. Sie war auch nicht mehr verliebt. Nur ein bisschen verschwommen im Kopf. Als wäre ihr Kopf ein Glas, in das jemand Wasser aufgoss bis an den Augenrand.

So fühlt sich ein Kopf an, der versucht, mit einem Flug über den Atlantik mitzuhalten, der nur ein paar Stunden zurückliegt, dachte sie. Nicht jeder Kopf, dachte sie, nur meiner.

Dann klingelte das Telefon. Es klingelte eine ganze

Weile. Sie hob vorsichtig den Kopf in Richtung Tür, als gäbe es zwischen dem Telefonklingeln und der Tür einen Zusammenhang. Der Apfel rollte vom Bett.

Als Kind hatte sie sich manchmal gewünscht, jemand anderes zu werden, fremd das Kino zu verlassen, wenn über dem Abspann das Licht anging.

Verwandelt.

Ausgetauscht.

Jetzt war nur das Hotelzimmer neu. Ein Hotelzimmer, in dem das Telefon ununterbrochen klingelte, obwohl es niemanden gab, der sie hätte anrufen können, die Dame an der Rezeption ausgenommen. Im Flugzeug von LAX nach FRA hatte sie nicht schlafen können, und ihr Kopf war merkwürdig verrauscht.

Als das Telefon zum vierten Mal klingelte, nahm sie ab.

»*Haven't you heard anything?*« Das war unverkennbar die Dame von der Rezeption. Sie war zu jung für diese Art Hotel. Sie bemühte sich zu sehr, korrekt zu sprechen.

»*Yeah. You've called me before.*«

»Nein, ich meine Mrs Meldorf. Die alte Dame aus Hamburg. Es ist ihre letzte Nacht bei uns, und sie macht Lärm unten in der Halle. Sie sagt, es wäre eine Party. Die aber nicht angemeldet ist.«

»Ach so.«

»Ich habe die Polizei gerufen.«

»Warum, fürchten Sie sich?«

»Nein, ich habe ja die Polizei gerufen.«

Helen betrachtete den Apfel, der auf dem Teppich vor ihr lag. »Und was wollen Sie von mir?«

»Ich wollte Sie darüber informieren. Wegen der Lärmbelästigung. Was würden Sie denn an meiner Stelle tun?«, fragte die Rezeptionsdame gereizt.

»Mitfeiern!«

Aber bevor sich die Stimme im Hörer künstlich hochschrauben konnte, sagte Helen: »Wo Sie mich schon angerufen haben; Sie brauchen mich morgen früh nicht zu wecken. Canceln Sie das.«

Helen lag auf dem Rücken. Wenn sie die Augen zumachte, sah sie den goldenen Streifen der Sonne, die im Flugzeugfenster aufgeleuchtet hatte. Das Leuchten der Sonne hatte den ganzen Flug über nicht nachgelassen. Die Sonne hatte geleuchtet und geleuchtet und –

Sie machte die Augen nicht zu.

Sie stand auf, ging auf Strümpfen über den unglaublich weichen Teppich noch einmal hinüber zur Minibar. Sie nahm die Preisliste in die Hand und vergewisserte sich, dass der Whisky wirklich so teuer war. Dann ließ sie die Jalousie herunter. Draußen wurde es dunkel.

Sechzehn Stunden zuvor war es schon einmal dunkel geworden. Das gleiche orange Licht am Horizont. Nur der Horizont war ein anderer gewesen. Ein Horizont über dem Pazifik, ein Horizont, hinter dem nichts mehr kam, der westlichste Horizont auf der Welt, und dort, wo sich das Wasser vom Himmel schied, war ein schmales Smogband zu sehen.

Vor sechzehn Stunden hatte sich eine Tür geschlossen und eine andere aufgetan, eine Flughafentür, Panzerglas, bewaffnete Security. Zurückgeblieben waren der rissige Dritte-Welt-Asphalt der Freeways, geplatzte Reifen am

Straßenrand und Faye. Palmen bogen sich über ihr im Wind. Auch die Palmen blieben zurück, nachdem sie abgereist war, biegsame Go-go-Dancer mit grünen Perücken über der anorexischen Figur.

Unter dem startenden Flugzeug war Los Angeles in die Schräglage gegangen, der ganze gewienerte Küstenverlauf. Die blauen Flecken der Swimmingpools in den Hollywood Hills hatten ausgesehen wie vom Himmel gefallener Putz. In die Schräglage war auch das letzte Jahr gegangen und ein Studentenvisum, auf dem immer schon der Abflugtermin stand. Sie hatte Faye winken gesehen, aber das bildete sie sich ein, es war bloß eine Spiegelung im Glas, ihre eigene Hand im Fenster der Maschine, als sie sich über die Augen wischte.

»Freitag!«, hatte Faye gerufen, hochaufgerichtet unter der kalifornischen Sonne wie in diesem oder jenem Film. Natürlich verliebten sich alle zuerst in ihre Höhe, in diese schlanke, aufragende Figur, eine Frau von einsachtzig, die konnte nur angehimmelt werden, Helen ging fast in die Knie bei diesem Witz. Sie brauchte unbedingt was zu trinken.

»Am Freitag skypen wir!«, hatte Faye gerufen, als lägen nicht fünftausend Kilometer zwischen heute und Freitag, plus neun Stunden Zeitunterschied. Wenn sie zukünftig mit Faye sprechen wollte, würden die Sätze zwischen ihren Lippen zurückgedreht werden in die Vergangenheit, zurück durch die verstrichenen Stunden, dorthin, wo es Faye die Sätze vom Mund wegriss, denn im Moment des Sprechens würde Faye dieselbe Zeit nach vorn durchstoßen müssen. Unmöglich, einander zu verstehen, wenn das Gesagte in zwei verschiedene Richtungen ging.

»Freitag!«, rief Denys Finch Hatton Tanja Blixen zu, liebevoll Tanne genannt, aber sein Flugzeug stürzte ab, bevor es Freitag geworden war, irgendwo in der Serengeti.

Das war zu einer anderen Zeit in einem anderen Land passiert, anderen Menschen auf einem anderen Kontinent, wo keine Perückenpalmen wuchsen. Keine Strandpromenade war dort nach Venedig benannt. Keine Strandpromenade hatte so wenig mit Venedig zu tun wie der Boardwalk von Venice Beach mit seinen schmutzigen Wahrsagerbuden und Plastiksonnenbrillenläden. Keiner Strandpromenade entströmte eine solche Trostlosigkeit, dass europäische Melancholie und Grachtenromantik erbittert heraufbeschworen werden musste, bis alles verschwamm in einer Woge aus Schlaflosigkeit und Alkohol, während Helen elf Stunden lang in diesem eiskalten Flieger saß und ein Steward sagte, er könne die Klimaanlage nicht regulieren, bloß weil ein Fluggast so kälteempfindlich sei.

Auch der Pier fing an, undeutlich zu werden. Der alte Holzpier mit seinen Teerflecken und Splintern in den dicken Bohlen. Erst gestern war sie noch dort entlanggelaufen. Hatte noch in einem bambusrohrumstandenen Gartenrestaurant Mahi-Mahi gegessen, gewürzt mit Koriander und Limetten. Einmal noch, hatte Faye gesagt, Mahi-Mahi wirst du in Berlin vermissen, bevor sie den breiten, den endlosen Strand überquerten. Hand in Hand liefen sie bis ans Ende des Piers, dem Meer vor die Füße, als ginge es zum Altar. Aber den Kuss überm stiebenden Meer hatte Helen zu früh abbrechen müssen, weil eine Träne vom Wind ins Ohr getrieben wurde und kitzelte.

An die Farbe des Wassers erinnerte Helen sich, an dieses

Aufschäumen des Pazifischen Ozeans unter den stählernen Pfosten des Piers. Sie hörte das Röhren, den Knall, mit dem sich die letzte, diese größte Woge am Ufer brach.

Das also blieb klar in Erinnerung und war noch nicht durch mehrmaliges Benutzen verfälscht, konstatierte Helen, und noch immer nahm sie Telefonanrufe aus Versehen in Englisch entgegen.

Alles war in Ordnung.

In der Lounge gab es kostenlos Sherry.

In der Lounge saß eine Witwe mit Handschuhen, die das einzige Weiß an ihrem sonst in Trauer gekleideten Körper waren. Sie hatte einen Jungen dabei, der vor Freundlichkeit Pickel auf der Stirn bekam, kleine, rote Knospen.

Helen sank zurück aufs Bett. Sie stellte sich das Licht über dem Pazifik vor, die Trommler am Strand, das Trommeln auf Kongas, Tamburinen und umgestürzten Tonnen aus Blech, die lavendelfarbenen Hände auf der straffen Bespannung aus Tierhaut, sie stellte sich die stürzenden Falken über der Zuma-Klippe vor, das ganze sonnen- und sandverwehte Land, *leere Bikinis*, aber diese Formulierung war neu, die kannte sie nicht, die las sie im Gedichtband, der auf dem Nachttisch lag.

Und dann merkte sie, dass sie anstelle der Trommler nur das ungleiche Pärchen sah, dort unten in der Lounge, den jungen Mann und die Witwe, die sich spritzig gab. Sie hatte sie beim Einchecken schon dort sitzen sehen. Wie die Haut des Jungen vor Aufregung explodierte. Sie hatten sich aufgeführt wie Verliebte. Das wirkte billig wie jedes vorhersagbare Verhalten und ähnelte doch unverkennbar dem eigenen nur wenige Stunden zuvor.

Im Flugzeug hatte sie Tomatensaft getrunken. Schlafen konnte sie nicht. Aber sie liebte und saß auf einem Fensterplatz.

Alles war in Ordnung.

Am Gate in Frankfurt erfuhr sie, dass sie wegen einer Nachlässigkeit des amerikanischen Reisebüros erneut einchecken musste. Am Gate in Frankfurt sagte sie: *»Munich.«*

Die Dame vom Bodenpersonal war gerade dabei, das Ticket eines Fluggastes zu kontrollieren, der nicht neu eingecheckt werden musste.

Helen sagte: *»Munich. I need to go to Munich.«*

»But this gate is for Berlin.«

»Munich«, sagte sie, *»didn't I make myself clear?«*

Helen hatte seit sechsundzwanzig Stunden nicht geschlafen. Aber sie sprach deutlich und klar, keine Verschleifungen, sie war korrekter als je zuvor, jedenfalls, was das Englische betraf.

»Okay«, sagte die Dame am Gate. »Sie haben einen Flug nach Berlin gebucht, aber jetzt wollen Sie nach München, richtig? Sekunde.« Ein Kollege war gekommen. »Warum sollte jemand nach München wollen?«

Als Helen in der Boeing Richtung München saß, auf Höhe der Tragfläche, eine Frau vor sich, die in ihrem Alter war, dachte sie: Nicht jemand. Nur ich. Warum.

Sie kam nicht drauf.

Sie lag rücklings auf dem Bett. Die Laken waren steif vor Glätte. Es gelang ihr nicht, in diese akkuraten Laken einen Duft hineinzuphantasieren, die Erinnerung an ein leichtes Parfüm, das vielleicht nur eine Gesichtscreme war, an Mandelgeruch, an die Weichheit des Haars.

Dann dachte sie ausführlich an diese Frau, die im Flugzeug nach München vor ihr gesessen hatte, als wäre das die einzig vernünftige Beschäftigung für den Rest dieser Nacht.

Das war es auch, weil der Whisky genauso teuer war, wie er in dieser Art Hotel zu sein hatte.

Nebenan hatte der Sex aufgehört.

Unten lief die Party. Das Lachen der Witwe hörte man bis ins Zimmer hinauf. Vielleicht war auch der Sherry längst alle.

Sie fischte ihre Schuhe vom Boden. Sie sah auf die Uhr.

Auf dem Flur war niemand.

Der Gast nebenan hatte das »Bitte nicht stören«-Schild an die Türklinke gehängt. Seine Schuhe standen korrekt ausgerichtet vor der Tür. Sie ging auf Zehenspitzen daran vorbei. Wäre sie im Kopf dieses Gastes gewesen, wäre sie nach Berlin geflogen und nicht nach München. Sie hätte nicht in einem Hotel eingecheckt, das sie nicht bezahlen konnte. Sie hätte ihre Eltern angerufen und sich um die Einschreibung fürs nächste Semester gekümmert.

Sie wäre einer Fremden nicht zum Gepäckband und durch die Flughafenhalle und dann in die U-Bahn gefolgt. Sie wäre ihr nicht in ein Hotel nachgegangen, das aussah wie ein Designerstudio. Aber mit dieser Frau im Flugzeug von Frankfurt nach München vor ihr, hatte es den Eindruck gemacht, als gäbe es für ihre Entscheidung einen vernünftigen Grund.

Munich, dachte sie. Warum nicht gleich Kairo oder Buenos Aires oder Nowosibirsk?

»*Hi there! Don't you remember? You followed me!*« Auf der Treppe zur Lounge stand die Frau aus dem Flieger. Ein

Mädchen, bleich wie der Marmor in diesem Hotel. Ihre Hosen hingen niedrig auf der Hüfte, zwischen Hosenbund und Bluse ein Blumentattoo. Sie war kein Grund, hier zu sein.

»Sie können auch Deutsch mit mir sprechen«, sagte Helen.

»Warum haben Sie das nicht gleich gesagt?«

»Es klingt doch deutsch, oder?«

Natürlich, dachte Helen, es war nur ihr Kopf, der immer noch nicht mitkam. Als wäre ihr Kopf ein Glas. Und jetzt war gerade jemand dabei, es auszutrinken.

»Helen«, sagte das Mädchen, einen Daumen lässig in die Hose gehakt.

»Ja?«

Das Mädchen streckte die Hand aus, jeder Finger beringt, auch ums Handgelenk blitzte es golden.

»Sie betonen das zweite E.«

»Wieso nicht?«, sagte das Mädchen. »Oder hören Sie den Namen oft anders?«

»Jedes Mal, wenn mich jemand anspricht«, sagte Helen. Der Raum schien Fahrt aufzunehmen, die Geschwindigkeit nahm zu, mit der er sich um die eigene Achse drehte, die Witwe mit den weißen Handschuhen und der kostenlose Sherry, den es auf runden Stehtischen in der Lounge tatsächlich noch gab, die hochgeschraubte Dame von der Rezeption und der blühende Junge rasten in hohem Tempo an ihr vorbei.

Nur das Mädchen stand still. Sie lächelte in dieses ganze Rotationsgeschehen hinein. Sie lächelte, dass einem das Lächeln weh tat. Nicht einem, dachte Helen. Sondern mir.

»Krass! Sie heißen wie ich. Rückwärts Nele mit h.«

»Schön«, sagte Helen. »Ich brauch was zu trinken.«

Sie ließ sich zu einem Tisch in der Ecke führen, wo der Sherry stand. Es waren noch mehr Flaschen da. Und Erdnüsse und Eiswürfel in einer Kühlbox und sorgfältig gefaltete Servietten.

Sie ließ sich einen Whisky geben mit Eis, weil dem Mädchen aus dem Flugzeug das Hantieren mit den Eiswürfeln zu gefallen schien, Faye jedenfalls hätte es gefallen, und so begannen schon Vergleiche die Erinnerung zu ersetzen.

In der Lounge gab es ein paar Sitzgelegenheiten aus weißem Leder, aber sie waren so weit voneinander entfernt, dass man sich sitzend nicht unterhalten konnte.

»Vielleicht passen wir zu zweit da rein«, sagte die Unbekannte, die denselben Namen trug. Sie war lässig. Sie war ungeniert. Sie warf den Kopf zurück, wenn sie lachte, was irgendwie schön aussah, irreal. Sie warf ein Bein über die Armlehne, schlenkerte damit herum, als könne sie es nicht erwarten, dass Helen zu ihr kam, Helen Nummer eins, das war sie, jedenfalls bis vor kurzem war sie das gewesen, sie erinnerte sich daran. Sie schob das Bein des Mädchens weg und setzte sich auf die Armlehne dieser Fehlkonstruktion von Sessel. Die Armlehne war viel zu schmal.

»Also«, sagte die Namensgleiche. »Warum reden Sie wie eine Amerikanerin, wenn Sie keine sind?«

»Und was geht Sie das an?«

Das kostbare Mädchen trank, und beim Trinken stießen ihr die Eiswürfel an die Zähne. »Ich könnte auch anders fragen. Ich könnte ganz direkt sein und Sie fragen, warum Sie mir hinterhergelaufen sind.«

»Ich weiß es nicht.«

»Das fasse ich mal nicht als Beleidigung auf.« Sie wurde

kokett. Das Gespräch, dachte Helen, nahm eine anstrengende Kurve.

»Und?«, fragte das Mädchen. »Sind Sie jetzt enttäuscht, dass wir in einem Hotel für reiche Witwen gelandet sind?«

»Ich bin Witwe«, sagte Helen. »Bloß nicht reich.« Sie stellte das Glas auf den Boden. Dann nahm sie das Glas wieder hoch und ließ die Eiswürfel klingen. Es hörte sich gut an.

»Ach herrje. Und seit wann?«

»Fünfzehn, sechzehn Stunden.«

»Frischgebacken, wie man so sagt«, sagte die Kleine und hielt sich vor Schreck die Hand vor den Mund.

»Genug Zeit zum Weinen«, sagte Helen.

»Das ist schlimm.«

Schlimm war vor allem, dass sie jetzt kaum noch die Gesichtszüge zusammenbekam, dass sie Faye nur noch in einzelnen Linien sah, die schöne Oberlippe, der Bogen der Nase, das sanfte Kinn, nicht ihr ganzes Gesicht, nicht den Ausdruck ihrer Augen, wenn sie guter Laune war, schlimm genug, wie es ineinanderschwamm, als sollten Fayes Linien in die Maße eines aktuellen Gesichts eingepasst werden.

Auseinandergenommen und ausgetauscht.

Die andere Helen, auf der Armlehne erhöht, beugte sich vor; ein erlesenes, aufgebügeltes Gesicht, das da näher kam, ohne schöner zu werden, ein Herzogin-Face, von-und-zu und *permanent make-up*, solche Leute hatte sie früher verabscheut: Wie sie die Hand mit gespreizten Fingern an die Augenbrauen hob, wie sie die Augenbrauen lüpfte, nur leicht, damit auf der Stirn keine Falte entstand. Wie der Kopf beteiligt war, weil alle ihre Begriffe stimmten. Wie man ist, dachte sie, bevor man am Flughafen *Munich* sagt, obwohl man vorhatte, nach Berlin zu fliegen.

»Sind Sie deshalb hergekommen?«

»Weshalb?«

»Wegen des Abschiednehmens?«

»Deshalb oder aus einem anderen Grund.«

»Aber doch, um jemanden zu betrauern?«

»Ja«, sagte Helen. »Mich.«

Sie trank einen großen Schluck, angefeuert von der Witwe, die ein mattes Geräusch mit den Handschuhen machte, was, wie sich zeigte, vom Klatschen kam. Sie beklatschte neu eintreffende Gäste.

»Oft sind es ja Kleinigkeiten, die man vermisst«, sagte die Teure, die sich jetzt Mühe gab. »Auf die Kleinigkeiten achtet man meistens nicht. Und dann fallen Sie einem plötzlich auf. Vorhin zum Beispiel haben Sie noch Englisch gesprochen und jetzt sprechen Sie Deutsch. Das merkt jeder. Klar. Aber was Sie mit dem Glas machen? Sehen Sie. Das merken nicht mal Sie selbst.«

»Ich mach doch gar nichts.«

»Nein?« Sie zögerte. »Sie beißen darauf herum.«

Das war lächerlich.

Die Rezeptionsdame händigte einen Schlüssel aus. Es wirkte endgültig, wie sie das tat, aber das war es nicht. Der Schlüssel würde zurückgegeben werden. Eine Buchung konnte man widerrufen. Das Hotel lag nicht in Nowosibirsk, jede Stunde ging eine Maschine nach Berlin, und es war das Zeitalter von Handys.

Unglaublich lächerlich, dachte Helen. Und brach in Tränen aus, was noch lächerlicher war.

»Gott, was haben Sie denn? Habe ich Sie verletzt?«

Das Mädchen bekam große Augen.

»Nein. Reden Sie nur. Reden Sie weiter.«

Die Witwe bestieg einen Tisch. Sie verstand es zu feiern. Sie trieb mit ihren Absätzen ein Muster in die Tischplatte aus Edelholz, was äußerst gekonnt und rhythmisch aussah, auch vom Tanzen verstand sie was. Sie hatte bloß einen zu jungen Begleiter dabei, ihr Sohn oder Neffe, ein kleiner Soldat, wie er da neben ihren Tanzbeinen stand, als würde er über sie wachen, als wollte er sichergehen, dass seine Angebetete keine Fehler beging, keinen Irrtümern erlag, und Helen hätte auch gern so einen Soldaten gehabt mit Blüten im Gesicht und schmachtendem Kinn.

»Das Sterben hat Sie ganz schön traurig gemacht«, sagte die Teure.

»Wir fallen pausenlos auseinander.«

»Melden Sie sich am besten in einem sozialen Netzwerk an. Da sind immer Leute, mit denen man reden kann. Gleichgesinnte. Gleiches Profil.«

»Wir sind vollkommen unlogisch zusammengesetzt. Wir sind wie das All. Auch in uns driftet alles unaufhaltsam in verschiedene Richtungen davon.«

»Krass. Aber Sie waren bloß zu lange weg. Sie haben bei den Althippies einen esoterischen Burnout gekriegt. – Auf die Witwen!«, sagte die Kostbare, als sie mit gefüllten Gläsern zurück war.

»Auf München«, sagte Helen. Der Whisky schmeckte nach Apfel.

Es war kein Whisky. Es war Calvados. Aber das war egal. Auch der Calvados war kostenlos.

Die Namensgleiche stülpte die Unterlippe nach vorn, so dass es wie Nachdenken aussah. Ihre Augen wurden schmal, und darin lag irgendeine Art von Bewunderung, die Helen gern auf sich bezogen hätte. Aber es ging nicht, und so fand sie die Bewunderung bloß naiv.

Sie lehnte sich zurück und schloss die Augen. Dahinter war die Lage nicht besser. Nichts leuchtete auf, nichts hatte je geleuchtet.

Nur Faye.

Faye stand da. In Hellblau, im halboffenen Hemd, elegant, obwohl sie barfuß war, in den Augen ein Schimmern, ein Leuchten, gefolgt von einer vom Calvados hochgespülten, kitschigen Himmelsassoziation, der Helen an dieser Stelle nicht nachgeben wollte.

Ich lebe gern hier, hatte Faye gesagt, und die Palmen warfen die länglichen Schatten eines verzweifelten Nachmittags, *verstehst du, ich kann hier nicht einfach weg*.

Und Denys Finch Hatton, der auf alles, was die Liebe betraf, eine Antwort fand, sagte: *Du hast es mir verdorben, das Alleinsein, weißt du das*. Bevor er nicht zurückgekehrt war an diesem Freitag, und alle sagten, ein Defekt seines Flugzeugs sei schuld daran, dass er abgestürzt war, irgendwo in der Serengeti.

Dann wurde es dunkel. Und niemand, der sich zu sagen traute, dass es der Defekt eines Herzens war.

»… ohne *Likes* im eigenen Land«, sagte Helen in die Dunkelheit, und es war nicht auszumachen, welche, nur die Stimme der Witwe echote von drüben zurück, vom anderen Ende der Lounge. »Ich meine, wir könnten – Wir sollten – Ich möchte – Wann sehen wir uns wieder?«

Irgendwo in der Nähe gab es einen Körper; spitze Hüftknochen in Hosen, die zu tief gerutscht waren, das hätte von Anfang an eine Warnung sein sollen, und in wenigen Minuten wären da die sich anschmiegenden, anämisch mageren, aber exquisit geduschten, gesalbten und in Seidenunterwäsche gehüllten Brüste, ein Missverständnis und ein Bedürfnis, das vom Alkohol kam, vom Calvados und vom Whisky, und die Laken im Zimmer waren so glatt. Sie waren glatt und steif, und am Ende würde nicht mal ein Abdruck ihrer Körper zurückbleiben.

»Hören Sie mich?«

Ein ausgeblendeter Pier. *Leere Bikinis*. Ein nackter Strand.

»Yeah.«

Das hörte Helen, das war klar, das schien eine Stimme zu sein, die aus ihr selber kam, vorwärts gesprochen in der Gegenwart.

»Wie wär's mit jetzt?«

Man konnte sich in jedem Moment mit sich selbst täuschen.

Nicht man, dachte Helen. Ich.

Ich aber war aus Sprache, die Sprache kam vor dem Kopf, und der Kopf war nicht das Glas, sondern der Eiswürfel, der vor den eigenen Augen schmolz.

Dann rutschte Helen vom Sessel und registrierte gerade noch, wie die Witwe lachend ihren höchsten Ton traf.

Nachtwache am See

Nuuksio-Nationalpark, Uusimaa, Finnland

Minus fünfundzwanzig Grad.

Der See metertief gefroren. Das Eis beschneit.

Morgens kehrten die Angler zu den alten Löchern zurück. Ihre Bohrer waren zu schwach, um in der dicken Eisschicht neue Stellen aufzubohren. Sie hatten die Löcher mit Tannenzweigen markiert, die aufrecht im Boden festfroren. Zu Sonnenaufgang kamen sie mit Schlitten auf den Pitkäjärvi. Sie luden Holzscheite und Reisig ab, sie machten Feuer auf dem Eis.

Ihren Fang brachten die Angler in die Küche der Verpflegungsstation. Hunderte Skiläufer hielten sich in der Jugendherberge, den Bettenhäusern und den umliegenden Hütten auf. Am Wettkampftag würden es Tausende sein, die sich vor der Essensausgabe drängten. Die Köche machten Suppen oder Salate aus dem Fisch. Manchmal gaben sie die Fische an die Sportler weiter, die sie auf den Grillrosten im Freien brieten. Der Rauch hing lange in der kalten Luft.

In der Ferne zog eine Loipenmaschine Spuren auf der gleißenden Fläche aus Schnee. Scharf abgesetzt vor den dunklen, mit Fichten bewaldeten Ufern verlief die Loipe nach

Norden. Der Grillrost vor dem Fenster der Praxis war von Sportlern umringt, unter ihnen Tuomas. Er trug Thermohosen, eine orangefarbene Daunenjacke und eine weiche Skimütze. Vor einigen Tagen war er in Behandlung gewesen. Blockade im Lendenwirbelbereich. Ihm hatte der gezielte Griff imponiert, mit dem Ute die Blockade gelöst hatte. Wiedererkannt hatte er sie außerhalb der Praxis nicht.

Das Behandlungszimmer befand sich in einem der roten Holzhäuser am Ufer. Gemeinsam mit zwei finnischen Kollegen und einer Spezialistin aus Estland war Ute für die Zeit des Wettkampfes auf Honorarbasis angestellt. Anschließend fuhr sie auf eine internationale Orthopädenkonferenz nach Helsinki. So sah die Reise wie eine Weiterbildung aus und weniger wie eine Flucht. Die Wahrheit war, dass sie es nicht mehr ertrug: die kaputten Hüftgelenke, die abgenutzten Knorpelgewebe, die unklaren Schmerzen im Knochengerüst, die greise Luft, die aus dem Bonner Wartezimmer drang. Sie hatte in letzter Zeit den Eindruck gehabt, es griffe auf sie über, Verfall, der ihr eigenes Knochengewebe zersetzte. Das war absurd. Wenn eine Ärztin anfing, die Schmerzen der anderen auf sich zu übertragen, war das ein Grund, mit dem Praktizieren aufzuhören.

Minus fünfundzwanzig Grad, das Quecksilber am unteren Ende der Skala. Als die nächste Patientin das Sprechzimmer betrat, ging Ute vom Fenster weg.

Schleimbeutelentzündung am Iliosakralgelenk. Achtundzwanzig, ~~weibl~~., Berlin, Journalistin, unverheiratet, HEK. Die stupide Reihenfolge des Anamnesebogens. Chronische Krankheiten *keine*, Medikamenteneinnahmen *keine*, Allergien / Unverträglichkeiten *schlimme Heterophobie* (hatte sie wirklich so eingetragen), Genussmittel / Drogen *Trinken erst ab 17 Uhr*, familiäre Prädispositionen *Diabetes, Atherosklerose.*

»Lauf mal zur Tür und zurück, René.« Die Muskulatur war untrainiert. Zu hohe Belastung der Gelenke. Sie hatte sich auf den Übungsloipen verausgabt. »Dein Humpeln sieht schon eleganter aus. Aber der Muskel über dem Trochanter macht mir immer noch Sorgen.«

Vitamin B und Betäubungsmittel schlugen nur langsam an.

»Du besorgst dir am besten einen guten Platz auf der Zuschauertribüne.«

»Wenn ich zuschauen wollte, wäre ich zu Hause geblieben«, sagte die junge Frau. »Ich hätte mir das Spektakel im Netz angesehen.«

»Und die Interviews?«

»Kann ich knicken.«

Achtundzwanzig, dachte Ute, und immer noch scharf darauf, alles am eigenen Leib zu erfahren, Verklärung des Körperlichen, der Körper als letzter Beweis. Dabei ging es nur um ein Buch, irgendeine Reisegeschichte. Vor lauter Ehrgeiz fing sie an, sich zu überschätzen, wollte an diesem Lauf teilnehmen, obwohl fünfundsiebzig Kilometer für eine Untrainierte selbst unter günstigen Umständen eine extreme Belastung waren.

»Sportlern geht die Fähigkeit, sich auszudrücken, völlig ab«, sagte René. »Und wenn sie doch den Mund aufmachen, manövrieren sie sich durch ein dermaßen verkorkstes Englisch, dass du nie weißt, was sie eigentlich sagen wollen.«

»Vielleicht hab ich jemanden für dich.« Die Entzündung fing an abzuheilen, aber das Becken war vom Humpeln deutlich verkippt. »Ein junger Finne, der sich für die

Aufnahme in die Nationalmannschaft qualifizieren will. Tuomas.«

»Kannst du den Muskel nicht vereisen oder so?«

»Als er bei mir in Behandlung war, hat er ganz gut Englisch gesprochen. Er will eines Tages Olympiasieger werden.«

»Ich weiß«, sagte René. »Er erzählt es überall herum. Dabei ist sein Zeitfenster lange wieder zu. Wenn ihn bisher keiner entdeckt hat, wird das nichts mit Olympia. Der ist kein Teenager mehr.«

Stimmen waren von draußen zu hören, Gelächter.

Die junge Frau auf der Liege sprühte vor Energie. Das war der Nachwuchs, dachte Ute, als sie die Spritze setzte, das waren die Jungen, die davon ausgingen, dass alles, was sie sich vornahmen, machbar war. Deutlich ausgeprägtes Selbstbewusstsein. Nur bei der ersten Behandlung hatte sie sich geniert, hatte geschwitzt, als Ute ihr linkes Bein abgespreizt und das Knie angewinkelt nach außen geführt hatte, um Extension und Abduktion des großen Gesäßmuskels zu testen. Auf der Behandlungsliege brach dieser jungen Frau noch der Schamschweiß aus, was bewies, dass sie nicht sehr erfahren war, nicht im Umgang mit Ärzten und auch sonst nicht; der übliche Patienten-Scan, der automatisch stattfand, unterschwellig.

»Ist dir aufgefallen, wie heftig hier geflirtet wird?«, sagte René, als Ute fertig war. »An den Grillrosten. Im Schnellrestaurant. Sogar in den Loipen. Schlimmer als auf einer Datingplattform. Ich wette, die Hälfte der Leute hat nach dieser Woche ein ernsthaftes Problem. Die können nicht mehr zu ihren Partnern zurück.«

»Der typische Effekt von Ausnahmezuständen.« Ute ging zum Computer. »Auch von eingebildeten Ausnahmezuständen. Wie auf Schiffen und Inseln. Befeuert vom Adrenalin und den Glückshormonen vom Training.«

Die Schwester kam herein und fing an aufzuräumen.

»Warst du schon mal draußen auf dem See?«, fragte René. »Komm doch mal mit, wenn du Lust hast.«

»Mach ich«, sagte Ute.

»Dieses Licht musst du sehen!«

Und da brachte etwas – irgendeine Kleinigkeit, die Begeisterung der Patientin war es nicht – urplötzlich den vorletzten Sommer zurück. Die Hitze. Die Bucht. Die Urlaubstage in einem smaragdfarbenen, exotischen Land, ein verlängertes Wochenende am Stechlin; auch das war ein Ausnahmezustand gewesen, fließende Haut, Wehmut im Schatten der Buchen. Bilder, die danach einige Male im Traum aufgetaucht waren. Und eines Tages die Postkarte, die auf dem Schreibtisch der Praxis gelegen hatte, der bunte Werbedruck eines Yogastudios in Neuglobsow.

Auf der Rückseite der Karte stand: *Ich bin der sterbensernsten Welt entkommen. Ich wusste nicht, dass ich sie verlassen wollte. Trotzdem hättest Du fragen können. Gruß, Sara.*

Womit sie recht hatte. Der Übergriff damals, nach dem Aussetzer in der Sauna und der schlaflosen Nacht gehörte zu den Handlungen, die sich im Nachhinein nicht mehr ganz erklären ließen.

Überreiztheit vielleicht. Oder Reizüberflutung.

Je mehr Ute darüber nachgedacht hatte, umso unklarer war es geworden. Was hatte dazu geführt? Hatte sie es nur deshalb getan, weil sie es konnte? Weil sich die Gelegenheit ergab? Um sich etwas zurückzuholen? Ihr gutes Recht? Eine Genugtuung? Eine Wiedergutmachung des brutalen Übergriffs im Kälteraum? Die Yogaübungen des Ehemannes hatten es nicht gebracht, das Schwimmen hatte es nicht gebracht, sollte sie jetzt der schlichte körperliche Reiz entschädigen? Ging es um Selbstermächtigung, um Macht?

Sara war anziehend gewesen. Ihr Flirten. Ihr Blick. Die Augen im Spiegel, der mutige Kuss. Aber auch wenn da eine untergründige Spannung gewesen war, hatte Ute genug Erfahrungen mit Heterofrauen gemacht, um sich nicht noch einmal darauf einzulassen, auf dieses Innehalten in der ersten Erregtheit, das nervöse Bestehen darauf, dass Ute hetero sein musste, dass sie wegen ihrer schulterlangen Haare und der Spitzenwäsche hetero war, hundert Prozent, und deshalb das, was sie im Begriff waren zu tun, nichts Lesbisches an sich hatte, weil der Sex zwischen Heterofrauen logischerweise auch hetero war.

»Das Grollen im Eis«, sagte die Patientin, die angezogen neben der Liege stand, » hat eine unwirkliche Schönheit.«

Ute nickte und öffnete die Tür.

»Alles ist gestochen scharf unter dem flachen Einfallswinkel der Sonne. Ich bin keine Fotografin, aber so intensiv wie hier habe ich das erst ein einziges Mal gesehen. In Lappland. Nördlich vom Polarkreis. Zur Mittsommernacht. Aber der Effekt war derselbe. Das Licht hatte die gleiche verrückte Wirkung.«

»Gut«, sagte Ute. »Vergiss deinen Schal nicht.«

»Der Effekt ist der, dass dein Denken aussetzt.«

Ute war nur einmal auf dem See gewesen. Hatte sich Ski geliehen am Tag nach ihrer Ankunft. Und dann hatten die locker vorbeischwingenden Sportler mit ihren am Gesicht festgesaugten Sonnenbrillen sie von hinten angebrüllt, sie solle aus der Spur gehen, wenn sie gerade gut in Tritt gekommen war.

»Dein Denken ist auf einmal wie ausgeknipst.«

René wickelte sich ihren Schal um den Hals, und Ute sah die junge Frau humpelnd an der Grillstelle vor ihrem Fenster vorübergehen, an der jetzt niemand mehr war. In der Ferne zeichneten sich die bunten Schatten der Läufer vor dem kälteklaren Himmel ab. Es waren viele. Sie schossen aus dem Wald und den Hügel hinunter auf den See, und Ute sah ihnen eine Weile zu, während die Schwester die Liege desinfizierte und die Spritzen und Kanülen wegräumte. Das hörte Ute nicht. Sie war dort draußen im Keuchen der Läufer, dem Knirschen der Stöcke, die den Schnee aufhebelten, in diesem Luftstrom, der entstand, sobald ein Läufer überholte, und nach Wachs und Salbe roch.

Als es dunkel wurde – eine blaugraue Dämmerung, auf die ein Schwärzeeinbruch folgte –, kehrte Tuomas zurück. Er war nicht müde. Er war erhitzt und euphorisch, was von einer angenehmen Erschöpfung kam. Er war weiter gelaufen als geplant, hatte eine zusätzliche Schleife mit anspruchsvollen Anstiegen genommen. Bei den Abfahrten durch verschneite Fichten schnitt der Eiswind ins Gesicht. Er lief ein gutes Tempo, und in der letzten Kurve im Wald beugte er sich vor, nahm die Geschwindigkeit mit dem Körper auf, die Stöcke an die Taille gepresst, das Kinn auf den Fäusten. Die Loipe war kaum noch erkennbar, der Schnee schattenlos. Tuomas glitt den Hügel hinunter, und als die Ärztin ihn sah, war er kurz vorm Zieleinlauf.

Ute stand auf dem Scooterweg. Er führte am Ufer entlang durch den Wald. Sie hatte das Bedürfnis gehabt, zu laufen, sich mit der Eisluft zu betäuben. Minus fünfundzwanzig Grad. Und diese Unruhe, die vom Gedanken an Sara kam, von diesem Gerede über Ausnahmezustände, von den Bildern am Stechlin und auch wieder nicht, weil darunter eine andere, tiefere Unruhe lag, die täglich schlimmer zu werden schien. Mit jedem Tag ging einer verloren, wurden es vierundzwanzig Stunden weniger bis zur Rückkehr nach Bonn, in die Praxis. Und das kam ihr wie ein Ultimatum vor, das in immer höherer Geschwindigkeit ablief. Ute ging durch den Schnee und die knirschende Kälte und hatte vergessen, was sie hier wollte.

Dieser Zustand war ihr neu. Er kam ihr lästig vor.

Zwischen den Bäumen waren die Hütten der Rauchsauna zu sehen. Runde, starke Bohlen, verrußt von Holzfeuern. Moos wuchs auf der Teerpappe der Dächer. Die Steine des Ofens wurden stundenlang erhitzt. Die verqualmte Hitze drang tiefer in die Poren als die von Elektroöfen, so hatte es ihr der nette finnische Kollege erklärt: Alle bedeutsamen Ereignisse eines Lebens hatten sich früher in solchen Saunas abgespielt, von der Geburt bis zum Tod.

Jetzt war niemand bei den Hütten. Nur das Rauschen der Fichten war zu hören, das Grollen im Eis. Rauch quoll zwischen den Bohlen hervor. Das Licht über dem See hatte eine entfesselte Kraft. Ein übermäßiges, tiefes Orange ging von der Sonne aus, als sorgte die kurze Dauer des Tageslichts für eine jähe Entleerung der Farben.

Weit draußen war Tuomas.

Sie erkannte ihn am roten Laufanzug. Das Spinnwebmuster auf Rücken und Oberschenkeln pulsierte. Er ging im Doppelstockschub. Alles an ihm war geschmeidig, die Beine, die Stöcke, der aufragende Körper, in dessen Mitte sich die Energie zu sammeln schien, um in die pumpenden Muskeln zu schießen, in die Oberarme, die Hände, die lässig auspendelten, sobald sie den Stock nach hinten weggestoßen hatten.

Sein Zeitfenster ist lange zu. O-Ton der jungen Patientin. Jemand wie sie setzte heute ganz woanders an, dachte Ute, war unbeschadet aufgewachsen. Diese jungen Frauen lebten auf einem völlig anderen Intensitätsniveau. Ein ungebrochenes Glühen. Und tat sich ein Problem auf, das zu einem Hindernis zu werden drohte, wischten sie es durch wie die Symbole auf ihren Bildschirmoberflächen.

Der Läufer auf dem See wurde von der tiefstehenden Sonne erfasst. Sein Schatten schwang riesenhaft neben ihm her, stieß sich ab, schnellte zurück, richtete den Läufer wieder in voller Länge auf. Nichts schien eingeschränkt oder blockiert. Es war, als würde sich für ihn der Spielraum vergrößern, den Gelenke, Sehnen und Muskeln gaben, als würde die Fremdheit der Bewegung seine Erscheinung verändern. Das rhythmische Vorschnellen löste den Körper aus der gewohnten Fassung, als verschiebe sich das Skelett, als würden Sehnen und Muskeln auf neue Weise eingehängt, als versagte die Logik der Physiologie, dachte Ute, die jetzt auf diffuse Weise glücklich war. Als wäre er frei vom Bauplan des Körpers, glitt dieser Läufer über den Schnee.

Sie wandte sich ab.

Sie sah nicht, wie Tuomas einen Arm hochriss. Triumphierend stieß er einen Skistock in die Luft, als hätte er schon olympisches Gold. Hinter der Ziellinie kam er mit Blick Richtung Waldrand zum Stehen. Keuchend stützte er sich auf die Stöcke, und als sein Puls gefallen war, sah er noch einmal zum Wald. Er hatte sich allein geglaubt. Aber jetzt erkannte er im Gegenlicht der tief über den Bäumen stehenden Sonne eine Gestalt. Er erinnerte sich an sie. Es war die Journalistin. Er hatte sie oft im Schnellrestaurant gesehen. Sie schleppte ein iPad mit sich herum und stellte sich bei den vegetarischen Gerichten an. Cooles, raspelkurzes Haar. Hightech-Klamotten. Angeberin. Er hatte sie auch bei den Köchen und den Eisanglern gesehen und das Bedürfnis gehabt, sie anzusprechen. Er stellte sich vor, wie sein Bild im Helsingin Sanomat erschien, unter einer großen Titelüberschrift: Nachwuchsstar will ganz nach oben. Aber er war von dem Vorhaben abgekommen, nachdem er herausgefunden hatte, dass sie aus Deutschland kam. Ein Interview in einer deutschen Zeitung nützte ihm nichts. Es gab noch einen weiteren Grund. Aber der war vage, und Tuomas hatte im Moment nicht die Nerven dafür.

Die Journalistin stand nah am Ufer. Sie sah nicht zu ihm, obwohl er der einzige bewegte Punkt war auf der jetzt schattig schraffierten Fläche des Sees. Sie blickte in Richtung der Holzhütten. Was sie dort sah, erkannte er nicht. Es wurde rasch dunkel.

Er machte seine Langläufer los und brachte sie in die Skiwerkstatt. Männer umlagerten die Wachstische. Ski waren in Schraubzwingen gespannt, es war laut. Die Männer waren damit beschäftigt, die Laufsohlen von altem Wachs zu reinigen, Grundierungen einzubügeln, die Sohlen zu kämmen und Steigwachs zu verteilen unter dem Tritt. Tuomas fröstelte im durchschwitzten Laufanzug. Er würde das alles später machen, stellte seine Ski in die Holzhalterung an der Wand. In der Loipe draußen hatte er Hunger gehabt, aber jetzt nicht mehr, und erst, als er ins Quartier kam und den Grillfisch in der Folie auf dem kleinen Kühlschrank sah, wo er ihn heute Mittag hingelegt hatte, fiel ihm der Hunger wieder ein. Er riss ein großes Mittelstück heraus. Er stopfte sich den Fisch in den Mund, während er nach der Saunatasche griff und seine Daunenjacke vom Haken nahm. Auf dem Weg kam er an der Bar vorbei, die wenige Tage vor dem Wettkampf schlecht besucht war.

Ute an der Theke sah Tuomas nicht.

Ute saß allein dort. Sie hatte einen Rotwein vor sich, Rioja, das zweite Glas. Obwohl der Wein aus einem Bierhahn gezapft, in einem Metallbecher abgemessen und erst dann ins Glas gegossen wurde, und obwohl ein Glas so viel kostete wie zu Hause eine ganze Flasche, war es hier besser, als dünnes Bier im Schnellrestaurant zu trinken. Langsam verteilte sich der Alkohol, erfasste die Glieder, auch die Blutgefäße machten mit. Die Wangen glühten, die Unruhe ließ nach.

Nach einer Weile kam der finnische Kollege herein.

»Wird Schneesturm geben am Wettkampftag.«

»Hab's gehört.«

Er bestellte Lapin Kulta. »Wir sollten auf Brüche vorbereitet sein.«

»Vielleicht sagen sie den Lauf kurzfristig ab.«

»Dieser Lauf wurde noch nie abgesagt«, sagte der Arzt. »Wir sollten auch auf Todesfälle vorbereitet sein.«

»Ich bitte dich! Ich bin Sportärztin. Ich habe die dankbare Aufgabe, die Läufer leistungsfähiger zu machen.«

Am Pitkäjärvi ging es darum, die Körper aufzubauen, zu veredeln. Die Fälle waren aussichtsreich: gerissene Kreuzbänder, angerissene Innenbänder im Knie, Trochanterentzündungen, Miniskusprobleme, Muskelverkrampfungen, Prellungen, Stauchungen, ausgekugelte Schultern und eingeklemmte Nerven an Körpern, die schnell auf die Behandlung reagierten.

»Einmal war es so schlimm, dass sie im Halbstundenrhythmus Leute ausgeflogen haben. Herzinfarkte«, sagte der Arzt.

»Es gibt immer welche, die sich überschätzen.«

»Junge, trainierte Leute«, sagte er. »Zwanzig-, Dreißigjährige, die plötzlich zusammenklappen. Herz-Kreislauf-Stillstand, Herzversagen, Sekundentod. Hatten eine Myokarditis oder veränderte Herzkranzgefäße und wussten nichts davon. Sinnlos, sie noch auszufliegen.«

»Du hungerst nach einer Katastrophe.«

»Unsinn«, sagte er.

»Ich seh's dir an.«

»Das tu ich nicht! *Ich* muss mir nichts mehr beweisen.«

Sie lächelten.

Sie wussten beide, wovon die Rede war. Die Tochter des Finnen arbeitete für Ärzte ohne Grenzen. Sie meldete sich einmal die Woche übers Internet, aus einem der zig Krisengebiete, welches, wusste Ute nicht, nur, dass es dort schlimme Unruhen gab. Er brauchte eine Katastrophe, dachte sie, um sich abzulenken. Je katastrophaler es hier werden würde, umso leichter wäre das Krisengebiet zu ertragen.

»Wann kommt deine Frau dich besuchen?«, fragte er.

»Corinna hasst Schnee.«

Sie lachten, und der Arzt schob sein Bierglas über die Theke, um es nachfüllen zu lassen.

»Wäre blöd, wenn sie Finnin wär«, sagte er. »Aber wer weiß. In zwanzig Jahren haben wir die Subtropen hier und fahren Wasserski. Brüche wird's trotzdem genug geben. Kein Grund, sich nach was anderem umzusehen.«

»Hat es deine Tochter nicht bald hinter sich?«

Er trank.

»Sie verwildert«, sagte er dann. »Als sie sich das letzte Mal gemeldet hat, waren ihr zwei junge Frauen weggestorben. Rate mal, warum.«

»Fehlende Medikamente?«

»Verblutet«, sagte er. »Den Rest willst du nicht wissen.«

Ute sah auf ihr Glas. »Wie lange muss sie noch bleiben?«

»Was meinst du?«, fragte er heftig. »Glaubst du, sie kommt hier je wieder an? Von diesem ewigen Töten gibt's kein Zurück. Das wird sie ihr Leben lang verfolgen. Und das ist das Einzige, was sie von ihrem großartigen Einsatz hat«, sagte er. »An diesem Töten wird sie nämlich nichts ändern.«

Er trank sein Bier, und im Fenster, vor dem es jetzt dunkel geworden war, sah Ute ihr Gesicht.

»Soll ich dir was sagen?«

»Nur zu«, sagte er.

»Seit einiger Zeit werde ich von einer zwanghaften Vorstellung verfolgt.«

Er sah sie aufmerksam an.

»Es gelingt mir kaum noch, einen Mann zu sehen, ohne an Gewalt zu denken«, sagte sie schroffer als gewollt. »Ich denke an die schlimmsten Grausamkeiten, egal, wie freundlich einer ist.«

»Schwierig in unserem Beruf.«

»Irgendetwas in mir will, dass ich mich immer daran erinnere.« Sie sprach jetzt beherrschter. »Gewalt an Frauen, an Kindern, an Tieren. Körperliche Gewalt, psychische Gewalt. Ich dachte zuerst, das wäre eine Phase. Das geht wieder vorbei.«

»Und?«

»Fehlanzeige«, sagte Ute. »Ich bleib da immer wieder hängen. Und es wird schlimmer. Wenn ich es nicht in den Griff kriege«, sagte sie, »wenn das so weitergeht, werde ich aufhören müssen zu praktizieren.«

»Und wenn du mich anguckst?«, fragte er nach einer Weile.

Ute blickte vom Fenster zurück in das gerötete Gesicht des Arztes.

»Was ist, wenn du mich anguckst?«

»Deine Tochter schafft das«, sagte sie schließlich. »Sie ist jung. Und sie hat eine gute Basis.«

Tuomas ging an der Bar vorbei. Als er zu den Hütten der Rauchsauna kam, fiel der Mond durch die Fichten. Schon als Kind war er in diesen Saunas gewesen. Er hatte neben den Männern auf einer schmalen Holzbank gesessen, während jemand immerzu Wasser aus einer Kupferkelle auf die heißen Steine warf. Seine Beine hatten nicht auf den Boden gereicht. Er hatte sich vor der wollenen Decke geekelt, die unter ihren Hintern lag. Die Decke war warm und nass. Aber mit der Zeit hatte er die niedrigen, beengten Rauchsaunas gemocht. Er hatte sich im Kreis dieser schwelenden Männer wohlgefühlt. Er hatte angefangen, den Schwindel zu lieben, wenn er raus an die Luft kam. Das Kohlenmonoxid machte einen besoffen, und die Hitze machte einen weich, und vom plötzlichen Licht geblendet, wankte man durch eine idiotisch verzerrte Welt, aus der man erst im Wasser wieder erwachte. Sein Filzhut stammte noch aus Kindertagen. Man trug ihn, damit die Ohren nicht verbrannten, und Tuomas behielt ihn auf, als er erhitzt über den Schnee zum Eisloch ging. An den Füßen trug er Latschen, damit die Kälte nicht in die Fußsohlen stach. Das Wasser war warm. Er schaffte ein paar Schwimmzüge. Dort, wo das Wasser durch einen kleinen Motor in Bewegung gehalten wurde, fror der See nicht zu, und Tuomas schwamm, bis er ans Eis stieß. Er schaute zurück zum Ufer, und auf einem vom Mond getroffenen Schneefleck sah er sie wieder. Sie stand außerhalb der Lichtkegel. Das Licht fiel in regelmäßigen Abständen aus hölzernen Bogenlampen auf den Scooterweg, und Tuomas erkannte die Journalistin an ihrem Schatten.

Die Ärztin sah er nicht.

Ute stand nur wenige Schritte vom Eisloch entfernt. Sie stand in Renés Blickfeld, aber davon, dass sie angeschaut wurde, wusste Ute nichts. Sie war ganz auf die Gestalt im Wasser konzentriert. Sie ging davon aus, dass sie allein war. Der finnische Kollege saß an der Bar und trank. Er würde trinken, bis ihm der Boden wegsackte, bis er die Katastrophen und seine Tochter vergaß. Die Saunagäste drüben im Rauch würden im Wärmeumkreis der Hütten bleiben, und mit René rechnete Ute nicht. An ihre Patientin hatte sie seit dem Nachmittag nicht mehr gedacht, die jetzt außerhalb der Lichtkegel stand und zu ihr hinüber sah, sich Utes Blicken aber durch das Buschwerk junger Birken entzog. Das

Mondlicht traf die Reflektoren ihres Schneeanzugs, was nur vom Wasser her auszumachen war.

Keiner der drei Menschen am See wurde gewahr, dass sie beobachtet wurden. Nur aus einer erhöhten Perspektive wäre das sichtbar gewesen. Aber es gab niemanden, der von oben schaute. Die Ärztin, der Läufer und die Journalistin blieben einander verborgen in diesem fahlen, doppelt reflektierten Licht.

Ute hatte die Kapuze ihrer Daunenjacke über die Mütze gezogen. Ihr Gesicht war in die Kälte gesperrt wie in Glas. In der eisigen Nachtluft schien das Augenwasser zu gefrieren. Das linke Auge gehorchte nur verzögert, die Lider waren splitterhart. Ute aber stand reglos hinter einer der Fichten.

Die Wirkung des Weins hatte nachgelassen. Da war nur noch ein Wärmepunkt im Magen, nicht stark. Die Erschütterung kam mit Wucht. Eingeschlagene Schädel, abgetrennte Köpfe, aufgeschlitzte Schamlippen, verätzte Haut, durchstochene Augen, die Visionen der Gewalt nach dem Gespräch in der Bar. Darunter immer wieder eine Szene: ein Mädchen, der Männer eine Stahlstange in den Unterleib rammten.

Marterten. Pfählten.

Weil sie es konnten.

Die alten Visionen. Vertraut. Jedes Mal mit gleicher Heftigkeit. Ute hatte nie darüber gesprochen. Sie hatte niemandem je davon erzählt, nicht einmal Corinna. Wenn es losging, war der Rotwein immer in Reichweite. Sie trank nicht viel, jedenfalls nicht, bevor Corinna schlafen gegangen war, und auch dann höchstens noch ein Glas. Sie achtete darauf, dass die Flüssigkeit in der Flasche immer auf Höhe des Etiketts blieb, und nur manchmal hörte sie Corinna in den frühen Morgenstunden aufstehen, eine leere Flasche in den Mülleimer werfen, den Tisch abwischen und Gläser spülen, damit, wenn es hell wurde, keine Spuren zurückblieben vom nächtlichen Aussetzer.

Keine dieser Zwangsvorstellungen hatte Ute zuvor in Worte gefasst, und das konnte nur heißen, dass es schlimmer geworden war.

Sie fing an zu zittern. Vielleicht kam sie schon nicht mehr zurück.

Dann sah sie Tuomas. Sie sah ihn aus dem Wasser kommen. Sie sah ihn über die Schneedecke gehen, dieses eisige Gras. Seine Gestalt in der Nachtluft, der dampfende Körper, die helle, wie transparente Haut der stechenden Kälte ausgesetzt. Sogar die Badehose hatte Tuomas abgelegt, und er machte sich nicht die Mühe, sie wieder anzuziehen. Er bückte sich nach dem Handtuch. Als er über den Schnee zurück zu den Saunahütten ging, spielten Rückenmuskeln, Taille und die weißen Beine ineinander wie die Gliedmaßen eines fremden Insekts.

Ute schaute auf den Läufer.

Festgefroren auf ihrem Platz im Schnee.

Sie schaute Tuomas hinterher, starrte ihm nach, bis er in den Umkleiden verschwand. Sein Anblick, ein Abdruck in der Kälte, blieb.

Die Kälte drückte auf die Lungen.

Sie war achtundvierzig. Zwanzig Jahre im Beruf. Vierzehn davon selbständig, eine eigene Praxis, vier Angestellte. Zwölf Jahre Ehe. Chronische Krankheiten *keine*, Genussmittel / Drogen *regelmäßig*, Allergien / Unverträglichkeiten *unspezifisch, umfassend*, familiäre Dispositionen *verweigert*, prägende Lektüre *Das andere Geschlecht, Der kleine Unterschied, Charlotte Bunch, Monique Wittig*, und nun stand sie in einer Polarnacht im Schnee und wartete, dass dieser Läufer wieder auftauchte.

Er schlenderte den Scooterweg zurück zum Quartier. Unter jeder Bogenlampe flammte seine orange Daunenjacke auf. Leuchtinseln, Glühpunkte, eine Spur, der sie folgte. Das Licht im letzten Fenster auf der rechten Seite des Flachbaus ging an.

Ute blieb draußen. Sie wartete reglos in der Kälte, als gehörten ihre Glieder anderen, nicht ihr.

Sie sah eine Sechzehnjährige vor einem Fenster stehen. Eine Sechzehnjährige in abgeschnittenen Jeans und Karobluse. Sie sah sie vier Tage unter den Fenstern eines Hauses warten, ehe sie den Mut hatte hineinzugehen.

War sie tatsächlich wieder dort? Wurde sie in einen Lebensabschnitt zurückgerissen, an den sie nicht mehr rührte, mit dem sie abgeschlossen hatte? Kein Link mehr zu dem ungebrochenen Glühen dieses Mädchens, kein Link mehr zu dieser jungen Frau, mit der sich die Mutter regelmäßig in der Werkstatt ihres Vaters eingeschlossen hatte, um ihr seine abgegriffenen Magazine vor die Nase zu halten, Nacktfotos von Frauen auf allen vieren vor Männern mit erigiertem Glied, damit die dreizehn-, vierzehn-, fünfzehnjährige Tochter rechtzeitig eine Vorstellung bekam, von wem sie abstammte und in welche Schöpfung sie hineingeboren worden war, und wenn sie sich weigerte, zu hören bekam, sie sei doch nicht am Ende noch lesbisch?

Das Fenster hatte zur Wohnung einer Schauspielerin gehört. Stadttheater. Kleine Rollen. Die Schauspielerin war eine Bekannte der Mutter gewesen, die eines Tages im Garten vor den gestängelten Bohnen gesessen hatte. Das gläserne Teeservice war aufgetragen, Zeichen für einen besonderen Anlass. Ute hatte die Teetasse zerschmettert, nicht absichtlich, nicht mit Gewalt, sie hatte nur den Abstand zur gläsernen Untertasse überschätzt. Die Schauspielerin hatte ihre Serviette auf den nassen Teefleck gelegt. Ihr nackter Arm. Die Berührung war flüchtig gewesen und hatte sich in die Haut geschnitten wie Glas.

Sie sah sich sechzehnjährig in der Wohnung der Schauspielerin. Teelichter auf dem Boden. Teelichter vor dem Spiegelschrank, am Bett. *Bist du aus einem bestimmten Grund hier?* Sie sah sich auf einem Futon, während die Schauspielerin eine Zigarette aus der Schachtel klopfte. *Bist du hergekommen, um mich anzuschauen?* Hörte die berauschende, weiche Stimme. *Ist das alles, was du möchtest?* Sah die Schauspielerin lächeln, rauchen. Hörte das Schlagen einer Standuhr weit unten im Haus. Sah, wie die Zigarette zu Ende ging, wie die Schauspielerin die Kippe in den Ascher drückte, sich wieder umdrehte, ihr Gesicht. Sah sich diesem Gesicht nähern, sah, wie sie die Schauspielerin küsste. Die Lippen eines anderen Menschen, dieses erste Mal. Und es war ihr so vorgekommen, als würde das Licht, das in einer geraden Linie über das Gesicht der Schauspielerin fiel, direkt in ihren Mund geleitet und sie von innen erhellen. Sechzehnjährig hatte sie gedacht, die Schauspielerin könnte ihr ganzes erleuchtetes Innere sehen.

Jahre später hatte Ute erfahren, dass die Einladung zum Tee nicht grundlos gewesen war. Der Schauspielerin wurden gewisse Neigungen nachgesagt, und ihre Mutter hatte testen wollen, ob Ute ähnlich veranlagt war. Der Test war positiv ausgefallen. Allerdings hatte die Schauspielerin nie etwas mit Frauen gehabt, jedenfalls nicht, bevor Ute zu ihr in die Wohnung gekommen war. Was Ute ihrer Mutter bis heute verschwieg.

Taubheit. Muskeltremor. Das Kältezittern zur Anregung der Wärmeproduktion. Gesteigerte Atemtätigkeit. Engstellung der Blutgefäße in den Extremitäten. Zentralisierung des Blutes in Herz, Gehirn und Lunge, was eine Verlangsamung des Pulsschlags zur Folge hat. Die Körperschale wird eiskalt.

Das Licht im Fenster des Flachbaus war aus, der Schatten des Läufers gelöscht. Die Tür zum Quartier war nicht verschlossen. Niemand schloss hier ab.

Auf dem Flur brannten die Leuchten am Notausgang, ein schmutziges, grünes Licht. Es war still. Der Tremor ließ nach. Ute zog die Handschuhe aus. Sie atmete in die Hände, sie rieb die Handflächen aneinander, streifte Kapuze und Mütze vom Kopf, zog den Reißverschluss der Jacke auf, ohne es zu bemerken. Als sie wenig später sein Zimmer betrat, erinnerte sie sich nicht mehr daran. Die letzte Tür auf dem Flur. Handschuhe ausziehen. Reißverschluss auf. Mütze absetzen. Hatte sie bereits. Hielt sie bereits in den Händen.

Das Zimmer war dunkel. Es roch nach Schweiß. Es roch nach Fisch und nach Rauch, und es schliefen drei Männer darin. Zwischen den beiden Doppelstockbetten gab es ein gardinenloses Fenster, davor einen Wall aus Schnee, von dem ein mattes Leuchten ausging. Das Leuchten fiel auf den Fußboden, auf Hausschuhe, die neben den Betten standen, auf das rechte untere Bett.

Dort lag Tuomas.

Er lag auf der Seite, mit dem Gesicht zur Wand. Seine Wange wurde vom Schneelicht gestreift. Der vorspringende Kehlkopf, der jetzt weich zurückgesunken war, das geschwungene Augenlid, das Rinnsal von Adern über der Schläfe. Sein Mund stand halboffen im Schlaf.

Ute zögerte nicht.

Sie trat so dicht heran, dass sie seine Wärme spürte.

Ein feuchter Dunst.

Sie hockte sich neben sein Bett, ging in eine Haltung, in der sie es eine Weile aushalten konnte. Sie war jetzt ruhig. Kein Fieber. Kein Zittern. Es war gut, hier zu sein.

Es hatte eine Logik.

Tuomas wirkte ganz still, wie er da lag. Er lag, als hätte ihn der Schlaf mitten in einer Laufbewegung draußen auf dem See übermannt. Sein Oberkörper, den das Atmen hob und senkte, war halb aufgedeckt. Er schlief ohne Hemd, geräuschlos.

Nach einer Weile kam ihr ein Wort in den Sinn. Es war deutlich, wie abgelesen von seinem schlafenden, halbnackten Körper. Und als das Wort da war, wusste Ute, dass sie den ganzen Nachmittag danach gesucht hatte. Das hatte sie im Schnee gewollt, auf dem Weg zu den Hütten der Rauchsauna und später in der nächtlichen Kälte.

Heilkrise.

Deshalb war sie hier.

Sie war in einer Heilkrise. Solange Heilkrisen dauerten, war ein Ausweg möglich. Noch war die Richtung nicht klar, aber war man hindurchgekommen, ging es immer aufwärts. Erfahrungswissen. Keine Panik mehr. Keine Horrorvorstellungen. Keine Blutergüsse, Platzwunden, keine trüben Augen, keine zerrissenen Schamlippen, kein Verbluten.

Tuomas schlief. Das Halbdunkel im Zimmer blieb unverändert. Es schien, dass jetzt alles überstanden werden konnte. Vielleicht schon in dieser Nacht.

Ute hockte lange dort.

Sie griff nach Pullover und Skiunterhemd, zog beides über die Brust hoch. Sie entblößte ihren Oberkörper in der kühlen, schlafschweren Luft. Sie schob ihre Hände seitlich in den BH. Dunkelblaue Spitze. Ein Geschenk von Corinna, die Ute darin sexy fand.

Der schwache Widerschein des Nachthimmels fiel auf den Schnee, auf die nackten Brüste.

Es war still im Raum. Die Männer schliefen.

Das Bettzeug rieb gegen ihre Haut, als Ute sich über den Schlafenden beugte. Der raue Baumwollstoff der Decke erzeugte ein leichtes Brennen an den Brustwarzen, die härter wurden, die Brüste weiß in diesem Licht, auch seine Haut war schattenweiß, und Ute schien es, als geriete alles durcheinander, eine Entleerung der Farben wie draußen auf dem See.

Sie näherte sich seinem Körper, seinem Arm, der auf der Decke lag, die Brüste jetzt wie losgelöst, schwebend, als wären sie von ihrem Körper abgenommen und ein Teil des Schlafenden, als gehörten ihre Brüste ihm, als gingen dieser halb aufgedeckte Leib und ihre Brüste ineinander, so sehr verschwammen die Konturen im Zwielicht des Raums.

Ute fasste die Brüste fester. Die Brustwarzen hart unter ihren Fingern, zusammengezogen von einer Gänsehaut, der muskulöse Arm, die trainierte Schulter, der Bartschatten am Kinn, und ihre Hände, die auf seinen Brüsten lagen, taten vor Verlangen weh.

Es fing an zu schneien.

Es war ein stiller, dichter Schneefall, und die Ärztin verharrte noch einen Moment neben dem Bett des Läufers.

Kühle kam auf.

Sie streifte den Pullover über. Als sie sich umdrehte, schwindlig vom raschen Aufstehen, sah sie René. Die junge Patientin stand in der halboffenen Zimmertür. Grün vom Licht der Notleuchte.

Sie sahen sich an. Keine sprach.

Dann drehte René sich um, verschwand auf dem Flur. Ute nahm ihre Jacke. Sie schloss die Zimmertür. Sie fühlte sich hohl, wie ausgedorrt trotz des Wassers, das ihr in die Augen trat.

Jemand nahm sie am Arm, nahm sie mit nach draußen, zog sie ein ganzes Stück den Weg hinunter, vor die Weite des Sees.

»Tut mir leid.« Es war René, die zuerst gesprochen hatte. »Sorry. Ich werd's niemandem erzählen.«

Es hatte aufgehört zu schneien. Weit draußen über dem See wurde es Morgen.

»Entschuldige«, sagte René noch mal. »Ich hab ja gesagt, es ist dieses Licht. Es macht einen verrückt. Ich hätte nicht davon anfangen sollen. Oder von diesem Tuomas.«

»War es nicht umgekehrt?«, fragte Ute leise und dachte, dass es sehr kalt war und dass sie von dieser ewigen Kälte Kopfschmerzen bekam.

»Du sahst schön aus.«

Eine helle Tönung trennte See und Wald.

»Ich meine, schön anzusehen.«

Die aufrecht festgefrorenen Tannenzweige schälten sich dünn aus dem Dämmer.

»Es hat mich auf eine Idee gebracht«, sagte René. »Das macht alles wett, was ich wegen dieser Entzündung verpasse.«

Die Zweige markierten wieder die alten Bohrungen im Eis, an die in wenigen Stunden die Angler zurückkehren würden.

»Alle Gewissheiten, die man sich mühsam erarbeitet hat, werden außer Kraft gesetzt. Und darum geht's. Um nichts anderes. Darüber werde ich schreiben. Und ich kann das jetzt, weil ich es jetzt verstehe«, sagte René. »Ich hab's verstanden, als ich dich dort gesehen habe, an seinem Bett.« Sie schaute zum See. »Dabei hätte ich es schon viel früher begreifen können. Ich war mal mit einer Frau zusammen, die sich das sehr gewünscht hätte«, sagte René. »Die ihrer Körperlogik nach jemand anders war. Was mir bloß nie eingeleuchtet hat. Nicht wirklich. Weil es mir Angst machte. Und als sie es einmal ausgesprochen hatte, wurden wir es nicht mehr los. Jedes Mal, wenn ich sie berührte, hatte ich das Gefühl, jemand anderen anzufassen. So, als täuschte ich mich. Damals habe ich's nicht kapiert. Ich hab nicht verstanden, dass die Gewissheit, sich nicht zu täuschen, die eigentliche Täuschung ist. Das versteh' ich erst jetzt, dank dieser Nacht. Seit ich dich an seinem Bett gesehen habe.«

»Was hast du schon gesehen«, sagte Ute.

Sie drehte sich um und schaute zum Quartier zurück, das nüchtern wirkte, wie ausgelaugt.

Tuomas, der am Fenster stand, nahm im Dämmer zwei Gestalten wahr. Die Männer in den anderen Betten schliefen. Im Zimmer war es still. Aber etwas hatte ihn geweckt. Er sah sich um. Nichts war verändert. Nur die Folie war heruntergefallen, in der er gestern den Fisch gebraten hatte. Sie lag auf dem Boden vor dem Kühlschrank. Es war noch früh, aber er hatte ausgiebig geschlafen, er war wach. Er fühlte sich ausgeruht, er wollte eine kleine Runde vor dem Frühstück drehen, er würde allein in der Loipe sein, lange vor den Läufern der Nationalmannschaft. Aber bevor er sich anzog, trat er ans Fenster, um sicherzugehen, dass er wirklich der Erste war, der Einzige auf dem See, und da erkannte er an ihrem humpelnden Gang die Journalistin. Er erkannte sie wieder, ihre zierliche, sportliche Figur.

Der Arm des Läufers, der am Fenster stand, kribbelte wie eingeschlafen. Er rieb sich die Haut über dem Ellbogen und sah der Journalistin nach, die humpelnd den Scooterweg hinunterlief. Sie war ein Schimmern, das schwächer wurde, dann verschwand. Am Ufer des Pitkäjärvi. Irgendwo dort in den Wäldern.

Blühende Wüste

Mojave-Desert, Kalifornien, USA

Gelber Schutt entlang der Straße. Eine sich dehnende Ödnis, von der Faye auf der Fahrt unzählige Kilometer hinter sich gelassen hatte, während sie drei Stunden lang zuhielt auf einen zurückweichenden, staubigen Horizont.

Mittags kam sie an. Die Hitze drückte ins Auto. Windschutzscheibe, Außenspiegel, auch das Amaturenbrett waren von einer öligen Schicht bedeckt. Das Motel gleißte in der Sonne.

Als Faye zum ersten Mal gehört hatte, daß die Wüste im Frühsommer blühte, hatte sie sich Blumen in kräftigen Farben vorgestellt, glänzende, harte Blätter, fleischiges Grün, Lotusblumen, Amaryllis, Safranmalve, Ruhmeslilie, Teufelshaar. Das Bild von einer tropischen Pflanzenwelt hatte sich eingebrannt, und nach zahlreichen Anläufen, bei denen immer wie zufällig etwas dazwischengekommen war, hatte sie sich endlich in ihren alten, blauen BMW gesetzt und war in östlicher Richtung aus Los Angeles hinausgefahren.

Während der Fahrt hatte sie die Hand auf das abgewetzte Leder des Beifahrersitzes gelegt, auf den großen Riss, durch den die Schaumstofffüllung quoll. Eine blendende Welle von Sehnsucht hatte sie erfaßt. Die Sehnsucht hatte sie zurückgespült zu einer anderen Fahrt, einer Fahrt in die Berge, Helen neben sich. Helen in kurzen Hosen über nackten, braungebrannten Knien. Helen mit der Landkarte auf dem Schoß. Helens nervös wippendes Bein, das die Landkarte zum Zittern brachte. Helen, die beim Anblick der Berge in Begeisterung geraten war, eine ansteckende, kindliche Freude.

Ohne sie, dachte Faye, hätte sie es nie geschafft, die Stadtgrenze zu überqueren. Jetzt gelang ihr das sogar allein.

Sie skypten gelegentlich. Auf dem skype-Bild sah Helen aus, als würde sie in einer Raumkapsel durchs All treiben; sie war sehr jung und unendlich weit weg, ein Altbauzimmer in Berlin, Stuck, dunkle Möbel, ein Metallregal voller Bücher, ein Mitbewohner. Faye wollte keine Versprechungen machen. Für Versprechen war es zu früh. Oder ihr fehlte der Mut.

Auch für die Wüste hätte sie Mut gebraucht. Aber Mut war für sie ein Ausdruck von Naivität, und jetzt war sie enttäuscht, obwohl sie nicht wegen der Blumen in die Wüste gefahren war. Die Schutthalde zeigte nicht den geringsten Anflug von Grün.

Der Boden glühte. Der heiße, harte Sand brannte unter den Sohlen der Flipflops, als Faye aus dem Auto stieg. Sie beeilte sich, in den Schatten des Motels zu kommen. Es war ein U-förmiger Bau unter einem alles überragenden Reklameschild, auf dem in meterhohen roten Buchstaben DESERT INN und ein Triple-AAA-Zeichen prangten. Das Prüfzeichen des Autoclubs wirkte in dieser Ödnis wie ein Sedativ. Erdbeben konnten die Mechaniker nicht verhindern, aber im Falle anderer Unglücke wäre Hilfe da.

Faye nahm den Schlüssel in Empfang. Sie trug ihre Tasche in eines der identisch aussehenden Zimmer, das auf den Vorplatz zeigte. Nur ihr BMW gleißte in der Hitze.

Sie wartete auf Leigh.

Auf den Dünen in der Ferne tauchten Quadfahrer auf. Ihre Oberkörper waren nackt. Sie hielten die vierrädrigen schweren Geländemaschinen zwischen gespreizten Beinen und rasten die Sandhügel auf und ab. Faye saß auf dem Bettrand und sah die Quads mal näher, mal entfernter die Wüste zerfurchen.

Nach einer Stunde wurde das Warten zäh. Sie holte den Toiletteneimer aus dem Bad und füllte ihn mit Eiswürfeln aus dem Automaten unter dem Vordach auf. Sie wickelte die Eiswürfel in ein Handtuch und drückte sich das Handtuch in den Nacken. Das Eis tat weh, und sie dachte an Leigh und an das Telefonat mit ihm und dass er in seinen formlosen, übergroßen Klamotten das Einzige war, was sie je an Emily gestört hatte. Emily hatte einen wilden, verrückten und schönen Leigh verdient, einen eleganten und anziehenden, einen angesehenen, anerkannten, einen vollkommen anderen Leigh. Nicht diesen.

»Ich leg wieder auf«, hatte Leigh am Telefon gesagt, »wenn du mich bloß beschimpfen willst.«

»Ein bisschen Höflichkeit wird dich nicht umbringen«, hatte er gesagt.

»Wenn du eine Sache nicht ändern kannst, hör auf, es zu versuchen.«

»Lass es sein, Faye.«

»Mach dich locker.«

»Hör mal«, hatte er gesagt. »Ihr Eigensinn war ihr größtes Kapital.«

»Du glaubst immer noch, ich hätte sie gefickt. Du glaubst, ich hätte mit ihr rumgemacht und sie dann verlassen. Aber ich vergeb dir«, hatte er gesagt. »Ich vergeb dir, weil dir nicht zu helfen ist. Ein Trauma zeigt sich eben nie in Form von Schmerz.«

»Da bist du ja der Experte«, hatte Faye geantwortet.

Das schmelzende Eis hatte ihre Bluse durchnässt. Die Hitze lastete auf dem Dach. Vor dem Fenster sah sie die Quadfahrer näher kommen. Sie sah, wie sie den Kamm der letzten Düne vor der Straße erreichten, wie sie sich aufrichteten und im Stehen die Unterleiber nach vorn stießen. Die Fahrzeuge kippten vornüber, die Motoren heulten auf, als wären die Fahrer wütend, dass der Sand nur vorübergehend ihrem Gewicht nachgab. Von den geschwollenen Reifenprofilen blieb nichts als eine flüchtige Spur zurück. Die Leiber waren tätowiert. Flugsand, Sonnenöl und Schweiß vermischten sich auf ihren Häuten zu einem glänzenden Panzer.

Sie bogen auf den Vorplatz ein. Auf einem der Quads erkannte sie Leigh. Sie erkannte ihn am übergroßen Hemd, der beinahe zierlichen Gestalt, und war erleichtert, ein Gefühl, das sie sich im nächsten Moment verbot. Leigh trug einen Helm, der nicht zu seinem schmalen Gesicht passte. Alles an ihm stand irgendwie über. Er war der Einzige, der nicht mit nacktem Oberkörper fuhr. Hinter ihm saß eine Frau, und Faye schoss das Blut in den Kopf. Aber es war nicht Emily. Es lag am trügerischen Gegenlicht, dass Emily wie ein Hitzebild in der Luft schwebte. Emily wäre nie auf den Gedanken gekommen, mit einem Quad durch die Wüste zu fahren. Sie hatte Respekt vor der Wüste, vor den ausgeklügelten Jagdwegen, die sie einst erschlossen hatten, begehbar nur für Mokassins, sinnvoll nur für ihre Erfinder, die Chumash, die Diguenos, die Tongva. Wege, die längst im Sand versunken und mit den Fundstücken früherer Existenzen, den Pfeilspitzen, der Keramik, dem Schmuck, überrollt und unsichtbar geworden waren. Unsichtbar, aber noch vorhanden, sagte Emily im Gegenlicht, würde sie sagen, hätte sie gesagt, könnte sie so gesagt haben, dachte Faye, während sie sah, wie Leigh die Frau auf dem Sozius küsste.

Emily hatte sich regelmäßig in die Mojave-Wüste zurückgezogen, um sich »zu häuten«, wie sie das nannte. Genannt hatte, dachte Faye. Abgeschlossene Vergangenheit.

»Verrückte Beleuchtung hier draußen«, sagte Leigh und nahm den Helm ab. »Raubt dir den Sinn für die Realität.«

Sie standen neben dem Eisautomaten unter dem Vordach. Emily hatte immer eingefordert, dass man ihre Begeisterung teilte, und Faye hatte das in diesem Fall nicht gekonnt, konnte es auch jetzt nicht. Sie hatte Leigh nur ein einziges Mal gesehen und keinen Wert darauf gelegt, das zu wiederholen. Eigentlich hatte sie ihn noch nie richtig gesehen, und sie zwang sich, ihm in die Augen zu schauen, und die Frau, die mit ihm war, schaute Faye an, und Leigh lächelte. Er war ihr körperlich unangenehm. Seine Augen waren blassblau, die Konturen seines Gesichts unbestimmt. Die Haut sah aus wie zu oft gewaschen. Je länger man ihn anschaute, dachte Faye, umso undeutlicher wurde er, und das lag nicht an der verrückten Beleuchtung, an dieser öligen Sonne, die noch immer hoch am Himmel stand.

»Wir haben abgemacht, dass Beret hier wartet, wenn wir

zu Emily rausfahren. Falls du dir Sorgen machst«, sagte Leigh. Er hatte sich einen Kinnbart zugelegt, spärliche, dünne Fransen.

»Keine Angst«, sagte Beret. »Ich steh eurem Abenteuer nicht im Weg.«

»Hast du ihr nicht gesagt, worum's geht?«, sagte Faye zu Leigh. »Dass das hier keine Spritztour ist?«

»Du hast dich nicht verändert.«

»Meinst du im Vergleich zu unserem Telefonat oder im Vergleich zu den zehn Minuten in Emilys Küche, als du dich geweigert hast, deinen Schal abzulegen?«

Die Küche in Emilys Haus war der Raum, in dem Faye sich am liebsten aufgehalten hatte. Es war eine große Küche mit einem Esstisch, an dem zwölf Leute Platz hatten. Wenn sie allein waren, saß Faye an der schmalen weißen Bar mit dem lebensecht nachgeformten Glaskopf, dem Emily manchmal einen ihrer Hüte aufsetzte. Faye saß an der Bar und sah Emily zu, wie sie Drinks machte. Emily machte gern Drinks. Sie mixte Old Fashioned mit Angostura und geviertelten Orangenscheiben, oder sie machte Negroni, wenn die Sonne untergegangen war, und sie schwierige Themen besprachen. Einmal hatte ihr jemand Absinth aus Europa mitgebracht. Es war eine spezielle Abfüllung, ein Konzentrat für Fortgeschrittene, das mit einer Pipette sparsam ins Glas getröpfelt werden musste. Sie hatten sich mit ihren Gläsern unter die Loquatbäume in den Garten gesetzt und dann nichts davon getrunken aus Angst, sie würden blind. Sie hatten das Zeug weggeschüttet, direkt in den Aloe, und darüber gelacht, dass sie solche Feiglinge waren und so weit weg von Europa.

Leigh war eines der schwierigen Themen, die sie besprachen.

Es war nicht deshalb schwierig, weil Leigh ein schwieriger Mensch gewesen wäre. Leigh war in einem Vorort aufgewachsen, in einer der Satellitensiedlungen im Süden von L. A., landeinwärts, wo das Wohnen billiger war. Er war in einem Haus aufgewachsen, das auf Rädern stand und woandershin gefahren werden konnte, wenn die Bodenpreise stiegen, *white trash*, der sich hochgekämpft und ein Stipendium ergattert hatte, der französische Philosophinnen las und Latino-Pop mochte, der es hasste, auf irgendetwas im Leben festgelegt zu werden, und am liebsten im Blue Moon abhing, einem ehemaligen Club der Bodenstreitkräfte der US-Army, den eine Gruppe von Transgender-Leuten übernommen hatte. Leigh war jemand, der Crêpes machte, von denen Emily schwärmte, und jetzt mit Emily befreundet war. Befreundet oder liiert.

Er war ein schwieriges Thema, weil Faye Angst um Emily hatte und Emily von dieser Angst wusste.

Sobald das Gespräch auf Leigh kam, lenkte Faye ab.

»Weißt du noch«, sagte sie beispielsweise, »wie du mich auf dem Schulhof an der Hand genommen hast, weil ich nie wusste, wo unser Klassenzimmer war? Selbst unter Androhung von Folter hätte ich es nicht gefunden. Ich war völlig orientierungslos.«

»Du übertreibst.«

»Ohne dich hätte ich nicht mal die Grundschule geschafft.«

»Immerhin warst du konsequent«, sagte Emily. »Man konnte sich drauf verlassen, dass du in die falsche Richtung läufst.«

Dann hatte Leigh in der Tür gestanden. Eines Tages lehnte Leigh im Türrahmen, bis Emily ihn in die Küche zog und sie einander vorstellte, zuerst Leigh Faye, dann andersherum. Keiner von beiden sagte etwas. Emily schlug vor, einen Drink zu mixen, einen besonderen Kennenlerndrink, und Faye wusste, es würde Negroni sein wegen der Schwierigkeit der Lage, ihr gemeinsamer Drink, der auf einmal an Bedeutung verlor. Leigh wusste davon nichts. Er nickte erleichtert, und Emily sagte, er solle den Schal abnehmen, weil Sommer war und sie die Klimaanlage nicht einschalten wollte. Sie schlug vor, den Schal um den Glaskopf zu legen.

»Er braucht unseren Schutz.« Emily gab der Glasstirn einen Kuss. »Seht ihr? Er ist völlig ausgeliefert. Transparent für alles, was man hineinlesen will.« Sie stellte sich hinter die Bar und zog die Schultern ein. Sie machte sich so klein, dass ihr Kopf hinter dem Glaskopf verschwand.

»Und«, sagte sie. »Wie gefall ich euch?«

Der Glaskopf war durchsichtig gewesen auf Emilys Gesicht und hatte sie zugleich verborgen.

»Immer noch die gleiche alte Provokateurin«, sagte Leigh unter dem Vordach zu Faye. »Immer bereit, den Stachel auszufahren.«

Faye sagte nichts, und während Beret sich auf den Weg zur Rezeption machte, ging Leigh zurück zum Quad, um die Reisetasche abzuschnallen. Faye wartete unter dem Vordach. Dann kam Beret mit den Schlüsseln zurück, und Leigh ging mit ihr hinein, um das Zimmer zu beziehen. Als er wiederkam, sagte er: »Hast du nur Flipflops dabei?«

»Ist das ein Problem?«

»Ja«, sagte Leigh. »Flipflops sind scheiße auf dem Quad.«

»Ich hab nicht vor, mit dir Quad zu fahren«, sagte Faye.

»Nein?«

»Ich habe ein Auto«, sagte sie. »Und ich habe vor, dieses Auto zu benutzen.«

»Mit deiner alten Schüssel fahr ich nicht ins Niemandsland raus.« Leigh hielt ihr ein Paar Turnschuhe hin. »Wie wär's damit?«

»Wem gehören die?«, fragte Faye.

»Beret. Wem sonst?«

Faye zog die Turnschuhe an, und sie setzten die Helme auf, und auf einmal hielt Faye es nicht mehr für eine gute Idee, mit ihm dort hinauszufahren. Bevor Leigh den Motor anwarf, sagte sie: »Du bist der Letzte, der sie gesehen hat.«

Leigh nickte.

»Du hast eine Verantwortung«, sagte Faye. »Ich erwarte von dir, dass du mich sicher dort hinbringst und wieder zurück.«

Leigh schaute Faye an. Dann legte er eine Hand an sein Kinn und zog langsam den Bart von der Haut.

»Dachtest du, der ist echt?« Er nahm einen Lederbeutel aus der Brusttasche seines Hemdes. »Chromosomen«, sagte er verächtlich. »Genetik. Hormone. Der Kult ums Natürliche.« Er stopfte den Bart in den Beutel. »Wozu haben wir das Individuum erfunden, wenn wir seine Möglichkeiten vereiteln? Aber alle klammern sich dran fest, als wär's so 'ne Art Heilsversprechen.« Er blickte zu den Quadfahrern, die in die Drivers Ranch eingefallen waren. »Siehst du diese Jungs?«, fragte er. »Haben sie dir Angst gemacht? Zuerst denkst du, sie ziehen die übliche Machonummer durch, harte Kerle mit markigen Sprüchen, die an keiner Frau vorbeigehen können, ohne einen unterirdischen Kommentar abzulassen. Dabei sind sie ganz anders drauf. Zwei kenne ich aus meinem Seminar. *Third wave feminists*. Das ganze Programm. Nicht so mein Ding, zu wenig *genderhacking*, zu inkonsequent, aber besser die dritte Welle als gar kein Feminismus.«

Die Drivers Ranch war eine unverputzte Baracke mit einem Wellblechdach, in der Omelettes mit Pommes und aufgepumpte Burger zum Frühstück angeboten wurden. Die Fahrer hatten sich in den Schatten der Veranda gesetzt. Beim Essen bebten die erhitzten, tätowierten Panzer; von den Muskeln geblähte Segelschiffe, Spangenhelme, bloßliegende Ärsche, ein durchstochenes Herz.

»Klar«, sagte Faye. »Die machen auf mich den überzeugenden Eindruck orthodoxer Feministen.«

»*Faggots*«, sagte Leigh. »Wenn du mit ihnen abhängen willst, musst du allerdings was Besseres zu bieten haben als die ideale Schwanzlänge.«

Der Vorplatz flimmerte in der Hitze.

»Lass uns losfahren.«

Leigh sah immer noch zur Drivers Ranch. »Der Bart. Er erinnert uns daran, dass unser Begehren von erschreckender Präzision ist. Ich weiß nicht mehr, wer das gesagt hat, halte es aber für zutreffend.«

»Okay.«

»Nichts ist okay«, sagte Leigh. »Solange du mir die Schuld an Emilys Verschwinden gibst.«

»Du warst es, zu dem sie wollte. Am Tag, bevor sie verschwunden ist. Du hast sie als Letzter gesehen.«

»Kann schon sein.« Leigh stieg auf und startete den Motor. »Aber *ich* habe nie etwas von *ihr* gewollt.«

»Und von Beret willst du auch nichts?«, rief Faye über Leighs Schulter.

»Kommt drauf an«, rief Leigh, »welchen Eindruck wir auf dich machen.«

Die Turnschuhe waren zu klein. Sie drückten, aber Faye verkniff sich den Schmerz. Sie dachte an Emily. Sie versuchte sich vorzustellen, was Emily gedacht hatte, als sie zum letzten Mal hier gewesen war. Dann konzentrierte sie sich aufs Festhalten, denn Leigh fuhr schnell, der Boden war holprig und das Quad schlecht gefedert. Leigh bog von der Straße ab, und sie fuhren in die gelbe Fläche der Wüste hinein. Der Staub schlug hoch und nahm ihnen die Luft, der Staub und die Hitze, aber nach einer Weile gewöhnten sie sich daran. Leigh hielt auf eine Gruppe Joshuabäume zu, die in der Ferne zu schwimmen schienen. Sie sahen wie Unterwasserpflanzen aus, die eine unsichtbare Strömung in Bewegung setzte. Der San-Andreas-Graben war nicht weit von hier. Er legte eine unheimliche Grenze zwischen Wüste und Stadt. Er erinnerte daran, dass die Erde flüssig war, ein glühender Strom unter den Rändern zweier Platten, an denen die Oberfläche aufklaffte. Die Platten trieben in entgegengesetzten Richtungen aneinander vorbei. Jedes Jahr näherten sich die Pazifische und die Nordamerikanische Platte um sechs Zentimeter an, und es war nur eine Frage der Zeit, bis das Atomkraftwerk, das auf diesen schwimmenden Erdschichten stand, mit seinen Kernreaktoren und Brennstäben und Abklingbecken von den Platten zerquetscht werden würde und Wüste und Stadt zu einer radioaktiven Riesenhölle verschmolzen.

Sand spritzte unter den Rädern weg wie erhitztes Wasser, und Faye klammerte sich an die Seitengriffe.

Die Küche in Emilys Haus war ein Ort, an dem Faye sich aufgehoben gefühlt hatte. Es gab nicht viele solcher Orte und keinen, an dem sie eine ähnlich große Sicherheit empfand. Jetzt kam es ihr ganz unwahrscheinlich vor, jemals dort gewesen zu sein.

Als noch kein *For-Sale*-Schild auf dem Rasen gestanden hatte. Als die Bougainvillea noch regelmäßig besprengt wurde. Als sie noch nicht zu Emily gesagt hatte: »Du mit deiner schönen Seele, die sich immer an kaputte Typen hängt. Aber jeder braucht eine Berufung. Und mich hast du ja auch durch eine verkorkste Kindheit gebracht. Ich nehme mich vom Kaputtsein gar nicht aus. Schließlich ist ein Großteil dieser verdammten Stadt kaputt. Menschen wie du werden hier dringend gebraucht.«

Das war der Abend, an dem Emily keinen Drink gemixt hatte. Der Abend, an dem sie sich nicht auf einen Barhocker gesetzt, keine Orange in Scheiben geschnitten hatte, der Abend, an dem der Glaskopf hutlos geblieben war. Emily hatte ihren Hut nicht abgenommen. Draußen war es schon dunkel gewesen, kurz vor Weihnachten, irgendwo hatte eine Lichterkette geblinkt. Aber das war Faye erst später aufgefallen. Erst rückblickend hatte sie das Blinken der Lichterkette wahrgenommen. In den schlaflosen Nächten nach Emilys Verschwinden hatte sie begonnen, die Lichterkette als Warnsignal zu begreifen. Das Blinken hatte die Gefahr angekündigt, hatte den Abend vor Emilys Verschwinden deutlich markiert, aber sie hatte es übersehen.

Emily war nicht an die Bar gegangen. Sie waren gar nicht erst bis in die Küche gelangt. Zitternd stand sie vor den großen Fenstern im Vestibül. Sie kam von Leigh. Oder sie wollte zu Leigh. Oder Leigh wollte nicht, dass sie zu ihm kam, sie aber wollte es drauf ankommen lassen, und Faye hatte die Nerven verloren und wie aus großer Ferne auf sie beide hinuntergesehen. »Keine Sorge, Emily«, hatte sie kühl gesagt. »Ich bin sicher, dass er dir bald einen Heiratsantrag macht. Das ist *die* Rettung bei seiner Finanzlage. *Ihrer*? Soll ich *sie* sagen? Oder wie wär's mit dem Neutrum? Weiß man ja bei solchen Unikaten nicht. Du musst dir jedenfalls keine Sorgen machen, dass ihr nicht auffallen könntet, dein prekärer Gynander und du. Das wird die freakigste Hochzeit von Beverly Hills. Ich wette, ihr schafft es sogar aufs Cover von Vanity Fair.«

»Verschwinde«, hatte Emily gesagt. »Raus hier. Hau ab!«

Dort, wo sie fuhren, war jetzt kein Baum mehr, kein Gesträuch. Der Boden war eben, wie plattgewalzt. Dann hielt Leigh an, und als sie abstiegen, konnten sie vor sich im Sand Muster erkennen. Aus der Nähe wurden daraus Schluchten, die in fünf bis zehn Metern Tiefe den Boden durchfurchten. Labyrinthisch verliefen die Gänge durch den Sand, die Erde war senkrecht abgebrochen, als hätte jemand mit einem riesigen Spaten Gräben ausgehoben.

»Da unten«, sagte Leigh. »Dort ist es.«

Sie stiegen in eine der Schluchten hinab, bis weit unterhalb des Meeresspiegels, dachte Faye. Es war schattig hier, aber nicht kühler. Rutschungen machten den Boden uneben. Schotter türmte sich auf dem Weg, der unter ihren Tritten nachgab, manchmal mussten sie geduckt unter einer überhängenden Sanddecke durch, wo die Erdoberfläche noch nicht eingebrochen war und eine Brücke bildete von Wand zu Wand.

Leigh ging voran, und Faye hatte Zeit, ihn von hinten zu

betrachten, seine muskulösen Beine, den schlanken Rücken, die geraden Schultern, die in einen weichen, ausrasierten und wie felligen Nacken übergingen, der Nacken einer schönen Frau. Sie hätte gern gewusst, ob es das war, was Emily gesehen hatte, ob sie Leigh immer so vor Augen gehabt hatte, mit einem von den Schultern gerutschten Hemd und sonnengeröteter Haut. Von hinten sah er gar nicht so schlecht aus. Faye versuchte sich Emily in diesem schmalen, porösen Gang vorzustellen. In Turnschuhen oder Flipflops. Vielleicht war sie glücklich gewesen, weil die Wüste sie aufnahm und umschloss, oder unruhig, weil Einsamkeit und Weite sie ängstigten. Sie versuchte sich vorzustellen, was Emily in dieser Wüste sah.

Die Schlucht mündete in einen runden Platz. Der Himmel darüber war blass, fast weiß, und als Leigh sich zu Faye umdrehte, war auch sein Gesicht weiß.

»Emily hat sich dir ausgeliefert«, sagte Faye.

»Es ist eine freiwillige Entscheidung, nehm ich mal an, sich auszuliefern.«

»Du hast sie weggestoßen!«

»Alles Auslegungssache«, sagte Leigh.

»Du bist wirklich erbarmungslos.«

Der Platz war von Sandwänden umschlossen. Auf der einen Seite gab es eine Mulde im Boden, und Leigh ging hinüber, um sie sich anzusehen.

Die Mulde war angefüllt mit verkohltem Holz und verbrannten Zweigen. Aber es war lange her, dass jemand hier Feuer gemacht hatte. Die Kohle war weiß und halb verschwunden im Sand.

Faye sah Leigh zu, wie er sich bückte und einen Zweig auf hob, aber sie wusste schon, dass sie hier nichts finden würden.

»Ich kann sie mir nicht mal mehr vorstellen«, sagte sie. »Die Vorräte meiner Erinnerung sind alle ausgeschöpft.«

Es gab keine Spuren, nicht einmal Ritzungen oder Zeichen an den Sandwänden, es gab keine Hinterlassenschaften von Tongva oder Chumash, die auf eine heilige Stätte hingedeutet hätten. Es war nur eine Höhle, der das Dach fehlte.

»Als Emily noch da war«, sagte Faye, »sind die Erinnerungen schneller nachgewachsen, als ich sie anzapfen konnte.«

Leigh stellte den Tankrucksack ab. Er holte eine Thermoskanne und zwei Becher heraus und hielt Faye einen Becher hin. Als Faye nicht reagierte, setzte er sich vor die Feuerstelle auf den Boden.

»Du solltest was trinken«, sagte er und goss sich Tee ein. »Es sei denn, du legst es drauf an, zu dehydrieren.«

Faye sagte nichts. Sie ließ sich dort nieder, wo sie gestanden hatte. Sie saß ein ganzes Stück entfernt von Leigh und stützte die Arme hinter sich auf den Boden. Sie wartete auf Emily. Sie hatte noch nie so gewartet. Sie wartete, ohne Leigh anzusehen, und das ölige Licht der Sonne über der Schlucht erfasste sie beide. Faye wartete so sehr, dass sie den Eindruck hatte, Emily käme jeden Augenblick durch die Schlucht auf sie zu gelaufen und riefe *Da bist du ja! Wieso hast du so lange gebraucht? Ich vergesse immer, was für ein Angsthase du bist.*

Alles würde sich klären. Keine Befürchtungen mehr, keine Fragen. Emily würde erzählen. Von der Sache, in die sie verwickelt worden war, zufällig, zur falschen Zeit am falschen Ort, ein fremder Konflikt, *damsel in distress*, dem sie am Ende gerade noch so entkommen konnte.

Und dann kam Emily wirklich. Sie kam von dort, wo die Schlucht eine Biegung machte, sie erschien als bunter Umriss vor dem sandigen Grund. Zuerst sah Faye das Kind in roten Sandalen und mit einem Matrosenhut, aber mit jedem Schritt, den Emily näher kam, wurde sie älter, und als sie die Höhle betrat, trug sie ihr zerknittertes, weißes Sommerkleid wie an dem Tag, an dem sie mit Leigh aus dem Sequoia-Park zurückgekehrt war.

Leigh schraubte die Thermoskanne zu und lehnte sich mit dem Rücken an die glühende Wand, die sie vom flüssigen Erdinneren trennte.

Über ihren Köpfen, auf Höhe der Erdoberfläche, schwebten Joshua-Bäume wie Unterwasserpflanzen in der Hitze. Und wenn man es genau nahm, dachte Faye, dann waren sie nicht nur unterhalb des Meeresspiegels, dann waren sie tiefer als jedes Meer. Sie waren schon durch alle Meere getaucht.

»Zeig's mir«, sagte sie unvermittelt.

»Was soll ich dir zeigen?«

»Das weißt du doch.«

Faye stand auf und trat auf Leigh zu. Sie stellte sich vor ihn, und ihr Schatten fiel auf sein Gesicht.

»Zeig's mir.«

»Ich weiß nicht, was du meinst.«

»Natürlich weißt du's.«

»Du bist genau wie Emily«, sagte Leigh, ohne aufzusehen.

»Tu mir das an, was du ihr angetan hast.«

»Was soll das«, sagte Leigh.

»Was hast du mit ihr gemacht?«

Leigh sah Faye jetzt an. »Ihr müsst wirklich denken, ich bin euer Zirkuspferdchen«, sagte er leise. »Hast du überhaupt eine Ahnung, was ihr *mir* antut? Ihr nehmt mir mein Menschsein weg«, sagte er heftig. »Du und deine Emily.«

Einen Moment lang war es still.

Es war so still, wie es nur in einer Sandgruft in der Wüste sein konnte. Der Himmel war jetzt nicht mehr so weiß. Er hatte sich an den Rändern der Schlucht mattblau eingefärbt oder das waren Leighs Augen. Faye merkte, dass sie Leigh anstarrte, sie starrte in dieses blasse Blau, sie verlor sich darin, und als er ihrem Blick standhielt und fest zurückschaute, sah sie weg.

Er griff nach ihrer Hand. Er zog Faye zu sich herunter. Aber Faye widersetzte sich.

»Es war vielleicht zu früh. Aber eines hat Emily gewusst. Sie wusste, dass unser Begehren präzise ist«, sagte er. »Und das wusste sie wegen mir. Da kannst du mir tausendmal die Schuld geben.«

»Was war zu früh?«, sagte Faye.

»Ach nichts.« Er gab ihre Hand frei, und sie setzte sich wie selbstverständlich neben ihn.

»Was willst du«, sagte er.

Auf einmal wusste sie nicht, was sie sagen sollte, wollte nichts Falsches sagen, nichts, das sie daran hindern würde, herauszufinden, was mit Emily passiert war. Nur deshalb war sie hier.

»Sag mir, was du möchtest.«

»Wie meinst du das?«

»Fang einfach an«, sagte Leigh.

Faye warf die Turnschuhe von sich, die auf einmal glühten.

»Wenn du wissen willst, was ich mit ihr gemacht habe, musst du wissen, was du möchtest. Emily wird's ja auch gewusst haben.«

»Ich bin nicht mutig«, sagte Faye. »Ich bin nicht wie sie.«

Leigh umschlang seine Knie. »Wärst du Emily, dann würdest du wahrscheinlich sagen: Ich will deinen Schwanz und ich will deine Brüste.«

Er strich mit seinen Fingerkuppen über den Sand, bis sie beinahe Fayes Fuß berührten. Faye zuckte zurück. Sie saß reglos. Ihr wurde klar, dass Leigh von der Schießerei nichts wusste. Dass er nie etwas von dieser Schießerei erfahren hatte und es für ihn um ganz andere Dinge ging. Und ihr wurde auch klar, dass sie ihn die ganze Zeit verdächtigt hatte.

Als sie nicht reagierte, sagte Leigh: »Emily würde vielleicht sagen: Liebe mich. Fass mich an. Spürst du, wie nass ich bin? Ich möchte, dass du das spürst.«

Faye saß da, und die Hitze drückte auf ihren Kopf und den Nacken und glühte an den Fußsohlen und zwischen den Zehen.

»Emily würde sagen: Ich möchte dich in mir. Ich möchte, dass du meine Lippen auseinanderziehst und mich öffnest und dich hineindrängst in mich«, sagte Leigh. »Ich möchte, dass du langsam und tief in mich stößt.«

Sie saßen nebeneinander und beobachteten die Bewegungen seiner Hand.

»Und du?«, fragte Faye schließlich. »Was sagst du?«

Leigh hielt seine Hand still. Als er weiter schwieg, sagte Faye unsicher: »Es macht dich an? Du würdest zu ihr sagen, ihre Weichheit und Offenheit machen dich an. Sie machen dich zu dem, der du bist.«

Leigh lächelte, sah aber nicht zu Faye, sondern über die Knie hinweg auf die Feuerstelle.

»Du sagst, dass du alles für sie bist«, sagte Faye und spürte, wie ihr schwindlig wurde, als würde zu viel Sauerstoff auf einmal durch ihren Körper gepumpt. »Du bist alles für sie, und in diesem Moment bist du alles durch sie.«

»Ja.«

»Du drängst dich in sie hinein, und als du spürst, wie sie dir entgegenkommt, als du ihr Verlangen spürst, spürst du auch, dass du einen Schwanz hast und die Umrisse und die Machart deines Körpers, und du bist nicht mehr unbestimmt.«

»Siehst du«, sagte Leigh. »Du weißt es doch.«

»Du küsst sie und dringst in sie ein und spürst in deinen Lenden und im Unterleib, wie sie dir nachgibt.«

»Ja«, sagte Leigh. »Und sie sagt: Bleib. Bitte bleib so. Aber ich möchte mich umdrehen, damit ich dich überall spüren kann. Sei hinter mir, halte mich mit beiden Händen und stoß dich in mich rein, und dann sollst du schneller werden. Du sollst die Kontrolle verlieren.«

»Und du verlierst die Kontrolle«, sagte Faye.

»Verlier die Kontrolle und nimm mich mit, fick mich, liebe mich, beug dich ein wenig vor. Das hätte sie gesagt. Beug dich vor. Es macht mich an, wenn deine Brüste mich streifen, wenn sie immer, wenn du reinstößt, gegen meinen Rücken fallen.«

Sie saßen da, ohne sich zu berühren, und Leigh fing wieder an, mit seinen Fingerkuppen den Sand zu durchfurchen. Faye kam es vor, als wäre ihr Körper auf einmal durchsichtig geworden für den von Emily. Oder es verhielt sich andersherum, dachte Faye. Emilys Körper war durchsichtig geworden, so dass sie, Faye, darin zum Vorschein kam.

Und dann gab es den Sand, die gelbe Glut dieser Wüste, die sich durch Emilys gespreizte Finger drückte. Ihre Hände lagen mit den Handflächen nach oben auf dem lockeren Boden, festgehalten von Leigh, der jetzt auf ihr war, der sie mit seinem ganzen Körper zu Boden drückte, und Emily wurde nass von seinem Gewicht, von seinen weichen Brüsten, den kräftigen Schultern. Sie gab der Bewegung nach, mit der Leigh sie erfasste, so dass sie hoch- und zurückrutschte, und sie gab seiner Hand nach, die er nach unten führte, über ihren Bauch, über die Oberschenkel bis zum Saum ihres Kleides, das er mit einem Griff hochschob. Er strich zu ihrer Klit, die er mit den Fingern umschloss und anfing zu reiben. Emily versuchte, sich ihm zu entwinden. Sie wand sich, um dem Druck seiner Finger zu entkommen, ihn leichter zu machen, in ein Streicheln zu verwandeln, aber Leigh blieb, und der Druck blieb, und sein Körper drückte sie noch stärker zu Boden, hielt sie nieder im Sand. Und da ließ sie los, ließ sich hineinfallen in seine Hand, bis der Druck richtig war und ihr Körper so weich wurde, dass sie beinahe verschwamm und sich ihm entgegenbiegen musste, um ihre Grenzen zu spüren und sich dort zu entzünden, wo Druck und Widerstand am größten waren.

Als sie zum Fahrzeug zurückkamen, stand die Sonne tief. Sie mussten sich beeilen, um noch vor der Dunkelheit das Motel zu erreichen. Sie hatten nicht mehr gesprochen, seit sie den Tee aus der Thermoskanne ausgetrunken hatten und aufgebrochen waren. Sie waren schweigend durch die Schlucht gelaufen, und jetzt setzten sie wortlos die Helme auf. Leigh startete das Quad, und sie fuhren los, und Faye legte ihr Gesicht an seinen Rücken. Sie hielt sich an ihm fest, wie Emily sich an ihm hätte festhalten wollen.

Sie war nicht mehr ängstlich.

Im letzten Licht, vor den schrägen Schatten der beginnenden Nacht nahm Faye den blassen Teppich wahr, der über der gesamten Ebene lag. Wüstensalbei und *brittlebush* überzogen den Schutt. Endivien und Kalifornischer Buchweizen, Braunäugige Nachtkerzenblüten, Wüstensterne und *gravel ghost* ließen die Ödnis bunt aussehen, dunkelblauer Distelsalbei und hellrosa Wüstenkaliko.

Und Helen war da.

Helen kam hinter dem Glaskopf hervor. Es war wie bei einer filmischen Überblendung; Emily hatte sich eben noch hinter dem Glaskopf versteckt, aber Helen war es, die auftauchte.

Helen, die mit ihrem charmanten Akzent sagte: »Mensch, Faye, worauf wartest du?« Die ein Buch aus ihrem Metallregal im Stuckaltbau nahm und es in die Kamera ihres Laptops hielt, *Gebrauchsanweisung für Berlin*. »Es gibt uns niemals wieder!«

Ohne Mühe fallen

Vitte, Hiddensee, Deutschland

Das schlichte, schwarze Baumwollkleid reichte bis zum Knie. Es ließ sie schlank aussehen und ein bisschen streng. Die Haut war beinahe so dunkel wie das Kleid. Aber das täuschte. Es war dämmrig vor dem Spiegel im Flur.

Sie schob das breite Haarband über den Kopf. Die Bewegung war immer noch ungewohnt. Dabei hatten die Haarbänder schon vor einer Weile die Hüte ersetzt. Sie trug keine Hüte mehr. Das hatte sie schon gelassen, bevor sie auf die Insel gekommen war, und sie hatte auch kein Bedürfnis mehr, welche zu tragen. Nur manchmal, wenn sie über die Promenade ging und Wind aufkam, griff sie sich unwillkürlich an den Kopf, um den Hut festzuhalten.

Sie näherte sich dem Spiegel, das Gesicht ungeschönt und groß. Es war lange her, dass sie sich so betrachtet hatte.

Da waren mehr Linien unter den Augen. Die Einkerbungen neben den Mundwinkeln tiefer. Auch ihre Lippen schienen verändert. Ihr Mund sah entschlossener aus als früher, als hätte sich die Lage des Kiefers um Millimeter verschoben. Seit sie diese Sprache mit ihren robusten Konsonanten lernte und mit Vokalen, für die man den Unterkiefer weit aufklappen musste, schien der gesamte

Gesichtsausdruck ein anderer zu werden, jedenfalls beim Sprechen.

Was sie sah, erzeugte den Eindruck von Fortschritt, von einer sinnvollen Bewegung nach vorn. Eine Ablösung. Die klaren Linien unter den Augen trennten ihr Spiegelbild von früheren Gesichtern.

Emily öffnete die Schublade der Kommode. Die Ohrringe mit dem grünen Stein waren zu schick für den Strand. Aber es war ihr erster freier Abend nach zwei Wochen. Und Emily legte sich nie wie die Urlauber nackt ans Meer. Vormittags, bevor der Dienst begann, ging sie zum Schwimmen hinunter, blieb aber nur so lange, bis die Haut im Wind getrocknet war. Und abends, wenn sie nicht hinter der Bar stand, setzte sie sich in einen der Strandkörbe, die in den Hotels hinter der Düne vermietet wurden. Es gab immer ein paar Körbe, die nicht mit einem Holzgitter versperrt waren, und Emily kam zur richtigen Zeit an den Strand, wenn die meisten der Badegäste ihre Sachen zusammengepackt hatten und die Sonnenuntergangsgucker noch beim Abendbrot saßen.

Sie packte ihr Buch in die Umhängetasche, nahm die zwei Flaschen des mexikanischen Biers, die sie im Eisfach gekühlt hatte, ihren dünnen Cashmere-Cardigan und ging zur Tür.

Den Cardigan trug sie oft abends am Strand. Der Sand setzte sich hartnäckig in die Härchen. Aber er war eines der wenigen Dinge, die sie aus L. A. mitgebracht hatte. Nicht einmal Bücher hatte sie mitgenommen, kaum Bücher, auch ihren Glaskopf hatte sie zurückgelassen, und nach ihrer Ankunft hatte sie sofort angefangen, auf Deutsch zu lesen. Der

Cardigan stammte von Barneys, aus einem milden Herbst, in dem ein Wind aus der Wüste die Blätter der Palmen am Sunset Drive trocken hatte klappern lassen. Sie hatte mit Faye einen Cappuccino auf der Dachterrasse getrunken. Das hatten sie oft gemacht. Sie hatten über die Dächer und die in der Sonne gleißenden Straßen zu den staubigen Hollywoodhügeln geschaut, und Faye hatte gesagt, *wenn mich je etwas aus der Stadt vertreibt, werde ich diesen Ausblick vermissen.*

Ganze Nachmittage hatten sie bei Barneys verbracht als Belohnung, wenn eine Klausur gut gelaufen oder eine Prüfung bestanden war. Sie frischten in der Kosmetikabteilung kostenlos ihr Make-up auf, ließen sich Probepäckchen teurer Cremes einpacken und prüften die Sonderangebote, bevor sie eine Etage höher Kleider und Hüte anprobierten, kleine französische Modelabels, aufstrebende britische Designer, und dann erschöpft und durstig auf die Terrasse kamen, um Pellegrino zu trinken und einen Cappuccino mit *whole milk.*

Emily hatte diese Ausflüge mit Faye geliebt, unbeschwert, glanzvoll, elegant. Aber nie verschwenderisch oder großkotzig, das hätte sie vor Faye beschämt. Das beschämte sie immer. Das schmutziggrau verputzte Haus in Vitte hätte Faye erschreckt. Eine flackernde Neonröhre hing über der Eingangstür. Die Stiege, die hinauf in ihr Einzimmerapartment führte, war versifft, der Beton rissig und voller Flecken. Faye wäre beunruhigt gewesen. Sie hätte das schäbige Haus als Zeichen gesehen, ein Zeichen dafür, dass es Emily dreckig ging, dass sie abgestürzt war, dass die Ankunft in Europa missglückt, die Auswanderung zu ihren Ungunsten ausgefallen war, dass Emily, ihrer Lebensgrundlage, Freunden und Sprache beraubt, nie Fuß fassen würde in diesem stockigen Land. Das war Faye. Faye, die sich Sorgen machte, die sich ernsthafte Sorgen machte, sich die schlimmsten Dinge ausmalte. Sie brauchte das, so wie andere Leute Kaffee tranken oder joggen gingen, um sich gut zu fühlen. Aber das war ungerecht. Emily wusste, dass Fayes Sorgen aus einer unerschöpflichen Ressource kamen, der Kindheit, weil die Vernachlässigung von Kindern mit einer Adresse in Pacific Palisades kein Sozialamt interessiert hatte, nicht einmal die Nachbarn. Emilys Beschützerinstinkte hatten von klein auf gut funktioniert, obwohl Faye einige Jahre älter war. Sie funktionierten immer noch, dachte Emily und beschloss zum wiederholten Mal, nicht mehr an Faye zu denken.

Die Bierflaschen klirrten, als sie die Treppe hinunterstieg. Es war ein leichtes, unkompliziertes Bier. Exotisch und verloren stand es unter den deutschen Brauerzeugnissen im Lebensmittelgeschäft am Hafen, zwischen Strandräuber- und Störtebeckerbier. Emily sah darin eine besondere Leidenschaft des Filialleiters. Vielleicht hatte er Urlaub in Mexiko gemacht und die schlanken Flaschen hielten die Erinnerung an diese Reise wach, eine der teuersten seines Lebens, die ihn am weitesten weggeführt hatte vom Gewohnten.

Durch die Einfamilienhaussiedlung führte ein gepflasterter Weg zu den Dünen. Apfelbäume, Stechginster, die Promenade, hinter der die Ostsee lag. Emily streifte die Flipflops ab. Der Sand war schon kühl. Das Wasser zog sich zurück. Die Auswirkungen von Ebbe und Flut waren an diesem Binnenmeer nur schwach, kein Vergleich zum Pazifik.

Aber sie war froh, wieder an einem Meer zu sein. Sie liebte das An- und Abbranden der Wellen, die stete Bewegung des Wassers, die Möwenschreie, auch wenn die Wellen kleiner waren, ihr Rhythmus schneller. Sogar Zikaden gab es in den Dünen, die bei Windstille das matte Geräusch der Brandung übertönten. Als Emily gestern zum Schwimmen gekommen war, hatte der Wasserstand ausgereicht, um Wellen in das Loch zu schicken, das Kinder am Ufer gebuddelt hatten. Jetzt war das Loch ausgetrocknet. Gallertbatzen lagen darin, sandig, verklebt.

Seit Tagen trieben Quallen im Spülsaum. Mit Plastikschippen und Eimern hatten die Kinder die Quallen aus dem Wasser gefischt und auf den heißen Sand geworfen. Kaum hatten sie das wasserlose Becken mit einer dünnen Zuflussrinne versorgt, ließen sie ihren Fang dort hineinplatschen, kreischten vor Vergnügen, wenn die Quallenschirme schmatzend in das Gallert der schon aufgehäuften Tiere einsanken. Die Erzieherinnen standen bis zu den Knien im Wasser, die bunten Stoffhosen aufgerollt, und schwatzten.

Emily hasste es, von den glitschigen Tieren gestreift zu werden, trotzdem war sie schwimmen gegangen. Ein Junge war ihr nachgekommen. Konzentriert und selbstvergessen schritt er langsam ins Meer, den Kragen seines T-Shirts aufgestellt, ein teures Shirt. Der Junge suchte die Wasseroberfläche ab, tauchte die Hände ein und hob behutsam eine Qualle hoch. Es war ein großes Exemplar mit ausgeprägten seidigen Tentakeln und gleichmäßig angeordneten violetten Ringen. Der Junge sah zu, wie das Wasser von der Qualle ablief. Er trug sie vorsichtig an Land. Emily, die ihm folgte, sah, wie er sie sachte auf die Steine legte, abseits der anderen Kinder, aber so, dass die längsten Ausläufer der Wellen sie schwach überspülten. Er schaute sie eine Weile an. Dann bückte er sich, hob einen Feuerstein auf. Mit den Fingerkuppen strich er fürsorglich über den Schirm seiner Qualle, bevor er die Spitze des Steins von oben in das Tier stieß. Er stach dort zu, wo die violetten Ringe der Geschlechtsorgane sich in der Mitte berührten.

Emily war auf einmal mittendrin, zwischen dem wasserlosen Loch, den schwatzenden Erzieherinnen und dem Jungen.

»Wollt ihr so verrecken, *idiots*? Erstickt? Gepfählt? Aufgespießt? Wollt ihr wissen, wie das ist? Soll ich's euch zeigen? Ein schöner, spitzer Stein und zack, rein in den Hals!« Die Erzieherinnen starrten sie an. Emily versuchte, sich zusammenzureißen. »Der Organismus von Quallen ist zu neunundneunzig Prozent aus Wasser. Die Tiere können im Sand nicht überleben«, sagte sie etwas ruhiger.

Zwei Mädchen hatten sich von hinten angeschlichen. Sie warfen Emily zwei große Quallen auf die Füsse und rannten kreischend weg. »Und ihr«, rief Emily und fuhr herum. »Ihr seid auch nicht besser! Harmlos wie die Seepferdchen, was? *Pretendos!* Tut nicht so. Ihr seid schon dabei! Ihr übt euch schon fleißig in *this normative callousness*, diese natürliche Härte, die nur *missing* Empathie ist, Faulheit, nicht denken!«

»Lassen Sie die Kinder in Ruhe«, sagte eine der Erzieherinnen. Entschlossen wateten sie aus dem Wasser. Ein paar der Kinder glotzten, die meisten rannten schon wieder geschäftig zwischen Ufer und Sandloch hin und her. »Lernen Sie erst mal vernünftiges Deutsch, bevor Sie unseren Kindern Vorschriften machen.«

Sie baute sich vor Emily auf. »Jetzt, wo die Viecher wech

sind, kann man wenigstens wieder baden gehen.« Triumphierend drehte sie sich zu den Kindern. »Das habt ihr fein gemacht, ihr Süßen. Ein tolles Planschbecken habt ihr den Tierchen da gebaut!«

Grab, dachte Emily. Gelatinekadaver, die keine Larve mehr zeugen würden.

Metagenese.

Das fiel Emily jetzt ein, als sie ihre Füße in das orange gefärbte Wasser tauchte. Der Abend war windstill. Die Fahne, die ein Lokal hinter den Dünen anzeigte und für ein heimisches Sprudelwasser warb, schlappte träge am Mast. Metagenese war das Besondere an diesen Lebewesen. Das war zweites Semester, Einführungskurs in die Meeresbiologie: Nesseltiere pflanzten sich geschlechtlich fort und ungeschlechtlich durch Sprossung. Der auf dem Meeresgrund wurzelnde Polyp erzeugte Medusen, Quallen, die losgelöst mit den Strömungen trieben und Larven zeugten, die sich irgendwann wieder verwurzeln würden. Die angespülten Quallen waren Teil eines komplexen Lebenszyklus. Auf die Ablösung vom Ursprungsstamm folgte eine neue Verankerung. Woanders und vorübergehend. *Metagenese zwischen festsitzendem Stadium und freischwimmendem Medusenstadium.* Aber dieser biologische Fachwortschatz war tatsächlich noch nicht Teil von Emilys Deutsch.

Sie lief über den nassen Sand, die Füße im Meer, die Luft war warm und das Licht weich, und das wellenüberspülte Ufer zog sich in einer schmaler werdenden Linie in eine dunstige Ferne. Die Tasche hatte sie über die Schulter gehängt. *Be natural with Jute* stand auf dem ungefärbten, groben Stoff, ein Inselkünstler hatte sich das ausgedacht. Es war gut, so zu gehen, von niemandem aufgehalten, ungestört. Emily spürte eine feste, wie ausgehärtete und altbekannte Traurigkeit. Sie ging zu den Strandkörben. Es waren weiße Körbe mit grünen Plastikbezügen, und vier von ihnen waren noch frei. Sie wischte den Sand vom Sitz, zog die Fußstützen heraus. Sie setzte sich so, dass sie die Sonne über dem Meer im Blick hatte, ihr Gesicht aber im Schatten des Korbes blieb. Das Loch mit den verendeten Quallen lag rechts von ihr, keine hundert Meter entfernt. Verreckte Kadaver. Ihr Mund war trocken. Sie öffnete ein Bier. Es waren kühle erste Schlucke, mit einem für mexikanisches Bier kräftigen Geschmack. Es glich nicht dem Bier, das sie kannte.

Und doch schmeckte dieses mexikanische Importbier aus dem Lebensmittelladen am Vitter Hafen nach Culver City, brachte es Culver City zurück, brachte es auch die Nachos und die Stufen vor dem zweistöckigen, heruntergekommenen Apartmenthaus zurück, auf denen Leigh neben ihr gesessen hatte in so vielen zu Ende gehenden Nächten.

Sie hatte auf diesen Stufen immer noch ein letztes Bier getrunken, nicht, weil es nötig gewesen wäre oder sie besondere Lust darauf gehabt hätte. Die ganze Nacht hatte es genug Gelegenheit zum Trinken gegeben. In Culver City machte immer gerade eine Bar auf, die angesagter war als jede andere Bar, oder ein Supercocktail war erfunden worden, der die Cocktailwelt erschütterte, oder ein gehypter Barkeeper gab seinen Starauftritt. Es war eher so, dass Emily aufpasste, im Laufe der Nacht nicht zu viel zu trinken, um noch Platz zu haben für dieses letzte Bier, das das Aufstehen und Nachhausegehen verzögerte. Noch fünf Minuten, sagte sie zu Leigh, der sich zurücklehnte, den

Kopf im Nacken, und in die verblassende Leuchtreklame einer Tankstelle sah. Gib mir noch fünf Minuten, noch drei, nur noch eine, sagte sie, lass mich noch mein Bier austrinken, bis er sich lustig zu machen begann, weil sie diese lullerige mexikanische Brause trank, obwohl sie sonst einen so ausgesuchten Geschmack hatte. *Diversity*, hatte sie ihm erklärt. »Mein Verständnis von Vielfalt fängt schon bei den Getränken an, die man zu sich nimmt. Und Geschmack«, sagte sie lächelnd in sein schönes, müdes Gesicht hinein, als er ihr die Flasche abnahm und misstrauisch einen großen Schluck trank, »bildet sich nun mal über die Wahrnehmung von Unterschieden aus.«

Bis vor kurzem hatte sie gedacht, sie würde nie wieder jemanden treffen, der so war wie Leigh, so ungebunden, so großartig, *so weird*. Wenn sie im Sommerpalast stand und Milch schäumte oder Drinks mixte und eine Frau kam herein, die ein Basecap trug und eines dieser an Schultern und Taille schlecht sitzenden Hemden, dachte sie das immer noch. Aber der Gedanke war nicht mehr so verzweifelt. Und auch jetzt im Strandkorb, als der Geruch der Ostsee sich mit dem Biergeschmack vermischte, der herb und salzig war und sie daran erinnerte, dass sie weinte, war es dasselbe. »Unterschiede, Emily, die du überschätzt«, hörte sie Leigh sagen. »Du weißt doch, dass ein gewisser Abstand oder Bruch erst die Möglichkeitsbedingung für Gleichheit ist. Misch eine Prise Komplexität unter die Herde, und sofort setzt das Homogene ein.« Das war Leigh. Darin war er nicht zu übertreffen.

In den Sommerpalast kamen öfter Frauen in Karohemden und sportlichen Khakishorts, und Emily tat ihnen ein paar extra Scheiben Zitrone in den Drink, weil sie das mochten. Die meisten von ihnen machten in Neuendorf Urlaub, einem baumlosen, windigen Ort im Süden der Insel. Sie kamen zu zweit oder in der Gruppe, nur eine kam immer allein. René. Der Name war irgendwann gefallen. René stellte ihr Rad in den schiefen Fahrradständer, der noch aus Zeiten stammen musste, in denen die Insel eine Verheißung gewesen war. Jedenfalls hatte Emily von diesen Zeiten reden gehört; ein Zufluchtsort für Aussteiger sollte Hiddensee gewesen sein. Emily fand, das war passend. Eine Zuflucht war die Insel jetzt vorübergehend auch für sie geworden.

Gegen sechs oder sieben Uhr abends tauchte René auf und blieb bis spät. Am ersten Abend hatte sie gefragt, ob sie ihren Laptop in der Steckdose des Cafés einstöpseln dürfe. Emily hatte nichts dagegen gehabt. Der Besitzer des Sommerpalastes betrieb mehrere Lokale auf der Insel und war froh, dass Emily allein zurechtkam. Er bezahlte sie bar, mit Scheinen, die er lose aus der Hosentasche zog. Und weil sie nachts oft länger blieb, ohne dafür entlohnt zu werden, machte er jedesmal eine verlegene Bemerkung darüber, wie schnell sich ihr Deutsch durch den Kontakt zu den Gästen verbessern würde.

Die Frau mit dem Laptop, René, bestellte, wenn sie kam, einen doppelten Espresso. Gegen zwölf, bevor sie ging, brachte Emily ihr unaufgefordert einen Negroni mit *lemon twist*. Es machte ihr Spaß, und René schien nicht überrascht, nickte bloß, als hätte sie den Drink geordert. Emily hatte seit ihrer Abreise keine Negronis mehr gemacht. Wenn man das Abreise nennen konnte. Aufbruch war ein besseres Wort. Weggang. *Decampment*. Flucht. Exodus.

Den letzten Negroni hatte Emily allein getrunken, nachdem sie die Bougainvillea gegossen, den Kühlschrank abgestellt, den Monatslohn für den mexikanischen Gärtner und einen Dreizeiler an ihren Vater auf den großen Holztisch gelegt hatte; kein Abschiedsbrief, sondern eine wütende Anklage.

Seither hatte es keinen Anlass mehr gegeben, Negronis zu machen. Dieses bittere, eiskalt servierte Getränk war gut gewesen für milde kalifornische Sommerabende unter Loquatbäumen, mit träge zirpenden Zikaden. Es war gut gewesen in einem Leben, das Emily aufgegeben hatte, weil es nicht mehr gut gewesen war für sie.

Aber mit dieser René, die bis in die Nacht hinein an ihrem Laptop saß, bekam das Getränk einen neuen Reiz. René kleidete sich in teure, gutgeschnittene, sommerlich leichte Männerhemden, deren einziger Nachteil die weite Taille war. Es gab zu wenig Asiaten hier, dachte Emily. Europa war noch nicht eingestellt auf schmale maskuline Körper der Größe XS.

Woran sie arbeite, hatte Emily sie eines Abends gefragt.

»An einem Crossover. Ich arbeite an einem Crossover zwischen einem klassischen Reiseführer und einer fiktiven Reise, die sich aus der Stimmung einer Landschaft ergibt. Nördliche Landschaften. Nördliches Europa. Alles, was oberhalb von fünfundfünfzig Grad nördlicher Breite liegt.« René hatte kurz aufgesehen, hellbraune Augen in einem kantigen, klaren Gesicht. »Ich erschließe mir die uferlose Tiefe jenseits der Kartographie. Dort, wo's Koordinatenfreiheit gibt, sowas in der Art. Die Verlage werden es nicht mögen. Aber es gefällt mir. Es ist das Einzige, was ich schreiben kann.« Sie griff nach ihrem Getränk, konzentriert, abwesend, nach dem perfekt gekühlten Negroni, den Faye so geliebt hatte, ohne den *lemon twist* wahrzunehmen, der nach dem ersten Schluck am Glasrand kleben geblieben war.

Emily klappte die Rückenlehne des Strandkorbs weiter zurück. Die Sonne hatte noch Kraft, und der Korb hatte sich aufgeheizt.

Am Ufer stand ein Mann, rauchte ein Zigarillo. Er war nackt, bis auf die rotgerandete Brille. Und obwohl Emily wusste, dass das Rauchen in der Natur in diesem Land nicht verboten war, irritierte es sie, jemanden am Strand rauchen zu sehen. Der Mann war gerahmt von der Sonne, die Füße hatte er leicht gespreizt, weißblondes Haar glitzerte auf der Brust. Er sah ungeschützt aus, wie er da stand mit durchscheinender Haut, dem flachen, wie eingedrückten Po, gefährdet vor der Weite des Horizonts, und Emily fiel auf, dass sie schon dachte wie Faye. Sie musste lächeln. Aber dann gerieten ihr die Quallen in den Sinn, vertrocknet in ihrem Loch im Sand, und sie kam zu dem Schluss, dass die Überlegenheit, die Menschen anderen Wesen gegenüber empfanden, angesichts ihrer Nacktheit jede Glaubwürdigkeit verlor.

Der Mann schien seine Nacktheit nicht wahrzunehmen. Er rauchte in derselben Pose, in der er auch auf dem Flur vor einem Konferenzzimmer rauchen würde, so wie ihr Vater rauchte, wenn er eine Pause in den Besprechungen durchsetzte, um den Druck auf die Vertreter der städtischen Wasserwerke zu erhöhen. Solche Besprechungen fanden immer im Sommer statt. Im Sommer war der Wasserbedarf in den Haushalten und auf den Obstplantagen Südkaliforniens besonders groß, und jedes Jahr stieg er wegen der länger währenden Dürreperioden weiter an. Die Rechte für Wasser, das ihr Vater im Winter preiswert aufgekauft und in einer unterirdischen Wasserbank gespeichert hatte, ließen sich im Juli überteuert absetzen.

Emily kam aus einer Familie, die mit Wasser reich geworden war. Die Beteiligung am Bau des Aquädukts hatte Geld abgeworfen. Die siebenhundert Kilometer lange Pipeline, durch die Wasser aus dem Norden in den kalifornischen Süden gepumpt wurde, hatte Tagelöhner verschlissen und fruchtbares Land in Ödnis verwandelt. Später hatte die Spekulation mit Wasserrechten das Vermögen vermehrt, die in der sommerlich ausgetrockneten Millionenstadt zusätzlich für einen künstlichen Wassermangel sorgte.

Während Faye nur noch die Gesten und die Eleganz wohlhabender Verhältnisse besaß, hatte Emilys Familie in den letzten fünf Jahren mehrere große Villengrundstücke in den Hollywoodhills gekauft. Eines Tages hatte Emily in einem Interview mit der L.A. Times die Geschäfte der Wassermultis kritisiert und Hintergründe geliefert, die Anlass zu einer umfassenden Untersuchung gegeben hatten. *Du setzt leichtsinnig dein Erbe aufs Spiel*, hatte Leigh dazu gesagt. *Du wirst damit weder das Owen Valley fruchtbar machen noch mich retten, der das teure Wasser kaufen muss.*

Aber für so ein Erbe war sie die Falsche.

So ein Erbe hatte radikale Maßnahmen verlangt. Das hatte Leigh nicht begriffen. Er war anders aufgewachsen als sie. Er hatte nie eine Familie gehabt, die über Generationen hinweg gelernt hatte, alles kaufen zu können, das Wasser aus den Bergen, die Stauseen und die Berge auch, das Gewissen von Abtrünnigen und Leighs gesamte Familie, die Arbeitskraft, die Gesundheit, die Körper.

Dein bisschen Presse, hatte Leigh gesagt. *Glaubst du wirk-*

lich, in einem von den Interessen des Kapitals bestimmten Markt wird jemals die Nachfrage nach Trinkwasser für Arme aufkommen? Das finden die niedlich.

Emily öffnete das zweite Bier. Sie spürte einen alten Trotz, der sich unvermindert stark gegen Leigh richtete. Als säße er neben ihr. Als hätte er sich leibhaftig aus der Salzluft geschält, aus diesem laschen Abklatsch einer Salzluft, und nähme einen Schluck von ihrem Bier. Immerhin hatten ihre Enthüllungen für Aufruhr gesorgt. Sonst hätte es nicht der Anzugträger bedurft, die im Desert Inn aufgetaucht waren. Die sie in den SUV verfrachtet hatten, gewaltsam, um ihr ein bisschen auf die Sprünge zu helfen, wie sie das nannten, eine Drohung, an die sich eine beinahe freundschaftliche Fahrt durch die Wüste angeschlossen hatte, von der man sie an einer entlegenen Stelle am Fahrbahnrand entließ. Emily war sicher, dass einer der Wassermultis hinter dieser Aktion steckte, nicht ihr Vater oder die nahen Verwandten. Glauben wollte sie das jedenfalls nicht.

Der Raucher hatte Gesellschaft bekommen. Sara stand neben ihm. Sie hielt ihm das Zigarillopäckchen hin, und er nickte und nahm sich noch einen. Sara hatte eine blaue Sommerbluse an und Jeans. Sie warf das Haar zurück und lachte. Vor seiner Nacktheit wirkte noch ihr Lachen angezogen.

»Sara! Musst du nicht längst in deiner Garage zurück sein?« Sie war die Frau, die Emily geholfen hatte. Sara hatte ihr den Job im Sommerpalast besorgt.

»Werkstatt«, sagte Sara, als sie näher kam. »Studio, Atelier, Büro. Ich arbeite ja nicht als Parkplatzwächter.«

»Lernen Sie erst mal vernünftiges Deutsch, bevor Sie unseren Kindern Vorschriften machen!«

»Wie bitte? Wo hast du das denn her?«

»Nicht so wichtig«, sagte Emily. »Möchtest du einen Schluck von meinem Bier?«

»Natürlich möchte ich einen Schluck von deinem Bier!« Sara setzte sich neben Emily in den Strandkorb. Die Sonne versank in einem Smogstreifen, der über Dänemark hing.

»Da habe ich seit zehn Jahren keinen Sommer allein verbracht«, sagte Sara, »und erwische gleich so einen. Bestes Badewetter und jeden Abend dieses Schauspiel. Und weißt du was? Es macht mich glücklich. Da können sie einem einreden, was sie wollen. Heiratstrend, Beziehungsnetzwerke, Dating-Plattformen, algorithmisch generierte Übereinstimmungen von Benutzern der gleichen *App*! Derselbe alte Kollektivzwang zur Verpartnerung, nur neu aufgepeppt. Seit ich hier bin, allein und verlassen im Duft der Pferdeäpfel, hab ich überhaupt erst wieder ein Gespür für mich. Nenn es altmodisch, rückwärtsgewandt. Ich nenne es Rückbesinnung auf ein gesundes Selbstvertrauen. Da muss der Mensch achtunddreißig werden, um das zu begreifen.«

»Hast du das Sandloch mit den Medusen gesehen?«, fragte Emily.

»Welche Medusen?«

»Das Loch voller Leichen. Das Grab.«

Sara sah Emily an, betrachtete eingehend ihr Gesicht. »Zu Stein bist du nicht erstarrt«, sagte sie dann. »Aber irgendwas stimmt nicht.«

»Vielleicht gehe ich in die Politik.«

Sara nickte und zündete sich einen Zigarillo an. »Es könnte das Heimweh sein.«

»Die USA sind kein Land, in das ich dringend zurück müsste.«

»Man kann auch nach Menschen Heimweh haben.«

»Und wenn schon«, sagte Emily. »Ich gehe in die Politik und werde das Großkapital abschaffen. Und dann kümmere ich mich um die Rechte von Tieren und die Einführung einer neuen Lesart von Geschlecht als ästhetischer Kategorie, als reines Attribut von Schönheit. Wie zum Beispiel die Farbe der Augen. Im Moment möchten sie mir allerdings nicht mal eine Aufenthaltserlaubnis geben.«

Sara lehnte sich zurück. Sie genoss ihr Zigarillo.

»Diese Insel war schon immer gut zu Querulanten. Mach dir keinen Kopf, Emily. Wir bringen dich schon irgendwie unter.«

Der Sommerpalast, der früher ein Kino beherbergt hatte und mit einer improvisierten Theke und der ausrangierten Bestuhlung eines Betriebsferienlagers ausgestattet war, machte zum Saisonende zu. Das war in drei Wochen. Bis dahin hatte Emily einen Job, nicht ganz legal, aber sie verdiente. Bis dahin würde sie jeden Abend die Siebträgermaschine bedienen und Biere zapfen, Störtebecker- und Strandräuberbiere, und René würde sie einen doppelten Espresso bringen, sobald sie auftauchte, und später einen Negroni. Morgen und übermorgen, wenn René wieder im blauen oder weißen Hemd an ihrem Laptop saß.

Falls sie wieder dort sitzen würde.

Falls sie noch einmal in den Sommerpalast käme. Es war möglich, dass sie nicht länger in Vitte blieb. Es war genauso gut möglich, dass sie hier lebte.

Emily wusste nichts von der Frau, die gestern Nacht mit ihr geschlafen hatte. Adresse, Nachname, Alter, sie hatte keine der üblichen Eckdaten. Nichts.

Sie hatte keine Ahnung, wer sie war.

Sie wusste nur, dass René sich manchmal an der Surfschule ein Hochseekajak auslieh, um zur Südspitze der Insel zu paddeln. *Kopf lüften* hatte René das genannt. *Häuten*, dachte Emily, das hatte ihr gefallen. »Auf dem Wasser lösen sich die Knoten. So, wie sich die Umrisse am Strand mit der Entfernung auflösen. Wie man die Menschen sieht, hängt dann einzig und allein von der Distanz zum Ufer ab.«

Das hatte René gestern gesagt, spätnachts. Außer ihnen war niemand mehr im Sommerpalast gewesen. Nur das Barlicht hatte noch gebrannt und die kleinen Wandleuchter, und Emily hatte hinter der gereinigten und polierten Theke die Abrechnung gemacht.

»Krieg ich noch einen?«

Es war das zweite Mal, dass Emily um etwas gebeten wurde von dieser Frau, die selbstsicher vor ihrem Laptop saß. Die ihren Laptop zugeklappt und sich auf dem Holzstuhl zurückgelehnt hatte, die Beine solide auf dem Boden, einen Arm lässig auf der Lehne, und Emily das leere Glas entgegenstreckte. Sie schaute zu, wie Emily mit allem noch einmal von vorn anfing, saubere Gläser herausnahm, Eis, Schneidebrettchen und Zitrone. Es war ein Blick, der auf den Körper zielte, und Emily hatte sich auf den Shaker und den Eiscrusher und das Schneiden der Zitronenschale konzentriert und auf einmal sehr deutlich ihre Brüste gespürt. Sie machte zwei Negronis und brachte sie zum Tisch.

»Zwei? Gibt's was zum Anstoßen?«

»Ja«, sagte Emily. »Du gefällst mir.«

Sie stellte den Drink so, dass die Kälte des Glases auf Renés Hand abstrahlte, die auf dem Tisch lag.

»Erzähl mal, wo du so hinpaddelst, wenn du aufs Wasser

gehst.« Sie zog einen Stuhl heran und setzte sich René gegenüber.

René betrachtete den Drink. »Zum Gellen.« Sie schüttelte das Handgelenk, verlegen, was Emily süß fand. Ein Gliederarmband mit einer Chronograph-Edelstahluhr rutschte unter dem Hemd hervor und fiel schwer gegen die schmale Handwurzel.

»Da kommst du nur vom Wasser aus ran«, sagte René. »Absolutes Naturschutzgebiet. Dünen, die ständig wandern.«

Sie sahen sich an, und dann fischte René den *lemon twist* vom Glasrand und steckte sich die Schale in den Mund.

»Ach. Und ich dachte, du hättest die Zitronenschale nie bemerkt.«

René wurde rot. »Ich glaube, ich bin schon ein bisschen betrunken.«

Aber das konnte nicht sein. Es war der bitterste und schwächste Negroni, den Emily je gemacht hatte. Faye hätte ihn sofort zurückgehen lassen.

»Ich auch«, sagte Emily. »Ich bin ganz schön beschwipst.«

Später, als sie die Lampen ausgeschaltet und die Kasse gesichert hatte und den Sommerpalast abschloss, war sie hellwach. Die Nachtluft war warm. Der Himmel im Norden hatte dieses Grün, das vom Leuchtfeuer kam, aufglimmend, wenn der Lichtstrahl vom Dornbusch die Nacht durchschnitt. René hatte sich an der geschlossenen Tür hinter sie gestellt. Sie stand sehr dicht. Eine einzige, kleine Bewegung hätte ihre Körper in Kontakt gebracht. Emily blieb still. Der Geruch, der von René ausging, war gut, ein leichter Duft nach Zedernholz und Zitrone. Und dann spürte Emily die Berührung schon, ehe sie geschah. Die Ahnung, wie sich die Hände gleich von hinten um ihre Taille legen würden, ließ ihre Haut strömen, noch ehe René sie anfasste, sie fest umarmte und Emily die Nacktheit unter ihrem Kleid sehr bewusst machte. »Bring mich zu dir«, flüsterte René. »Sonst müssen wir zwei Kilometer laufen.«

Es war gut zu gehen, Schwindel in den Gliedern. Emily ging den Panzerplattenweg entlang, ohne sich umzudrehen. Sie vergewisserte sich nicht, ob René ihr folgte. Ihre Beine hätten nachgegeben, hätte sie sich umgedreht. Außerdem gefiel es ihr auf einmal, so zu tun, als sei sie es gewohnt, dass man ihr nachlief.

René holte sie ein. Sie griff nach Emilys Arm. Und weil sie größer war, kam der Kuss ein wenig von oben, was Emily taumeln ließ. Im Flur des Apartments drängte René sie gegen die Wand.

Sie schob Emily das Kleid hoch.

Emily erwischte Renés Hemd, zog es aus der Jeans, öffnete den Ledergürtel, die Knöpfe, klappte es auf über dem flachen Bauch, den Brüsten, die größer waren als erwartet unter einem Sport-BH.

René fing ihre Hände ab. Sie hielt die Handgelenke fest, drückte sie gegen die Wand, und Emily hatte den fremden Körper in ganzer Länge an ihrer nackten Haut. Die Schatten unter dem Kinn. Die pulsierende Ader am Hals. Der Blick wie aufgebrochen.

Es war ein Blick, dem Emily vertraute.

Sie gab ihm nach, obwohl René in dieser Nähe undeutlich wurde. Ihr Körper war nur als Gewicht, als Druck spürbar, die Arme, die Schultern, die Oberschenkel, als erhielte der Leib seine Form einzig von dort, wo einzelne Muskeln hervortraten, die ihn wie Glutfäden markierten, *die Glutfäden und der Schnee*, Emily brannten die Lippen. »Du musst dich nicht gleich verlieben«, flüsterte sie.

René hielt Emilys Hände fest. »Was, wenn es schon passiert ist?« Sie küsste sich an ihrem Hals hinab, über die Schlüsselbeine, die Brust hinunter zum Bauch, kniete sich vor Emily auf den Boden. Emily schob vorsichtig ihre Hände in das kurze, dunkle Haar.

Boygirlish. Drifting.

Sie schob die gespreizten Finger durch Renés Haare und griff fest nach dem Schädel, als René ihr den Slip wegzog und sie mit flacher Zunge leckte.

Nichts wusste sie von diesem Menschen, dachte Emily, nichts von der, die letzte Nacht auf ihrem Lager gewesen war. Sie wusste nur, dass René laut war, die Stimme brüchig und rau, und unter Emilys Fingern die Kontrolle verlor, *rough, gravelly, hoarse,* als Emily sie in sich hineinzog und Renés Brüste in den Mund nahm und in dem Moment kam, als René über ihren Kopf weg ans Bettgestell griff, um sich zu halten, und die Uhr an ihre Handwurzel schlug.

Das war nur wenige Stunden her.

Erst am Nachmittag hatte René den schmutziggrau verputzten Anbau hinter den Dünen verlassen. Emily war liegen geblieben. Sie hatte auf den Klang der Schritte gelauscht, auf der Treppe, im Erdgeschoss, auf den Gehwegplatten. Sie hatte sich hineingepresst ins Laken, nass von Renés Schweiß, die Blutgefäße geschwollen, die Risse in der vergilbten Tapete an der Zimmerdecke über sich, der mit Troddeln behängte, gelbe Stofflampenschirm und das Souvenir an der Wand gegenüber, ein Holzbrett in Fischform, auf das ein Spruch gelötet war, ein bitterer Kommentar, eiskalte gewöhnliche Logik: *Best Catch of the Day, the Big One Got Away.*

Emily hatte die Augen zugemacht. Sie war eingeschlafen und dann geweckt worden vom Lärm der Pferdefuhrwerke draußen, als erwachte sie zu einer anderen Zeit, in einer befremdlichen Welt, und hatte sich geduscht und die Haare gewaschen und geföhnt und sich angezogen, immer noch halb im Schlaf. Erst vor dem Spiegel im Flur hatte sie innegehalten. Sie war einen Augenblick stehen geblieben. Sie hatte sich ins Profil gedreht in ihrem Baumwollkleid und sich betrachtet.

Ihr Gesicht im Spiegel.

So sah sie aus. Das Äußere war intakt. Es war verändert, aber unzerstört. Es war brauchbar. Es war das, was René gesehen und berührt und begehrt hatte. Nach anderthalb Jahren war sie aufgetaucht, zurück aus der Wüste, von *jenseits der Kartographie*.

Das Abendlicht kam flach über die Ostsee. Der Strand war glatt, wie eingeebnet.

»Ich mach mir keinen Kopf«, sagte Emily zu Sara, der ihr Zigarillo auf halber Strecke ausgegangen war. »Wir bringen mich irgendwo unter.«

Das Wasser zog sich zurück. Die vorderen Buhnen waren schon nicht mehr umspült. Glänzend standen sie im Sand.

Letzte Gäste

Marstrand, Göteborger Schären, Schweden

Sie waren zu dritt.

Aber nur zwei von ihnen waren nach Marstrand gekommen. So war die Abmachung, die sie schon früh getroffen hatten, zu Beginn. Sie hatten nicht offen darüber geredet, aber alle wussten, eine andere Möglichkeit gab es nicht. Da sich an ihrer Lage nichts ändern würde, sie aber vermeiden wollten, Fehler zu machen, waren sie darauf verfallen, nur zu zweit unterwegs zu sein.

Marstrand war ein kleiner Ort auf einer felsigen Insel im Atlantik.

Jedenfalls beharrte Sara darauf, dass der Ort im Atlantik lag, obwohl Helen die Landkarte herausgeholt hatte, um zu veranschaulichen, dass der Atlantik erst weiter draußen begann, erst hinter der Öffnung des Kattegatts, und hier nur Ausläufer waren, die Nordsee eigentlich. Aber Sara fand, dass Atlantik schöner klang, großzügig, und so schrieb Helen an Faye, die zu Hause geblieben war, von ihrem kleinen Hotel am Atlantik. Das war vage genug.

Das Hotel war ein Holzhaus, eine bescheidene Villa mit Balkons, die zur Seeseite hinauszeigten. Von der Restaurantterrasse führte eine Allee zum Ufer hinunter. Baden konnte man dort nicht. Auch das schrieb Helen an Faye und malte zwei Herzen unter die Adresszeile Berlin. Zum Baden fiel die Betonmole zu steil ins Wasser ab. Es gab Boller, an denen Schiffe festmachten, Motorboote der Einheimischen, Fischkutter und gecharterte Segeljachten, und baden konnte man auch deshalb nicht, weil gleich nebenan eine Fähre fuhr, die Marstrand mit einer größeren Insel verband. Außerhalb des Hafens gab es ruhige Buchten mit flachen, ins Meer abfallenden Felsen, die zum Baden gut geeignet waren. Das schrieb Helen nicht. Es war besser, vage zu bleiben.

Es war Mitte August, das Hotel kaum belegt, die Saison ging zu Ende. Der Frühstücksraum war abgeschlossen, und wenn sie nicht in ihrem Zimmer frühstücken wollten, saßen sie in der Lobby. Im Ort hatten nur noch wenige Geschäfte geöffnet. Auch dort gab man ihnen das Gefühl, die letzten Gäste zu sein. Die Regale waren halbleer und wurden nicht mehr aufgefüllt. Aber es blieb warm. Die Fähre brachte Ausflügler, an der Mole lagen unzählige Boote.

Sara wollte jeden Tag baden gehen. Sie war eine leidenschaftliche Schwimmerin. Als Kind hatte sie nur die Weiße Elster gekannt, einen Fluss, der nicht weiß war, sondern braun wie die Tagebaue südlich von Leipzig. Später war sie ihrem Mann zuliebe in den Ruppiner Seen geschwommen. Die Ostsee hatte er für vergiftet erklärt, Pestizide und Stickstoff würden Haut und Haare zerstören. Er hatte nicht ganz unrecht gehabt. Aber eines Tages hatte sie herausgefunden, dass er an Fließgewässern und am Meer Panik bekam, die Weite nicht aushielt, die Unruhe, die Bewegung, es unerträglich fand, das andere Ufer nicht zu sehen. Nach der

Scheidung war Sara trotz Pestizide immer an die Küste gefahren.

Sie waren mit Badesachen aufgebrochen. Vogelbeerbäume säumten den Pfad, Wachholder, Farne, hohes Gras. Die Sonne brannte, und Sara band sich ihr Tuch um den Kopf, was sie wie eine ägyptische Pharaonin aussehen ließ, dachte Helen, aber das war übertrieben. Sie sah schön aus. Sie sah aus wie Sara mit einem Tuch um den Kopf, und als Helen stehen blieb und ihr Handy herausholte, um ein Foto zu machen, blickte Sara scheu zur Seite.

»Die Bucht liegt gleich da unten.«

»Ich weiß«, sagte Helen. »Aber ich will nicht schon wieder da schwimmen, wo alle schwimmen. Es gibt bestimmt noch schönere Buchten, weiter hinten.«

»Aber keine guten Badestellen.«

Sie trat auf Sara zu, und weil hier oben außer ihnen niemand war, legte sie die Hände auf Saras Brüste. Sie spürte, wie die Muskeln ihrer Beine nachgaben und flüsterte: »Ich möchte nackt sein beim Schwimmen. Und ich möchte, dass du mich anschaust.«

Sara hielt still. Sie lehnte sich an Helens Hände, und dann liefen sie weiter, durch eine Landschaft, die in milden Farben gehalten, sanft und zugänglich war und zugleich sturmdurchfegt mit krumm in Windrichtung gebogenen Bäumen. Im Hintergrund glitzerte das Meer.

»Zeigst du mir das Foto?«

»Klar.«

Sara lief vor Helen. Unter ihrem engen T-Shirt zeichnete sich der Bikini ab, der von einer Schlaufe im Nacken gehalten wurde, und Helen stellte sich vor, wie sie die Schlaufe aufziehen würde, wie die Brüste ihr entgegenfielen, diese Schwere, die sie so mochte, ihre Fingerkuppen wie elektrisiert von Saras sonnen- und salzluftgesättigter Haut.

»Ich habe das Gefühl, ständig angeguckt zu werden«, sagte Sara. Sie streifte im Gehen einen Zweig, und Helen wich aus, damit er sie beim Zurückschnellen nicht traf.

»Na ja«, sagte sie gutgelaunt. »Was ziehst du dich auch so aufreizend an.«

»Beobachtet«, sagte Sara. »Belauert. Das meine ich.«

»Aber hier ist niemand.«

»Trotzdem«, sagte Sara.

»Wer sollte uns denn beobachten?«

»Wahrscheinlich hast du das Gefühl nicht. Du bist nicht die, die beobachtet wird.«

Helen blieb stehen. Und als Sara sich zu ihr umgedreht hatte, breitete sie die Arme aus, sah in alle Richtungen und sagte: »Wir haben uns schon ziemlich weit abgesetzt. Außer den Möwen kann uns niemand sehen.«

»Die Beobachteten sind wir. Faye und ich.«

»Ach so«, sagte Helen. Sie ging weiter, und Sara folgte ihr. Der Weg machte eine Biegung. Weißdornbüsche lösten die Vogelbeerbäume ab, und dahinter führte der Weg auf freie Felsen. »Warum sollte ich euch beobachten?«, fragte Helen dann.

»Nicht du.«

»Liegt es an der Sonne, dass ich dich heute nicht verstehe?«

»Wir beobachten uns gegenseitig«, sagte Sara. »Als könnten wir nicht anders. Manchmal sind wir so abgelenkt davon, dass wir dich völlig vergessen.«

»Das ist doch Quatsch.«

»Das ist kein Quatsch. Das ist nur nicht dein Part in dieser Geschichte. Deshalb verstehst du das nicht.«

Ihre Schatten fielen, vom Licht scharf ausgeschnitten, auf das Gestein. Helen bemerkte, wie sehr sich ihre Schatten glichen, obwohl sie ganz verschieden aussahen, Sara etwas kleiner als sie, ihre Formen runder, und auch ihr Schritt war anders, verzögert, als wolle sie den allzu häufigen Kontakt mit der Erde vermeiden.

Sie stellte sich einen dritten Schatten dazu vor, den von Faye. Er würde schmaler und länger als Saras sein und an den Rändern des Oberkörpers flattern. Faye trug gern luftige Hemden, die selbst bei Hitze langärmelig waren, um ihre helle Haut zu schützen. Aber auch da entschied Helen, dass man die Schatten nicht vertauschen könnte, dass Faye und Sara selbst in ihren Schatten unverwechselbar waren. Faye war sogar das genaue Gegenteil, dachte Helen. Scharfsichtig, schlagfertig, schnell alarmiert. Bevor sie nach Marstrand aufgebrochen war, hatte Faye ein ökologisches Mückenspray gekauft und ihr für Sara ein Mückennetz mitgegeben, weil Helen mit Faye wohnte, Sara aber nicht. Das Netz hatte Sara behutsam auf den Nachttisch im Hotelzimmer gelegt und noch kein einziges Mal benutzt.

Sara war von ihnen dreien diejenige, die zuletzt dazugestoßen war, während Helen und Faye eine weit zurückreichende, verwickelte Geschichte verband. Sie umfasste zwei Kontinente und schließlich die mutige Idee, gemeinsam auf dem europäischen zu leben, in Helens Altbauwohnung in Berlin. Zuerst hatte es so ausgesehen, als würde diese Geschichte wegen Sara in die Brüche gehen. Sie hatten sich nächtelang wie ein Paar aus einem deutschen Fernsehkrimi aufgeführt, das ein Motiv für den Mord liefern musste. Sara hatten sie davon wenig erzählt. Sie waren vage geblieben, vielleicht zum ersten Mal, denn das ging Sara nichts an. Nach einer dieser nächtlichen Auseinandersetzungen hatte die Polizei vor der Tür gestanden. Helen hatte auf dem Fußboden vor der Heizung gelegen, zusammengekrümmt, jammernd und mit dem Gefühl, jemand hätte auf sie geschossen. Die beiden jungen Beamten hatten zu wissen verlangt, ob außer ihnen noch jemand in der Wohnung war, ob sich jemand gewaltsam Zutritt verschafft hätte, das jedenfalls hatten die Nachbarn gesagt. Sie hätten Schreie gehört und befürchtet, es handele sich um einen Überfall. Und nach dieser Nacht, die der Nullpunkt war, in der sie sich beide vorkamen, als ob sie auf Grund gelaufen wären, wie ein havariertes, auf den Meeresboden gesunkenes Schiff, und die für Faye noch zusätzlich peinlich wurde, als sie am nächsten Tag mit geschwollenem Gesicht zu einem Vorstellungsgespräch musste, hatten sie einen Entschluss gefasst.

»Ich wollte nur sagen, dass ich das Foto gern sehen würde, bevor du es ihr schickst«, sagte Sara.

Dicht vor Helen flog eine Möwe auf.

»In Ordnung.«

Die Möwe hielt etwas Schimmerndes in den Klauen, das wie ein Vogeljunges aussah, Beute, die sie mit sicherem Flügelschlag in den Nachmittagshimmel trug.

»Damit ich es entscheiden kann.«

Helen blieb stehen und hielt ihr das Handy hin. »Kannst du's sehen?«

»Zu hell«, sagte Sara. »Wir brauchen Schatten.«

»Dann müssen wir zurück zu den Bäumen.«

»Schon gut.« Sara blickte in die Richtung, aus der sie gekommen waren.

»Du siehst toll darauf aus«, sagte Helen berauscht. »Du siehst absolut aufregend aus.«

»Eben.«

»Mit deinem Tuch um den Kopf siehst du aus wie eine Pharaonin.«

»Ich weiß nicht«, sagte Sara und gab Helen das Handy zurück. »Es ist nicht gut, wenn es zu aufregend ist.«

»Was ist denn heute mit dir los?«

»Nichts. Können wir jetzt schwimmen gehen?«

Sie fanden eine flache Stelle auf den Felsen, eine Art Plateau, wo einmal eine Badeanstalt gewesen war. *Dambad* stand in verblasster Kreide auf einem Brett, das jemand an die Steine gelehnt hatte, vielleicht im Versuch, etwas zu kennzeichnen, was nicht da war, etwas heraufzubeschwören, eine Zeit, ein Erlebnis, einen Traum. Hinter einem hellblauen, halbverfallenen Holzhaus, das früher als Umkleidehäuschen gedient haben musste, fanden sie eine windgeschützte Stelle. Eine Leiter führte zwischen den Felsen hinunter ins Meer, die Sprossen algenbewachsen.

»Hast du die Möwe gesehen?«, fragte Helen und ließ sich im Schneidersitz nieder.

Sara breitete die Badematte aus.

»Ich wusste nicht, dass Möwen auch Vögel fressen«, sagte Helen.

»Tun sie das?« Sara stellte die Flasche im Eiskühler vorsichtig auf den Stein und packte auch die beiden Gläser aus, die sie sich im Hotelrestaurant geliehen hatten.

»Sie hatte ein Vogeljunges in ihren Fängen.«

»Vielleicht, weil's immer weniger Fische gibt. Dann fangen sie an, ihre eigenen Leute zu fressen«, sagte Sara.

»Ihre *Leute*?« Helen lachte.

»Oder es war ihr Junges. Und sie hat mit ihm einen Rundflug über die Insel gemacht.« Auch Sara war jetzt fröhlich, sie hatte schon ihre Hosen ausgezogen und legte ihr T-Shirt ab. »Kommst du mit«, rief sie auf dem Weg ins Wasser, wobei sie nicht die Leiter benutzte, sondern über die Felsen hinunterglitt.

Helen blieb noch einen Moment sitzen. Sie sah Sara zu, wie sie in ihrem schwarzen Bikini im Wasser verschwand. Die nachlässig hochgebundenen Haare lösten sich. Wie eine Schleppe zog Sara sie beim Schwimmen hinter sich her. Dann holte Helen ihr Handtuch. Sie stieg aus der Hose und knöpfte das Hemd auf. Es war eines von Fayes Hemden, das hatte Sara gleich an ihrem ersten Tag in Marstrand bemerkt, und Helen achtete darauf, es nicht zu zerknittern, als sie es in die Badetasche steckte.

Das Meer war wie Glas. Es hatte eine türkise Färbung, durch die man deutlich die glitschigen Felsen sah, eine unter Wasser liegende Geröllhalde. Erst weiter draußen fiel der Meeresboden ab, Kälte stieg aus der Tiefe. Helen schwamm aus der Bucht hinaus und fragte sich, was für eine Laune das heute war, die sie an Sara nicht kannte. Mit Faye hatte sie damals den Entschluss gefasst, ihre Geschichte zu öffnen, sie zu verändern in einer Weise, die Sara mit einbezog.

Als sie durchgefroren und nackt aus dem Wasser stieg, traf sie Saras Blick. Er kam aus halbgesenkten Lidern, war aber deutlich wie ein Signal. Und in der Wärme der Sonne verschwand die Gänsehaut, als Sara nach ihr griff. Halb liegend zog sie Helen zu sich hinunter auf das Badetuch, bis Helen vor ihr kniete, so dass alles zu sehen war, die Rundung ihrer Hüfte, ihr Schoß, ihr Bauch, auf den Sara die Hand legte wie auf etwas, das ihr gehörte und ihr vorenthalten wurde, wobei sie zuerst nur sachte über den Bauchnabel strich. Dann legte sie ihre Hand auf die Haare darunter, in denen noch Salzwasser glitzerte, so dass Helen alle Kraft aus den Muskeln rann und sie schließlich auf ihr lag, kühl auf dem mittlerweile erhitzten schwarzen Bikinistoff, denn Sara hatte sich nicht umgezogen. Sie hatte sich nach dem Schwimmen in der Sonne getrocknet und darauf gewartet, dass Helen aus dem Wasser kam, damit sie sie ansehen konnte, wie sie es sich gewünscht hatte. Und jetzt drehte sich das Vergnügen um oder wechselte vielmehr ständig zwischen ihnen hin und her.

»Halt still.«

»Nein.«

»Beweg dich nicht.«

»Ich will mich aber bewegen.«

Das waren Worte, die sie häufig benutzten, Worte, die Helen liebte, ein Dialog, der einem Filmtext entstammte, Robert Redford und Meryl Streep flüsternd auf einem Bett hinter wehenden Vorhängen in der kenianischen Savanne. Aber längst gehörte er ihr, ihr und Sara. Und eigentlich Faye. Mit Faye hatte sie diesen Film zum ersten Mal gesehen. In Helens Kopf ging der Dialog deshalb weiter. Er ging über sie und Sara hinaus zu Faye, die hinter den Vorhängen stand und im Begriff war, sie zur Seite zu schieben, um ihnen zu zeigen, dass ihr gefiel, was sie sah, und ihr Hemd ziemlich eindeutig weit aufgeknöpft hatte.

Faye hatte sie manchmal gefragt, ob sie nicht bloß das Gleiche noch einmal mache, das Gleiche wie mit ihr, Faye, ob sie also alles doppelt bekäme. Helen hätte gern etwas Überzeugendes darauf geantwortet, etwas, das weniger vage klang. Aber sie konnte es nicht erklären und sagte nur, nein, sie wäre ja jedes Mal eine andere.

»Was denkst du, wenn du dir vorstellst, dass du von Faye beobachtet wirst?«

»Nichts«, flüsterte Sara, die Hände auf Helens Po.

»Nichts?«

»Jedenfalls jetzt nicht«, sagte Sara. »Jetzt denken nur meine Hände.«

Saras Hände waren am Po und an den Schenkeln, schoben mit Nachdruck Helens Beine auseinander und ließen sie zittern, als sie spürte, wie eine dieser Hände den Unterbauch von innen, die andere von außen berührte, unnachgiebig und größer, als sie in Wirklichkeit sein konnten.

Sie legte mit einer gekonnten Bewegung Saras Brüste frei. Und als hätte sie das Bloßlegen mit einer ungeheuren Kraft versorgt, schob sie sich in Sara hinein, die nass war und ihr entgegenkam, den Kopf auf die Badematte zurückgelegt. »Beweg dich nicht.« Aber das hatte sie schon, sie bewegte sich und verlor den Überblick, nur dass sie ausgeliefert war und zugleich von Sara Besitz ergriff, das war deutlich und Sara schien es auch so zu gehen. Der Unterschied war nur, dass Helen auch Faye sah. Sie sah Faye über Sara gebeugt, wo sich ihre Haare mit denen von Sara vermischten. Es war ein klares Bild, das dem Gefühl entsprang, in einer Umarmung erst, wenn sie von beiden Seiten kam, vollständig umschlossen zu sein.

Helen blieb reglos liegen, den Kopf in Saras Armbeuge. So lagen sie eine Weile da, ohne zu sprechen, die Augen geschlossen. Es roch nach der Sonnencreme, die sie heute Morgen aufgetragen hatten. Später lösten sie sich, und Helen legte sich bäuchlings neben Sara auf die Matte.

»Um noch mal auf das Beobachtetwerden zurückzukommen«, sagte Sara und streichelte nachlässig Helens Bein. »An irgendwas muss ich mich halten. Da ist so eine Vorstellung gar nicht schlecht.«

»Aber sie gefällt dir nicht«, sagte Helen träge, das Kinn auf die Faust gestützt, Blick zum Wasser, während die Lust noch nachhallte und der Meerwind leicht über ihren Rücken strich.

»Wie lange kennt ihr euch?«, fragte Sara und richtete sich auf. Ihr Bikinioberteil hatte sich gelöst und hing ihr wie ein Gurt um den Bauch.

»Sechs Jahre.«

»Und wie lange kennst du mich?«

»Das weißt du doch«, sagte Helen.

»Ein Jahr, zwei Monate und neuneinhalb Tage. Verstehst du nicht, dass ich immer im Hintertreffen bin?«

»Nein. Denn es ist ja etwas anderes.«

»Anderes, anderes«, machte Sara. Sie lehnte sich auf einen Ellbogen zurück und zog mit der anderen Hand die Flasche aus dem Eiskühler. Sie stellte die Flasche zwischen ihre Beine und lockerte den Draht. Der Korken schoss ungebremst heraus. »Wenn ich Faye beobachte, wie sie mit dir ist, komme ich mir hilflos vor.«

»Du möchtest in ihren Augen gut dastehen?«

»Darum geht es nicht.« Sara goss den Prosecco in ein Glas, das sie Helen gab, und schenkte sich ebenfalls ein.

»Wir können uns auf nichts beziehen«, sagte sie und trank.

»Das ist mir ein bisschen zu unklar.«

»Eben«, sagte Sara. »Es ist unklar. Alles ist unklar. Wir sind zu dritt, und wir haben nichts, woran wir uns halten können.«

»Wir können uns was ausdenken. Egal, was. Was immer wir wollen!«

»Ja, aber wir können uns auf nichts berufen.«

»Das musst du nicht, wenn du dir was ausdenkst.« Helen drehte sich herum, stützte sich auf und trank. Sie spürte, wie der Prosecco kalt in ihren leeren Magen knallte.

»Es gibt keine Beispiele«, sagte Sara. »Deshalb verhalten wir uns, als ginge es hier um zwei Paare, was nie und nimmer funktionieren wird.«

»Und was ist mit Selma?«

Zu Beginn ihrer Reise hatten sie am Haus der Nobelpreisträgerin haltgemacht, eine Villa, umgeben von Feldern, Kräutergärten und Stallgebäuden, die heute ein Museum war.

»Ist das kein Beispiel?«

Selma Lagerlöf hatte das Anwesen, das ihr alkoholkranker Vater für Schnaps verschleudert hatte, mit ihrem Preisgeld zurückgekauft. Sie hatte ihren wichtigsten Roman dort geschrieben und jede Menge Briefe, die meisten davon an zwei Frauen. Ihre *Freundschaft*, so hatte es auf der Führung geheißen, mit diesen beiden Frauen war ausgesprochen *tiefgründig* gewesen, unterbrochen nur von wechselnden Phasen der Eifersucht. »Oder Marina Zwetajewa«, sagte Helen. »Oder Musils Mutter. Auch die hat mit zwei Männern gelebt, wusstest du das? Einer davon zehn Jahre jünger als der andere. Lion Feuchtwanger liebte zwei Frauen. Oder Natalie Barney in Paris. Die hatte mit drei Frauen gleichzeitig was. Man muss nur ein bisschen googeln.«

»Ja«, sagte Sara. »Man erhält die Information. Aber man erfährt nichts.«

»Muss denn immer alles schon da sein?«, fragte Helen nach einer Weile.

»Mir ist heiß«, sagte Sara. »Ich gehe schwimmen.« Sie klappte die Bikinikörbchen hoch und legte sich die Träger um den Hals. »Machst du mal zu?«

»Nö.« Helen kniete sich hinter sie. Sie legte ihre Beine an die weiche Taille, an die glatte, warme Haut, und rutschte noch näher an Sara heran, bis sie sie ganz zwischen ihren Oberschenkeln hatte. Sie presste die Beine leicht zusammen bis zu einem kleinen, ziehenden Schmerz, griff fordernd nach Saras Brüsten und biss in den Muskel an ihrem Hals.

»Wenn du ins Wasser gehst, dann nur nackt«, sagte sie. »Das ist ein Befehl.«

»Du willst alles nackt«, sagte Sara leise. »Du bist der Teufel in dieser Konstellation.«

»Siehst du, schon haben wir uns was ausgedacht«, sagte Helen triumphierend. Sie lockerte ihren Griff. »Teufelin«, sagte sie. »Da besteh' ich schon drauf.«

»Das macht es noch lange nicht neu.«

»Was?«

»Das *in* hinter Teufel. Das bringt noch lange nichts Neues hervor.«

»O Gott«, sagte Helen. »Ich fall gleich ins Kattegatt.«

»Nur zu.«

»Geht nicht. Faye wartet auf mich.« Das war gemein, und sie sah es sofort in Saras Gesicht.

Sara schob sie weg. Sie stand auf, beugte den Kopf vor und verknotete die Bikiniträger ungelenk unter den Haaren im Nacken. Sie machte sich auf den Weg zum Wasser.

»Hey, Sara, warte. Warte mal!« Helen war aufgesprungen. Sie machte einen Schritt hinter Sara her und hielt sie fest.

»Ich habe eine Idee. Wir machen was Verrücktes, ja?«

Sara war stehen geblieben, sagte aber nichts.

»Wir rufen Faye an«, sagte Helen.

Sara stand geduldig da und wartete darauf, dass Helen sie losließ. Ihr Profil hob sich scharf vor dem hellen Himmel ab.

»Wir rufen sie an«, sagte Helen. »Ich habe mein Handy mit. Ich habe Empfang, ich habe eines von diesen Reisepaketen, ich kann ins Internet. Wir können mit ihr skypen, dann können wir sie sogar sehen, und es kostet nichts. Es wäre sowieso besser, wenn ihr euch öfter seht. Miteinander redet. Hast du nicht gesagt, wir sollen nicht so tun, als wären wir zwei Paare?«

»Vielleicht ziehst du dir erst mal was an«, sagte Sara.

Helen sah an sich herunter. Sie war immer noch nackt.

»Faye weiß zwar, wie du aussiehst«, sagte Sara. »Aber sie hat noch nie *gesehen*, wie sehr ich das auch weiß.«

Helen ging zur Badetasche und holte Fayes Hemd heraus. Sie warf es sich über.

»Mehr als den Oberkörper sieht man sowieso nicht.«

»Hast du neben der verrückten Idee auch einen Plan, worüber du eigentlich mit ihr reden willst?«, fragte Sara, die noch immer so dastand wie zuvor. Eine Seite von ihr zeigte zum Wasser, die andere zu Helen.

Helen machte eine ausgreifende Handbewegung. Das

sollte heißen, sie könnten Faye von Marstrand erzählen, vom Ende der Saison, den leeren Regalen und davon, dass sie die letzten Gäste waren, dass das Wetter aber zum Glück schön geblieben war. Sie könnten sogar sagen, dass sie eine tolle Stelle gefunden hatten zum Baden und sie Faye in der Kamera des Handys zeigen.

»Wenn du wirklich verrückt sein willst«, sagte Sara, »solltest du sie bitten herzukommen.«

Sie bewegte sich noch immer nicht. Sie blickte geradeaus, als studierte sie das mit Kreide beschriftete Brett, das an den Felsen lehnte. Der Wind fuhr in ihre Haare und wirbelte sie ein bisschen auf.

»Und wie soll das gehen?«, fragte Helen.

»Du bist gut«, sagte Sara. »Zuerst wäre es angebracht, mich zu fragen, ob ich das überhaupt will.«

»Und? Willst du?«

Sara lachte kurz auf. Sie griff sich in die Haare und warf sie mit Schwung nach hinten. »Weißt du, was das Problem ist«, sagte sie dann und drehte sich endlich zu Helen um. »Dass du behauptest, du wärst bei ihr jemand anderes. Bei deiner Amerikanerin wärst du anders als mit mir. Und du kannst nicht zwei verschiedene Personen gleichzeitig sein.«

»Wieso nicht? Die Nordsee ist für dich doch auch gleichzeitig der Atlantik.«

»Die Nordsee, meine Süße, hat aber keinen Sex.«

Helen bückte sich nach dem Glas, hob es auf und nahm einen großen Schluck Prosecco. Sie trank gleich noch einmal. Sie trank, bis das Glas leer war, nahm die Flasche und goss nach. »Du auch?«

Sara griff nach dem Glas, das Helen ihr hinhielt, und

trank es ebenfalls in einem Zug aus. »Schon besser«, sagte sie dann.

»Auf die zölibatäre Nordsee«, sagte Helen, die sich inzwischen erneut eingeschenkt hatte und auch Saras Glas wieder füllte, nur zur Hälfte, dann war die Flasche leer.

»Auf deine Ideen«, sagte Sara. »Auf deine verrückten, teuflischen Ideen.«

Die Steine, auf denen sie standen, waren blank geschliffen. Sie fühlten sich weich unter den Fußsohlen an. Sara stand etwas höher als Helen, und hinter ihr tauchten auf einmal Segelboote auf. Sie kamen aus Richtung der Marstrander Mole, und es wurden immer mehr. Zuerst waren nur zwei Boote hinter der kleinen Landspitze hervorgekommen, aber schon bald war der gesamte Meeresstreifen, den sie von der Bucht aus einsehen konnten, mit schlanken, blitzenden Segeln gefüllt. Helen fiel ein, dass das Hotel in seiner Preisstaffel den heutigen Tag als letzten des Sommers vorsah. Ab morgen würden sie für ihr Zimmer zwanzig Prozent weniger zahlen. Vielleicht waren diese Segler gemeinsam zu einem Törn aufgebrochen, um das Saisonende zu begehen.

Sara, die ihren Blick gesehen hatte, drehte sich zu den Booten um. Und da fiel Helen noch etwas ein. Sie dachte an das, was Sara gesagt hatte, und dass sie damit wahrscheinlich richtiglag. Etwas stimmte nicht mit ihrer Theorie. Sie, Helen, war nicht zwei Personen mit unterschiedlichen Eigenschaften, die sich jeweils ausnahmslos bei der einen und bei der anderen zeigten. Vielmehr brachte die Verbindung der beiden, die Verbindung von Faye und Sara, sie dazu, ganz bei sich, also mit sich selbst im Einklang zu sein.

»Dann machen wir's?«

»Ja«, sagte Sara. »Wir machen das.«

Bevor Helen jedoch das Handy herausholte und sie mit Faye skypen würden, um ihr zu sagen, dass sie sich in den nächsten Flieger setzen und herkommen sollte, flüchteten sie ins Meer. Und wäre es nicht so uneben gewesen, wären sie gerannt.

Schwebende Bäume

Manhattan, New York, USA

Eis lag auf dem Hudson.

Graue Schollen ragten am Ufer auf. Durch die Strömung wurden sie übereinandergedrückt und gegen die Kaimauern gerieben und verursachten ein schabendes Geräusch. Das Schaben des Eises lenkte die Gruppe kurz ab, die auf dem Weg ins The Italian war. Noch in der Nacht würden die meisten abreisen. Für sie war der windige, schmutzig überfrorene Hudson der letzte Eindruck, den sie von der winterlichen Stadt mit in den Flieger nahmen.

Von New York hatten sie wenig gesehen. Sie hatten die Tage in überheizten Konferenzräumen verbracht und viel über kulturelle Unterschiede diskutiert. Sie hatten über die Unübersetzbarkeit von Idiomen geredet und über stilistische Besonderheiten. Sie hatten die Bedingungen diskutiert, unter denen ein Übersetzer etwas verloren geben durfte oder etwas hinzugewann, ein Bild, eine Metapher, ein schönes Wort. Manchmal brachte die Übersetzung erst die Schönheit eines Textes hervor. Und manchmal bewahrte die Übersetzung die Schönheit auch dann, wenn der Text in der Originalsprache schon altmodisch geworden war.

Für heftige Kontroversen hatte nur eine These gesorgt.

Emily hatte in ihrem Vortrag behauptet, dass es ohne Kopie kein Original geben könne. Erst im Spiegel der Kopie werde das Original überhaupt sichtbar, wo es von der Kopie aber ununterscheidbar sei, letzten Endes also Kopie von der Kopie, was ein neues Licht auf das Konzept des Ursprungs warf.

In der Abschlussrunde war man sich wieder einig gewesen. Es ging um die Bedeutung des Übersetzens in einer globalisierten Welt, was in Diskrepanz zu der geringen Wertschätzung von Übersetzern stand – die meisten lebten immer noch von der Hand in den Mund. Nun war man müde geworden und lief schweigend durch den eisigen Wind. Die Wenigen, die sich unterhielten, besprachen die Rückreise, die erhoffte Freude der Kinder über Weihnachtsgeschenke aus dem Land der unbegrenzten Möglichkeiten.

Emily und René hatten den Aufenthalt auf eigene Kosten verlängert. Sie wollten die geschmückte Tanne vor dem Rockefeller Center sehen. Sie wollten Weihnachten hier verbringen, in Manhatten, wo es das Fest der Liebe in so vielen Versionen gab, dass für die Wünsche eine neue Formel nötig geworden war: *Season's Greetings*. Mit *Season's-Greetings*-Karten machte man nichts falsch. Sie waren für das Christfest gut, für Hanukkah, für das sieben Tage währende Kwanzaa und im Zweifelsfall sogar für die Feier des russischen Väterchens Frost.

Die Tische im The Italian waren weiß eingedeckt. Keiner aus der Gruppe hatte das Bedürfnis, noch einen weiteren Abend in Gesellschaft der Kollegen zu verbringen. Aber das Abschlussdinner hatte das Schweizer Konsulat arrangiert, und die Konsulin, eine exzentrische Belgierin mit französischen Wurzeln und Schweizer Pass, war als Gourmet bekannt. Sie hatte ein vornehmes und derzeit angesagtes Restaurant ausgewählt, das berühmt war für seine Carpaccios.

Die Kollegen der deutschen und österreichischen Institutionen, die an den Abenden zuvor für das Essen der Konferenzteilnehmer zuständig gewesen waren, hatten Caterings bestellt, Häppchen, Suppe und Salate, die direkt in den Tagungsraum geliefert worden waren.

Im The Italian speiste das intellektuelle Manhattan und das Manhattan mit Geld. Hier saßen die Künstler und die Kuratoren der großen Museen, hier aßen Designer und Musiker, Unternehmensberater, Architekten und Investmentbanker, und für die deutschsprachige Gruppe hatte man einen langen Tisch an der Wand reserviert.

Es konnte ein schöner Abend werden, *ein gelungener Abend*, wie René später, nach dem Ausschalten der Nachttischlampe sagen würde. Und Emily würde zustimmen. Emily würde sagen, dass sie sich mit dieser Nacht trösten konnten, falls Weihnachten ein Tiefschlag werden würde. Es war richtig, geblieben zu sein, den Aufenthalt verlängert zu haben, obwohl das gesamte Honorar, das René für ihren Auftritt erhalten hatte, dabei draufzugehen drohte. René hatte eine bezahlte Lesung vor überraschend viel Soho-Publikum gehabt, während Emilys Vortrag im Rahmen der Konferenz unbezahlt geblieben war.

Im Dunkel des Zimmers (in seiner schattigen Helligkeit) würde René Emilys Hand nehmen und küssen. Emily würde sie anschauen dabei. Es wäre hell genug. Es wurde nie dunkel in dieser Stadt. René trug eine Schlafmaske wie vor Jahren im Norden zur Mittsommernacht. Aber das New Yorker Licht war künstlich. Seine Farbe wechselte im Rhythmus der Reklameleuchten an der Hausfassade gegenüber. Emily störte das nicht. Ihre Hand lag ruhig zwischen den Kissen. Ihre Lippen und ihre Augen waren sehr nah, und am schönsten waren sie, wenn das künstliche Licht alle Farbe verlor und die Haut zurücksank in ihren natürlichen Glanz. Es war kalt im Zimmer. Aber für Sex wäre es ohnehin zu spät, das wusste René, den würden sie, schon im Halbschlaf, einvernehmlich auf den nächsten Morgen verschieben. Und wenn sie glaubten, was sie einander versicherten, wenn dieser Abend wirklich bis zum Schluss gelungen gewesen sein sollte, würde René Emilys Hand unter ihre Wange ziehen (sich einschmiegen darin), die Handfläche nach oben, wo sie sich langsam erwärmte. Es zog in New Yorker Hotels.

Die Befürchtung, Weihnachten könnte ein Tiefschlag werden, kehrte jährlich wieder. Das zählte zu Emilys Eigenarten und hing nicht mit dem Christfest selbst zusammen, nicht mit der Bedeutung, die man ihm gewöhnlich gab, als religiösem Ritual, Feier einer Geburt, die schon die Babylonier, die Perser, die Ägypter und Griechen begangen hatten. Kinder wollten sie beide nicht.

Es hatte auch nichts mit einer Rückbesinnung auf die Familie zu tun. Mit Familie hatte Emily nichts im Sinn. Sie hatte sich vor Jahren losgesagt. Sie kam ohne die üblichen Verflechtungen aus. René mochte das, weil es Emily vollständiger zu machen schien. Sie berief sich nicht auf verwandtschaftliche Leihgaben. Ähnlichkeit und Vererbung spielten keine Rolle. Emily war keiner Tante *wie aus dem Gesicht geschnitten*, sah nicht *ganz wie der Vater* aus, und jede ihrer Veranlagungen, ihre Besonnenheit und ihre Unerschrockenheit, gehörten allein ihr.

René hatte nie jemandem aus Emilys Familie kennengelernt. Nur die Mutter kannte sie von einem Foto, das Emily als Lesezeichen in ihre Bücher steckte.

Die Furcht vor den Weihnachtstagen kam aus einer anderen Zeit, lange vor René. Es ging um den Verlust einer Freundin, eine große erste Enttäuschung darüber, dass Menschen unzuverlässig waren, um einen Verrat. Aber René war nicht sicher. Es hatte immer wieder andere Versionen der Geschichte gegeben, und es war möglich, dass auch Emily sich mittlerweile nicht mehr an das ursprüngliche Ereignis erinnerte.

Auf der Tafel wurden die Kerzen entzündet. *Busboys*, Hilfskellner aus Lateinamerika, brachten Karaffen mit Wasser. Die Gruppe hatte sich noch nicht gesetzt. Man wartete unbeholfen (eckig, steif) ab, wie die Sitzordnung sich gestalten würde. Einige hatten die Toiletten ausfindig gemacht und verschwanden. Das war der einfachste Weg, sich nicht die Blöße zu geben, als Erste am Tisch zu sitzen. Wer zu früh saß, verlor seinen Einfluss darauf, wer sich neben ihn setzte. Kehrte man allerdings zu spät zurück, konnte es sein, dass nur noch die verschmähten Plätze übrig waren neben Leuten, die als unwichtig oder langweilig galten, Praktikantinnen, ein Lebensgefährte, der mitgekommen war, oder der Autor, den die Gruppe dieses Jahr fallengelassen hatte, natürlich insgeheim. Die Betroffenen wussten selten von diesen halbbewussten Entscheidungen der Gruppe; sie hatten nur ständig dieses komische (verlorene) Gefühl.

»Setz dich neben mich«, flüsterte René.

Bei der Platzwahl galt es, den Augenblick abzupassen, in dem alle, wie von einer Welle in Bewegung gebracht, auf den Tisch zuschwappten.

Noch tat sich nichts. Alle waren wieder lebhaft ins Gespräch gekommen, nachdem die Wärme und der Geruch nach frisch gebackenem Brot die Müdigkeit in eine gemütliche Trägheit verwandelt hatten.

»Ich will nicht wieder den ganzen Abend über die Vorzüge von Hybridautos reden.«

»Und ich hatte schon angenommen, du sehnst dich nach meiner Gesellschaft.«

»Das tu ich«, flüsterte René. »Stärker als öffentlich erlaubt.«

Ein Mann steuerte auf sie zu, Lektor bei *Habourt, Harcourt, Harport Press*, René hatte den Namen des Verlages am Nachmittag nicht ganz mitbekommen. Es hatte ein Gedränge bei seiner Ankunft gegeben, offenbar erhielt er immer aller Aufmerksamkeit (war er jemand von Bedeutung, waren alle scharf auf ihn). Er hatte ein Glas in der Hand, schien auf die Gruppe gewartet zu haben.

»Will der zu dir?«, fragte Emily. »Vielleicht will er dein Buch machen.«

Der Lektor fingerte eine Visitenkarte aus der Tasche seines Jacketts. Dann tauchte Bernarda Bernapsy auf, die Konferenzleiterin. Sie hatte alle Texte der Schriftsteller, die an der Konferenz teilnahmen, ins Englische übersetzt außer Renés Text, den Emily übersetzt hatte. Bernapsy hatte das Herannahen des *Harcourt*-Mannes gespannt (elektrisiert) verfolgt. Jetzt fing sie ihn ab. Kopfschüttelnd (scherzhaft) entwand sie ihm die Visitenkarte und schob sie in seine Brusttasche zurück.

»Alle wollen, dass er ihr Buch macht«, sagte René.

»Es wäre deine erste Übersetzung. In meinem Land.«

Bernarda Bernapsy ließ ihre Finger wie absichtslos auf der Brusttasche des Mannes liegen, gletschertürkisfarbener Nagellack. Sie lachte hell (herzhaft), was von den Schriftstellern und den Institutsleitern aufmerksam (nervös) registriert wurde. Sie war die Schaltstelle zwischen dem, was in deutscher Sprache geschrieben wurde, und dem, was in den USA erschien (Garant für die auf Formularen erarbeiteten Zielvereinbarungen und unter Umständen Ruhm und etwas Geld).

»Komm«, sagte René. »Bevor wir verhungern.«

Der Auftritt des *Harport*-Mannes hatte Bewegung in die Gruppe gebracht. Der Pulk von Autoren, die Bernarda Bernapsy im Schlepptau gehabt hatte, näherte sich dem Tisch. Zögernd fanden die Ersten zu einem Stuhl. Auch die Schweizer Konsulin hatte sich einen Platz gesucht. Sie wusste, dass ihr kleines Land auf dem amerikanischen Markt chancenlos war. Sie winkte einem der *busboys*, um sich die Weinkarte geben zu lassen, sich einzustimmen auf das Jahresende. »Kollegen, ich bitte euch, das ist kein Stehapéro!«

Die Konsulin war ein echter Charakter, wie Emily später sagen würde, zurück im Hotelzimmer, René schon im Pyjama im Bett. Unkorrumpierbar. Konsequent. Mit einer Grandezza und einem ausgeprägten Eigensinn, wie sie nur in Europa vorkämen, aber in einem früheren Jahrhundert, sicher nicht mehr in diesem.

Und sie würden beide bedauern, dass es nicht mehr solche Frauen gab, nicht viele solcher echten Charaktere, was Emily erneut an die Schwierigkeit des bevorstehenden Festes erinnern würde. Denn der Vorfall hatte mit Charakterstärke zu tun oder vielmehr mit dem Verlust dieser Stärke.

Im überweichen Hotelbett würde René Emily noch einmal versichern, dass Weihnachten kein Tiefschlag werden konnte. Sie waren auf dem richtigen Kontinent. Sie waren gemeinsam auf Emilys Kontinent, und das garantierte eine sichere Passage hinein ins neue Jahr.

Die Kellner brachten die Vorspeisenplatten. Sie stellten Schälchen mit Kapern und Oliven auf den Tisch, was zur Folge hatte, dass sich die übrigen Teilnehmer eilig einen Platz suchten.

»Kein Verlag wird sie mögen, deine Tiefe jenseits der Kartographie«, sagte Emily. »Das hast du noch vor vier Jahren gesagt.«

»Weil ich's mir nicht vorstellen konnte.«

»Und jetzt?«

»Jetzt sind wir hier. Und die erste Übersetzung erscheint vielleicht in deinem Land.«

»Genau«, sagte Emily. »Das war es, was ich meinte.«

»René, kann ich kurz ein Wort –«, sagte Bernarda Bernapsy.

Die Kellner brachten Salat, gefolgt von weiteren Kellnern, die sich zu den Gästen hinabbeugten und geeisten Schafskäse über die Salatschüsseln stäubten. Zarte Kältedämpfe stiegen auf.

»Dein Roman«, sagte Bernapsy, »hat mich begeistert.«

»Siehst du«, sagte Emily.

Bernarda Bernapsy lächelte. Dann winkte die Konsulin. Sie winkte Emily zu sich herüber. Ihre belgisch-französische Eleganz schien in diesem Winken prachtvoll auf.

Bernapsy zog einen Faden aus ihrer paspelierten, grünen Jacke. Sie riss den Faden aus und betrachtete ihn, und als Emily gegangen war, ließ sie ihn fallen.

»Da ist allerdings etwas, worüber geredet werden muss«, sagte sie und sah zu, wie der Faden zu Boden schwebte. Sie rückte die Brille zurecht, und ihre Nägel leuchteten auf, bis auf den Nagel des kleinen Fingers der linken Hand, der abgebrochen war (zerknabbert), was sie zu verbergen suchte, indem sie ihn mit dem Ringfinger bedeckte.

»Du solltest dich auf keinen Fall abhängig machen.«

Sie waren die Einzigen, die noch standen. Der *Harcourt*-Mann hatte sich ans Kopfende des Tisches gesetzt und balancierte eine Lage Carpaccio auf dem Beilagenmesser zu seinem Teller, abgelenkt von der Konsulin, die zwei Weinflaschen zur Begutachtung in die Runde hielt. Bis auf den in Ungnade gefallenen Autor am Tischende waren alle mit der Platzwahl zufrieden. Emily saß neben der Konsulin.

»Ich habe Mr Kromsky dein Buch ans Herz gelegt. Du weißt, dass er einen der renommiertesten Verlage hierzulande vertritt. Er scheint echtes Interesse zu entwickeln.« Bernarda Bernapsy wandte sich leicht ab (suchte die Distanz). »Du solltest überlegen, ob du nicht mit jemand anderem arbeiten willst.«

»Wie, mit jemand anderem?«

»Was die Übersetzung betrifft«, sagte Bernarda Bernapsy und sah in eine unbestimmte Ferne, »ich muss es leider so sagen; ich halte sie für misslungen.«

»Emilys Übersetzung?«

Bernarda Bernapsy nickte.

»Die, die ich heute gelesen habe?«

»Ich habe mit Mr Kromsky darüber gesprochen. Er wird bei der Begutachtung versuchen, darüber hinwegzusehen.«

»Das ist nicht nötig«, sagte René.

Die Konsulin und Emily hatten ein Thema gefunden, das sie beide zu amüsieren schien. Zwischendurch sah Emily auf und nickte René zu, ein anfeuerndes (ermutigendes) Nicken, bevor sie ihr Weinglas hob und den Toast der Konsulin erwiderte.

»Was gefällt dir denn an der Übersetzung nicht?«

»Sie ist nicht gut genug, René. Sie funktioniert nicht.«

»Ich erkenne meine eigene Stimme darin«, sagte René nach kurzem Zögern.

»Das kann schon sein.«

»Emilys Übersetzung lässt mir meinen Text wahrhaftig erscheinen. Als komme er dort erst zu sich selbst.«

»Du bist eine Dichterin«, sagte Bernarda Bernapsy. »Du siehst die Dinge anders.«

»Ich bin Schriftstellerin«, sagte René. »Und auch das noch nicht besonders lange.«

»Mach dich nicht kleiner, als du bist.«

»Hast du Emily gesagt, was dir nicht gefällt?«

Bernarda Bernapsy rückte die Brille zurecht. »Um ehrlich zu sein, ich sehe hier einen Verrat an deinem Text.«

René spürte ein Prickeln auf der Kopfhaut, leicht, wie vom Windzug, der mit den Kellnern herangeweht war, die jetzt die ausgewählten Weine brachten.

Vor zwei Jahren hatte Emily mit dem Übersetzen angefangen. Sie hatte Workshops besucht, war eingeladen worden, die ersten eigenen Projekte waren gut gelaufen. Es hatte ihr gefallen. *Es ist das, was ich wirklich kann. So hast du das damals auch gesagt, René, in Hiddensee, weißt du noch?*

Vitte. Der mondbeschienene Sommerpalast. Emily hinter der Bar und das Leuchtfeuer vom Dornbusch. Das Lager im düsteren Kratzputzhaus, Marke Ost. Wie Emily das Kleid noch ein wenig länger hatte anbehalten wollen, wie sie es aufreizend langsam herabgleiten ließ, das Ausziehen inszenierte. Wie die Nacht aufgeplatzt war und glühte, weil diese Nachtschwärmerin wusste, wie echt alles wurde, wenn man die Inszenierung als Inszenierung ausstellte. An einem dieser Abende hatten sie sich Karrieremöglichkeiten für Emily ausgedacht. Ob damals schon vom Übersetzen die Rede gewesen war, wusste René nicht mehr.

»Emily macht das gut.«

»Du bist kein Muttersprachler«, sagte Bernarda Bernapsy. »Du kannst das letztendlich nicht beurteilen.«

René hatte Emilys Zimmer vor Augen, das Bett, die leuchtend rote Tagesdecke, wo Emily arbeitete, manchmal bis nachts, mit einem Kissen im Rücken, während klassische Musik in den Kopfhörern lief.

»Ich will dich nicht verunsichern, René.« Bernapsys Kinn warf einen kleinen Schatten, als sie den Kopf wandte und zu Emily hinübersah. »Aber wie du weißt, verlassen sich die wenigen Verlage, die noch Übersetzungen auf den Markt bringen, auf meine Gutachten. Ich bin für die jüngere deutschsprachige Literatur ja so ziemlich die Einzige, um nicht zu sagen, *die* –« Bernarda lächelte Emily zu.

»Übersetzungen desselben Textes gleichen sich nie«, sagte René. »Das haben wir doch drei Tage lang diskutiert, Bernarda. Egal, wie einfach die Vorlage ist.«

»Ich mag es, wenn du mich Bernarda nennst«, sagte Bernarda Bernapsy. Renés Kopfhaut wurde von einem stärkeren (zudringlichen) Prickeln erfasst. »Wenn du es sagst, klingt es viel, wie soll ich sagen, viel runder als sonst.«

»Wenn ich deinen Namen sage, klingt er runder?«

»Aber ja.« Bernarda Bernapsy strich mit ihrem Zeigefinger über Renés Arm. »Meine Liebe«, flüsterte sie, »du triffst einen ganz besonderen Ton.«

»Und du bist sicher, dass *rund* für das, was du ausdrücken willst, der korrekte Begriff ist?«

Als René den Stuhl neben Emily ansteuerte, wurde ihr klar, dass Bernarda in einem recht hatte: Es war nicht ihre, es war Emilys Muttersprache.

Während des Essens konzentrierte sie sich auf den Fisch und trank Rotwein, einige Gläser zu viel, wie sie später merkte, als sie mit Emily hinaus auf die Straße trat.

Trübes Licht überspülte die *Avenue of the Americas*. Taco-Läden, T-Shirt-Shops. Die Weihnachtsdeko sah verbraucht und trostlos aus, verloren wie der Junge, der vor einer Bar in der Kälte stand.

»Der Sohn der Konsulin betreibt ein Museum, das er das Heimatlose Museum nennt«, sagte Emily und schob ihre Hand in Renés Jackentasche. »Wie findest du das?«

Der Junge hatte einen großen Papptrinkhalm auf dem Kopf.

»Die bedeutenden Museen sind Wirtschaftsunternehmen geworden«, sagte Emily. »Der Kunstmarkt ist eine Börse.

Also sammelt er das, was nirgendwo hingehört, und stellt es in seinem Schlafzimmer aus.«

»Clever«, sagte René, die nicht richtig zugehört hatte.

»Ich nehme an, Bernapsy hat einen guten Deal für dich ausgehandelt?«

»Sie hat bloß Smalltalk gemacht.«

»Jemand wie Bernapsy macht keinen Smalltalk.«

»Du kennst sie doch gar nicht«, sagte René.

Emily blieb stehen. »Was ist los?«

»Ich erzähl's dir, wenn wir im Zimmer sind.«

»Nein«, sagte Emily. »Erzähl es jetzt.«

Der Nachthimmel zwischen den Häusern hing aufdringlich tief.

»Bernapsy hat Schwierigkeiten mit deiner Übersetzung. Sie wollte mir einen anderen Übersetzer andrehen. Um nicht zu sagen: sich selbst.«

»Du hast sie doch heute gelesen.«

»Ja.«

Emily zog ihre Hand aus Renés Tasche.

»Hat sie gesagt, womit genau sie Schwierigkeiten hat?«

»Nein, und es ist auch völlig unwichtig.«

Emily sah schön aus in der violetten Nacht, trotz der schrill blinkenden Lichterdeko, schön und fern, und René wurde kalt.

»Sie muss mich für bescheuert halten«, sagte sie. »Sie benutzt ganz alte Methoden. Verleumdung, Zersetzung. Das haben sie zu DDR-Zeiten gemacht. Und sie entblödet sich nicht, diese Methoden bei uns anzuwenden.«

»Entblöden«, sagte Emily. »Was für altmodische Formulierungen du neuerdings benutzt.«

»Das ist ganz normales Deutsch.«

Emily betrachtete den Jungen vor der Bar. »Weißt du, was ich nicht verstehe?«

René nickte. Der Junge war ein Cocktailglas. Er lief Werbung für Martinis zum halben Preis.

»Dass du mich den ganzen Abend da sitzen lässt und kein Wort sagst. Und du lächelst mich auch noch an. Hättest du gewartet, bis ich es von Dritten erfahre?«

»Nein!«

Emily lächelte. »Warum sind wir eigentlich zusammen«, sagte sie. »Wenn du mich bei der erstbesten Gelegenheit verrätst?«

Sie gingen nicht ins Hotel. Sie bogen an der nächsten Kreuzung ab und liefen eine Straße hinunter. Es war eine schmale Straße, gesäumt von Brownstones und Bergen von Müllsäcken und leeren Kartons. Die eisernen Feuerleitern traten aus dem Schatten der Gebäude hervor wie zusammengestauchte Wirbelsäulen unter zu dünner Haut.

Irgendwo dort brach der Streit aus.

Es wurde ein langer Streit, und sie waren sehr laut, aber das machte nichts. In dieser Stadt war es immer laut, und die Einwohner hatten es sich angewöhnt, die Verrücktheiten ihrer Mitmenschen nicht zu beachten. Sie blendeten sie aus. Sie schalteten ab, wenn sie auf die Straße gingen. Sie nahmen nichts wahr, keine betrunkenen Asiaten, keine hysterischen Teenager, keine alten Männer im Latexlook mit fünfzehn Hunden an der Leine, keine auf den Gehsteig pissende Frau. Sie verstöpselten sich die Ohren mit Musik, und so kamen auch René und Emily unbehelligt zum Höhepunkt ihres Streits und darüber hinweg, und als sie wieder begriffen, dass sie auf einer Straße in Downtown, Manhattan, standen, begriffen sie auch, dass sie im Kreis gelaufen waren. Sie waren zurück vor der Bar.

»Schreib's auf«, sagte Emily.

René sah sie an.

»Schreib's einfach auf. Du weißt schon, die Methoden aus dem Kalten Krieg und wie sie uns langsam zersetzen. Damit kennst du dich doch aus«, sagte Emily, »du bist geübt im Aufschreiben.«

René sah Emily an, in ihrer schwarzen Kappe und in diesem schönen, langen Wintermantel, den sie in der Hitze der Debatte aufgerissen hatte, und auf einmal schoss ihr ein Gedanke durch den Kopf. Musik, die sich in die Übersetzung mischte, konnte das Sprachgefühl durcheinanderbringen. Es war nicht gut, wenn es zwei verschiedene Rhythmen gab, wenn sich der Rhythmus aus den Kopfhörern dem Rhythmus der Sprache beimischte. Das musste die Sprache unweigerlich verfälschen.

»Vielleicht wäre es dir lieber, wenn Bernapsy dich übersetzt«, sagte Emily.

René sah Emily immer noch an. Sie starrte auf Emilys Wintermantel, als hätte sie sie nicht die letzten Tage und Monate schon in diesem Mantel gesehen, als hätte Emily nicht auch die letzten beiden Winter diesen Mantel und diese Kappe getragen, und zwar jeden Tag, als wäre das nicht die einzige Winterbekleidung, die sie besaß, weil sie keine Erfahrung hatte mit Wintern und mit Kälte als Kalifornierin in der vierten Generation, auch wenn sie diesen Stammbaum hasste.

René schaute Emily an, als wäre sie soeben zum ersten

Mal in dieser überwältigenden Aufmachung aus einem der Brownstones zu ihr auf die Straße getreten.

Sie liebte diese Frau sehr.

»Willst du wissen, womit ich mich noch auskenne?«, sagte sie langsam. »Ich kenne mich damit aus, ob eine Übersetzung gut ist oder nicht. Obwohl ich keine Muttersprachlerin bin.«

Emily schwieg.

»Ich hab Augen im Kopf. Ich kann lesen. Ich bin nicht blöd.«

»Stimmt«, sagte Emily. »Da haben wir Glück.« Sie sah zur Bar, vor der immer noch der Junge stand. »Ich wünschte, *die* würden sich auskennen mit *Drinks*.«

Im Hotel hatte der Portier eine Nachricht für sie. Die Nachricht war von Bernarda Bernapsy. Sie ließ ausrichten, dass der *Harbourt*-Mann im nächsten Herbstprogramm einen Platz für Renés Roman blocken würde, auf Bernapsys Empfehlung hin, falls René mit einer Neuübersetzung durch Bernapsy einverstanden wäre, weshalb die Konferenzleiterin um baldige Rückmeldung bat.

Sie nahmen den Fahrstuhl. Als sie in der neunzehnten Etage ausstiegen und über den übertrieben weichen Teppich des Flurs zu ihrem Zimmer liefen, sagte Emily: »Du solltest dir das überlegen.«

»Das hab ich.«

»Sei ehrlich.«

René steckte ihre elektronische Karte in den Türschlitz und öffnete die Tür.

»Es könnte sein, dass meine Übersetzung nicht so gut ist, wie wir denken.«

René hängte zuerst ihren und dann Emilys Mantel an die Garderobe und sagte: »Hör auf. Es hat nichts mit der Qualität deiner Arbeit zu tun.«

Das Licht der Reklametafeln schickte blaue und rote Schauer durch den Raum.

Emily war ans Fenster getreten. »Jedesmal, wenn ich in New York bin, ist es eine Katastrophe«, sagte sie.

Das Eis auf dem Hudson war rissig. Es war schmutzig, blasig und abgasschwarz. Weihnachten würde laut und voller Fremder sein. Menschenmassen würden sich vor der Tanne am Rockefeller Center drängen. Aus den U-Bahn-Stationen würde warme Herbstluft strömen, in den Schächten lag das Klima immer eine Jahreszeit zurück.

Und auf einmal wollte René hier bleiben. Sie wollte nicht rausgehen, nicht morgen und auch nicht am Weihnachtstag. Sie wollte mit Emily in diesem zugigen Zimmer sein, in diesem überweichen Bett, mit einem selbstgemixten Drink, über dem sie vergaßen, dass der Zugang zum wichtigsten englischsprachigen Markt versperrt war. Sie waren auf Emilys Kontinent, aber sie waren hier nicht länger richtig.

»Weißt du, woran die Konsulin mich erinnert hat«, sagte Emily nach einer Weile, »mit ihrem heimatlosen Museum?«

René schüttelte den Kopf.

»An diese Bäume. Die Sequoias. Ich hatte sie genau vor Augen. Es war seltsam, sie waren auf einmal ganz deutlich. Die schwebenden Riesen, die keine Verankerung brauchen. Trotz ihrer Größe wirken sie schwerelos. Wie abgehoben vom Boden.«

Emily hatte früher einmal solche Bäume gesehen oder

zu sehen geglaubt, an der Westküste der USA, in einem Leben, von dem René nicht viel wusste. Emily redete nicht gern davon.

»Du bist immer noch ein Westküstenmensch«, sagte René.

Emily lächelte. Sie schob ihre Hände in Renés kurzes, dunkles Haar.

»Stimmt«, sagte sie. »Aber wozu sind Wurzeln gut, wenn man sie nicht mitnehmen kann.«

Fiskbutik

Östergarn, Gotland, Schweden

»Für mich kein Fleisch. Wenn es sich vermeiden lässt«, sagte Faye.

»Fisch geht«, sagte Faye zu Sara. »Solange ich ihn nicht angeln muss.«

»Ich halte das nicht aus«, sagte Faye zu Sara, die auf dem Kiesweg der Einfahrt stand. »Diese Tierquälerei, ich bin dafür nicht gemacht.«

Sara stand vor dem Holzhaus, das in leuchtendem Rot gestrichen war, bis auf die weißen Fensterrahmen. Es war das typische Schwedenrot, *Falunröd*, das wegen des hohen Eisengehalts besonders wetterfest war.

Faye sagte: »Fisch ist auf Dauer auch keine Lösung. Der Ostseehering ist verbleit. Und vergesst die Meerestiere des Pazifik. Der Pazifik ist verseucht. Die Radioaktivität, die von Japan aus rübertreibt, hat die Fische verstrahlt. Eine Tragödie, wenn man bedenkt, dass sich diese Katastrophe direkt vor den Türen der besten Sushi-Restaurants ereignet. *Yellow tuna, sea urchin.* Das schmeckt dort wie das Meer selbst. Trotzdem sind wir nicht mehr hingegangen. Das haben wir nicht mehr gemacht, haben es uns einfach nicht mehr erlaubt. Nicht mal ausnahmsweise«, sagte Faye. »Aber in Los Angeles hatten wir auch tausend andere Möglichkeiten, Helen und ich.«

Sara trug den langen, blauen Sommermantel, den sie auch auf der Fahrt getragen hatte. Sie war noch nicht ins Haus gegangen. Sie hatte sich zuerst das Grundstück ansehen wollen, die aus einem Baumstamm gefertigte Bank, das kleine *uthus* mit der Sauna, den Wäscheständer an der Giebelseite, den Wacholder. Sie hatte ein paar wilde Himbeeren abgepflückt, und weil die Fenster im Haus alle offen waren, hatte sie hören können, was Helen und Faye oben vor den Schlafzimmern besprochen hatten.

»Wir entscheiden das gemeinsam«, hatte Helen gesagt. »Wer wo schläft.«

»Falls wir überhaupt schlafen können und nicht von Mücken zerstochen werden.«

»Welches Zimmer und welches Bett.«

»Ich möchte nirgendwo anders schlafen als mit dir«, hatte Faye leise gesagt.

»Das ist kein korrekter Satz.«

»Das ist eine Liebeserklärung.«

»Wir müssen das mit Sara besprechen.«

»Ich bitte dich«, hatte Faye gesagt. »Geht das jetzt schon los?«

Die Entscheidung, an die Ostküste zu fahren, hatten sie gemeinsam getroffen. Die Ostküste war noch nicht touristisch erschlossen. In einer Bucht mit einer Fischräucherei hatten sie ein bezahlbares Ferienhaus gefunden, in dem es zwei Schlafzimmer gab.

»Und wie hast du dir das vorgestellt?«, hatte Faye gefragt. »Möchtest du ein Pow Wow einberufen?«

»An so was hatte ich gedacht.«

In jedem Schlafzimmer stand ein Doppelbett unter der Dachschräge und ein Nachttisch mit einer kleinen Lampe. Einen Kleiderschrank gab es laut der Abbildungen im Prospekt in den Schlafzimmern nicht. Sie würden sich zu dritt die große Kommode in der Diele teilen.

»Was habt ihr gedacht«, hatte Sara von unten gesagt.

»Dass wir verhungern wegen dir!«

Sara war noch nie zuvor verliebt gewesen, jedenfalls nicht in eine Frau. Aber sie wusste, dass Helen ihr in jeder Gestalt hätte begegnen können, in jedem Körper und in jeder Haut. Ihre Stimme hätte sich nicht verändert. Helens Stimme hätte Sara überall wiedererkannt. Sie war tief und ein bisschen kratzig, was von Knötchen auf den Stimmlippen kam.

Sara hatte Himbeeren gepflückt und dann das Barbecue vorgeschlagen. »Oder ist das für den ersten Tag zu anspruchsvoll?«

»Für mich kein Fleisch!«

Die Urlaubswoche würde sie erschöpfen. Es sei denn, sie lenkten sich ab mit Schwimmen, mit Spazierengehen, allein, zu zweit, vielleicht sogar gemeinsam. Sara ging davon aus, dass die Landschaft sich bemerkbar machte, dass das Meer einen mildernden Einfluss auf die Stimmung hatte, auch wenn Faye nicht so optimistisch war. Die Türme eines stillgelegten Kalkwerks säumten den Horizont. Faye hatte auf die Türme gezeigt und darauf hingewiesen, dass ein Teil dieser Landschaft eine Industriebrache war.

Als Sara ins Haus kam, war Faye mit dem Anbringen der Gaze beschäftigt. Sie war groß und kam leicht an die oberen Fensterrahmen.

Helen trug die Koffer nach oben. Sara hängte den Mantel auf und ging hinüber, um Helen beim Tragen zu helfen. Sie bugsierten die Koffer die enge Treppe hinauf, Helen in ihrem ärmellosen T-Shirt, die Arme gebräunt bis knapp unterhalb der Schultern. Die Bräune kam vom Joggen. Sara liebte es, Helen dabei zuzusehen, wenn sie sich die hautenge Laufkluft anzog. Helen sagte immer, dass die feinen Linien in ihren Wangen aber nicht vom Laufen, sondern vom Rotwein kämen, und das erschien Sara wie ein Geheimnis, ein Wissen, in das nur sie beide eingeweiht waren.

In der Diele fasste sie nach Helens Arm, drehte sie zu sich herum. Es war der erste Kuss seit ihrer Begrüßung am Gate in Tegel und der erste richtige nach drei Wochen, in denen sie sich nicht gesehen hatten. Die Lippen waren vertraut. Das Einzige, was diesen Kuss störte, war der Gedanke an Faye, die unten stand.

»Lass uns einen Moment allein haben«, flüsterte Sara. Sie drängte Helen gegen das Fensterbrett, aber Helen hielt Sara zurück.

»Wir müssen erst die Schlafsituation besprechen.«

Sara nahm ihren Koffer aus dem rechten Schlafzimmer und trug ihn wieder vor die Tür.

»Wer will schon schlafen?«, sagte sie so laut, dass auch Faye sie hören konnte.

Sie setzte sich auf den Stuhl in der Diele. Sonne stach durch die Kiefern.

»Eine Woche«, sagte Sara. »Wer weiß, was da alles passiert.«

»Wir werden uns ausruhen, sonnen und schwimmen gehen«, sagte Helen.

»Ja«, sagte Sara. »Aber während wir das tun.«

Helen drängte sich wortlos an ihr vorbei und ging zu Faye hinunter.

Draußen war es still. Es war eine Stille, die vor dem Abend kam. Kein Wind ging, keine Möwe schrie. Die drei Koffer standen wie eine Barriere vor der Treppe. Sie leuchteten im Sonnenlicht auf.

Sara war diejenige von ihnen, die die wenigste Erfahrung hatte. Aber sie hatte das meiste Geld. Das bedeutete nicht, dass sie viel Geld hatte. Sie hatte nur ein festes Einkommen, während Helen und Faye unregelmäßig und manchmal gar nichts verdienten. Faye hatte eine Arbeitserlaubnis, aber keinen Job, gab privaten Englischunterricht, schwarz und in fremden Wohnungen. Helen hielt sich mit Web-Aufträgen über Wasser.

Sara strich mit der Hand über das bemalte Holz der Bauernkommode, die unter der Dachschräge stand. Es war ihr Haus. Es war ihr kleines, rotes Schwedenhaus, und das machte sie stolz. Sie war es, die die Miete in voller Höhe überwiesen hatte. Ihr Name stand auf dem Mietvertrag. Nach so vielen Jahren bestimmte sie allein über ihr Geld und ihre Pläne. Und als die Sonne ihre Augen traf, kam sie zu dem Schluss, dass sie nicht unerfahrener war als Faye, für die Land und Sprache mindestens ebenso neu waren wie für sie die Liebe zu einer Frau.

»Habt ihr euch schon über die Zimmer Gedanken gemacht?«, fragte sie auf dem Weg nach unten.

Faye sah auf. »Dazu brauchen wir ein Komitee.«

»Mit Fahne und Appell und einer Großen Vorsitzenden?«

»Wir müssen es nicht komplizierter machen, als es ist«,

sagte Helen, die sich neben Faye mit der Gaze abmühte. Das tiefstehende Licht leuchtete die Wohnküche aus. Schimmerte auf Helens nackten Armen.

»Es ist nicht kompliziert«, sagte Faye. »Sara findet, wir brauchen eine Vorsitzende, und ich schlage vor, das bist du.«

»Wir könnten mathematisch rangehen. Bei gerechter Aufteilung ergeben sich drei verschiedene Konstellationen für jede Nacht«, sagte Helen. »Oder wir machen es wie ein Volk in der Tundra. Dort heiratet eine Frau auch die Brüder des Ehemanns. Da sind manchmal drei oder mehr Partner im Spiel.«

Sara und Faye sahen sich an.

»Ein Volk in der Tundra«, sagte Sara.

»Ja. Die wechseln sich mit den Nächten ganz selbstverständlich ab.«

»Was hältst du davon, wenn sie den Fisch kaufen geht«, sagte Faye zu Sara. »Vielleicht versteht sie davon mehr.«

Helen ging hinaus, um den Grill vorzubereiten, und Sara half Faye mit den Küchenfenstern. Sie konnten Helen im Geräteschuppen hören. Das Sonnenlicht fiel ohne Glanz in die aufsteigende Dämmerung. Sie brachten zügig die Gaze an, und als sie fertig waren, nahm Sara das Päckchen mit Zigarillos aus der Tasche ihres Sommermantels. Sie trat ans Fenster und zündete sich ein Zigarillo an. Sie konnte Helen sehen, die auf dem Essplatz mit dem Grill hantierte.

»Davon versteht sie was«, sagte sie zu Faye. »Barbecues. Sie macht die besten. Wir haben es auf meinem kleinen Balkon ausprobiert. Die Nachbarn waren genervt. Aber es wurde ein Festessen.«

Helen war die Erste, mit der Sara nackt gewesen war nach den Jahren mit Norman. Abgesehen von der Frau am Stechlin. Aber das zählte nicht. An der Sache am Stechlin war sie nicht beteiligt gewesen. Da hatte sie sich nur verschwommen wahrgenommen, Hitzewellen im Schatten der Buchen.

Mit Helen fühlte sie Scheu. Sie hatte mit ihr auf dem Balkon gesessen, der ihr eigener Balkon war, der Balkon, den sie seit einem Jahr bewohnte, anderthalb mal drei Quadratmeter in einem 30er-Jahre-Bau in einer ruhigen Seitenstraße von Berlin, und sie war sich fremd vorgekommen, fehl am Platz. Der Gedanke, dass Helen sie anfasste, dass sie ihren Körper sah, die Brüste mit sichtbaren Äderchen, den Bauch, die etwas weichen Schenkel, hatte sie nervös gemacht. Aber Helen hatte die Grillkohle angezündet und Sara unbefangen ausgefragt.

Warum die Scheidung? Wieso ein Mann? Wann hatte sie zum ersten Mal eine Frau anziehend gefunden? Wieso hatte sie es nicht schon früher ausprobiert? Keine Gelegenheit? Keine Ausflüge in die Szene?

Die Fragen waren Sara peinlich gewesen. Aber die Aufmerksamkeit war neu, und sie tat gut, und als sie einsilbig geblieben war, hatte Helen einfach weitergeredet. Von den Schwierigkeiten, im Web-Design Fuß zu fassen. Von Aufträgen, die schleppend kamen. Von Faye, dieser großen Liebe. Eine Liebe, die den Gefühlen für Sara nicht in die Quere kam, weil sie mit Sara eine andere wurde.

Faye war nicht die erste Amerikanerin in Berlin, die Sara kannte. In den letzten Jahren war die Stadt vor Amerikanern aus den Nähten geplatzt, Coffeeshops entstanden, die Mietpreise stiegen, dann kamen Schweden, Dänen, Finnen, Holländer, Engländer, alle wollten Wohnungen, alle kauften Wohnungen. Aber Sara war als Untermieterin des Vormieters in die Wohnung gezogen, der ebenfalls zur Untermiete dort gewohnt hatte. Der Mietvertrag reichte in eine so ferne Vorzeit zurück, dass nichts zu befürchten war. Einer dieser Amerikanerinnen hatte Sara geholfen, Emily, die Stil hatte, die sich zu kleiden wusste, obwohl sie nur auf Flohmärkte ging. Jetzt wohnte sie eine Querstraße weiter und begann, sich als literarische Übersetzerin einen Namen zu machen. Wie so viele hatte auch Emily anfangs zu denen gehört, die noch spätabends aufbrachen, weil irgendwo in der Stadt ein Unternehmer saß, der seinen Vierzehnstundentag mit einem Englisch-Crashkurs krönte, von dem er sich die Erschließung neuer Geschäftsfelder in Indien versprach. Manchmal war sie wütend bei Sara aufgekreuzt, weil sie wieder nur die Hälfte des vereinbarten Honorars bekommen hatte von Leuten, die in der Not anderer ihren Vorteil sahen.

Sara blies den Rauch durch die Gaze, die wie straffe Haut zwischen ihr und dem Abend hing. Sie war gut vorbereitet, dachte sie, was das Amerikanische betraf.

Faye trat neben sie, und sie sahen beide zu Helen hinaus.

»Wenn ich sie nicht in meiner Nähe habe, mache ich mir Sorgen«, sagte Faye.

»Warum?«

»Ich habe Angst, sie könnte verlorengehen.«

»Sie ist erwachsen.«

»Findest du?« Faye lachte. Dann sagte sie: »Sobald sie nicht an meiner Seite ist, denke ich, sie ist weg.«

»Sieht mir nicht danach aus, als würde sie sich so schnell in Luft auflösen«, sagte Sara. »Sie hat noch viel mit uns vor.«

Faye blieb ernst. »Das kannst du nie wissen. Auch du nicht. Sie könnte einfach gehen. Von einem Tag auf den anderen. Ohne irgendwem eine Nachricht zu hinterlassen.«

»Sie liebt dich«, sagte Sara langsam. »Warum sollte sie das tun?«

»*Never mind*. Ich habe zu viele Filme gesehen.«

Nach einer Weile sagte Sara: »Es ist mir egal, wo ihr schlaft, Faye. Ihr teilt euch ein Zimmer. Ich nehme das andere.« Der Zigarillo glühte auf. Und weil kein Wind ging, hing der Rauch eine Weile vor dem Fenster in der Luft. »Wir haben das Haus nicht gemietet, um daraus ein Problem zu machen.«

»Du hast es gemietet«, sagte Faye. »Also such du dir ein Zimmer aus.«

Sie schauten hinaus, wo Helen damit beschäftigt war, die Asche aus dem Grill zu leeren. In der einen Hand hielt sie die Schaufel, mit der anderen strich sie sich das Haar aus dem Gesicht. Ihre Brüste drückten gegen das T-Shirt. Die Brustspitzen waren hart. Sara sah weg und wurde rot. Faye stand so dicht neben ihr, ihr Arm, der sie beinahe berührte. Auch Faye schaute dorthin, auf die Brüste im T-Shirt.

Ihr Blick war der gleiche. Sie begehrten dieselbe Frau. Sie spürten im selben Augenblick dasselbe aufschießende Verlangen. Ein Verlangen, das identisch war, obwohl es ausgelöst wurde in zwei verschiedenen Körpern. Das tat weh. Und dann auch wieder nicht. Wenn man sich den Schmerz vergegenwärtigte, dachte Sara, wenn man ihn an sich heranließ und dann freigab, war es eher so, wie eine Verbündete zu haben.

»Wir sollten sie nicht allein gehen lassen«, sagte sie. »Fisch kaufen, meine ich.«

Damals auf dem Balkon, bei ihrem ersten Barbecue, hatte sie mit Helen am Grill gesessen, bis es dunkel geworden war. Jugendliche hatten den Spielplatz zwischen den Wohnblöcken zerlegt, im Stockwerk über ihnen lief eine Waschmaschine. Es war kühl geworden, und sie waren hineingegangen. Sie hatten kein Licht gemacht. Sie hatten sich ausgezogen und geliebt, so einfach war das gewesen.

»Geh du mit«, sagte Faye.

Sie verließen das Fenster, das jetzt nur noch eine schwarze Fläche war, und Sara ging zu Helen hinaus.

»Sie begleitet dich«, rief Faye von drinnen.

»Vertragt ihr euch nicht?«

»Uns geht's prima«, sagte Sara. »Solange du uns nicht in die Quere kommst.«

Den Tipp mit der Ostküste hatte Sara von einer ehemaligen Arbeitskollegin, die in Visby eine Dachwohnung besaß. Als Rentnerin konnte sie überall leben, und so hatte sie ihr Erspartes in eine Wohnung auf Gotland gesteckt, in eine Immobilie, was in diesen Zeiten das Sicherste war. Gotland war noch sicherer, weil die Insel im Gegensatz zum Festland nicht an Boden verlor, sondern sich jedes Jahr einige Zentimeter aus der Ostsee hob. Besonders auf Faye hatte das Eindruck gemacht.

Vor der Fischräucherei hingen Netze zum Trocknen aus. Eine verwitterte Bank diente als Essplatz. Man konnte die Mole sehen, und Sara bekam Lust, eine Tüte geräucherter Krabben zu kaufen, das rosige Fleisch aus den Schalen zu puhlen, gleich hier, ein niedrigprozentiges Bier zu trinken, die Finger voll Rogen, denn es war die Zeit, in der die Krabben laichten.

In der Sonne war es noch warm. Sara zog ihren Mantel aus. Sie setzte sich auf die Bank, öffnete die oberen Knöpfe ihrer Bluse und hielt mit geschlossenen Augen ihr Dekolleté ins schwindende Licht.

»Du traust dich was«, sagte Helen.

Der Wind vermischte den Geruch nach geräuchertem Fisch mit den Gerüchen nach Algen, Salzwasser und Schlick.

»Ich könnte ein Fremder sein.«

»Dann wärst du mein Fremder.«

Sarah machte die Augen nicht auf, blinzelte aber, als sie Helens Hände an den Schultern spürte. Helen setzte sich rittlings auf ihre Oberschenkel und küsste das schmale Tal zwischen den Brüsten.

»Außerdem gibt's hier keine Fremden«, sagte Sara schläfrig, »außer der Lady von der *Fiskbutik*.«

»Wieso ist sie eine Lady?«

»Lady und Aussteigerin«, sagte Sara. »Obwohl ihr Image angeblich nicht dem einer Lady entspricht.«

Unter den Insulanern galt sie als schweigsam. Sie schaufelte die geräucherten Krabben wortlos in die Papiertüten, ohne zu fragen, ob die Menge so recht war. Sommergäste kamen selten wieder. Aber in ihrer *Fiskbutik* verkaufte sie manchmal Ostseelachs. Das Fleisch der Ostseelachse war hell und sahnig, nicht rot und fest wie das der in Norwegen gezüchteten Atlantiklachse. Ostseelachse leben wild. Für sie galt ein strenges Fangverbot, weshalb nur diejenigen von dem Angebot wussten, die das ganze Jahr über auf Gotland wohnten, und dass sie jetzt dazugehörten, machte Sara stolz.

Ein Jeep fuhr auf den Parkplatz. Der aufgewirbelte Kalkstaub versenkte die Fischerhütte in einer weißen Wolke.

»Und der da?«, fragte Helen und sah zu dem Mann, der aus dem Jeep stieg. Er trug eine der gotländischen Lammfellwesten.

»Erik!« Eine Frau erschien in der Tür.

Vielleicht war sie das, die Aussteigerin, dachte Sara, die früher in der Forschung gewesen sein sollte, der Ontologie oder der Ornithologie, das eine wie das andere wurde behauptet. Der Mann ging auf sie zu, strich ihr eine Strähne aus der Stirn, strich liebevoll durchs ausgebleichte Blond. Er war jünger als sie, viel jünger, dachte Sara, aber sie sahen gut aus zusammen, leicht, nicht festgelegt auf eine ferne Ewigkeit.

»Was ist?«, fragte Helen, »verliebst du dich gerade in den?«

Sara lächelte. Sie streichelte Helens Wange. Das Licht fiel jetzt streifig über das Wasser, und sie merkte, dass sie glücklich war. Glücklich und angekommen in der Gegenwart, im Moment, nachdem jahrelang alles so dahingegangen war. Nachdem es nie besonders darauf angekommen war, sie hatte weitergemacht, und wenn es nicht weiterging, war sie schwimmen gegangen. Und auf einmal kam es darauf an, sehr sogar, alles hatte Bedeutung, jeder Tag, jede Sekunde, und in diesem Augenblick, dachte Sara, hatte sie Helens ganze, ungeteilte Aufmerksamkeit.

»Manchmal wäre ich gern auf eurer Seite.«

»Niemand ist gegen dich.«

»Trotzdem«, sagte Helen. »Ich würde gern mal tauschen. Vorhin zum Beispiel. Wie war das, gemeinsam mit Faye hinter der Gaze zu stehen?«

»Sei nicht naiv.«

»Ich könnte genauso gut an deiner Stelle sein. Oder an ihrer.«

Sara hob Helens Kopf an, legte ihre Hand um Helens Kinn. Hielt ihr Kinn fest.

»Jetzt bist du hier.«

Sie strich ihr langsam mit dem Daumen über die Lippen. Beim Küssen war der Tabak zu schmecken.

Es machte sie glücklich, Helens Körper zu spüren, der sich spannte, die kratzige Stimme zu hören, als sie ihr die Jeans öffnete, verborgen vor den Blicken vom Parkplatz, und Helen einsackte auf ihrem Schoß, sich schwankend auf den Oberschenkeln hielt. Und obwohl die Haltung auf der Bank unbequem wurde mit Helens Gewicht auf den Beinen, blieb Sara so. Noch immer konnte sie sich selbst manchmal nicht trauen, nicht ganz. Sah sich ungläubig zu, weil ihr der Verdacht kam, nur irrtümlich Auslöser einer solchen Hingabe zu sein.

Die Ostsee schlug krachend an die Molenwand. Wasser sprühte über den Beton, und in der plötzlichen Kälte kauerte sich Helen zusammen.

Der Mann kehrte mit einem Handwagen zurück. Kühltaschen und Frischhalteboxen standen darauf, und er lud sie ins Auto, das weiß war vom Kalk. Nur auf der Windschutzscheibe hatten die Scheibenwischer zwei dunkle Flächen freigelegt.

»Wenn mich nicht alles täuscht, verschachern die gerade illegal Ostseelachs.«

Sie saßen noch einen Moment nebeneinander in der Restwärme, die zwischen ihren Körpern war.

»Wir müssen los«, sagte Helen. »Faye denkt sonst, ein Tsunami hat uns weggewischt.«

In der *Fiskbutik* standen Eimer mit geräucherten Krabben. Frischfisch lag auf Eisblöcken in der Kühltheke. Bis auf einen Schweden waren sie die einzigen Kunden in dem kleinen gekachelten Raum. Der Schwede schimpfte. Vielleicht wollte er Ostseelachs und bekam keinen. Er stritt mit der Besitzerin, dann mit diesem Erik, der mit dem Ausspülen von Kühlboxen beschäftigt war. In der Theke lag nur *färsk lax* vom Atlantik. Der Mann riss einige Gläser mit eingelegtem Hering um. Da drehte Erik den Wasserhahn ab und sagte ruhig zu ihm: »*Fuck* your mother.«

»*Vad?*«

Sie hatten auf Schwedisch gestritten, aber nachdem Erik ins Englische gewechselt hatte, wurde es still. Sie sahen sich an, seine Frau oder Freundin hinter der Fischtheke und er, der an den Spülbecken stand. Der Kunde war rot angelaufen. Dann schob Erik eine Hand in die Tasche seiner Weste, trat an den wütenden Kunden heran, richtete die Düse des Wasserschlauchs auf ihn und sagte mit Nachdruck: »*Fuck. Your. Mother.*«

Er fing an zu lachen. »*För fan!*« Ein Lachen, das ansteckend war, ein Anfall, *fuckyourmothermotherfucker*, er lachte sich schlapp, *fuckyourmami*, und keiner im Laden sagte was. Unterhalb des Lachens war es totenstill, bis die Besitzerin der *Fiskbutik* ihm ins Gesicht schlug.

»*Dumma tyskar*«, sagte der Schwede. »*Jävlar!*« Er polterte nach draußen.

Erik war schlagartig verstummt. Seine Wange wurde rot. Er rieb sich mit dem Unterarm übers Gesicht.

»*You two*«, sagte die Besitzerin der *Fiskbutik*, die sich als Erste gefangen hatte, zu Helen und Sara, »*what do you want?*«

Der Atlantiklachs war im Angebot. Die Steaks waren klein, und sie nahmen einen *Röding* dazu, ausgenommen und geschuppt, und Sara bezahlte, und die Besitzerin wickelte den Fisch wortlos ein und blickte nicht auf, und Sara traute sich nicht, nach dem geheimnisvollen Ostseelachs zu fragen.

»Was für'n Stress«, sagte Helen, als sie draußen waren.

Sara lief langsam hinter ihr über die Wiese und an den Kiefern vorbei zum Haus. Sie hörte den Knall auf der Wange, sah die verrutschte Lammfellweste, den rohen Schmerz im Gesicht der Frau, und während sie hinter Helen zurückblieb, sah sie das lachende Paar.

»Helen«, sagte sie.

»Was denn?« Helen drehte sich um, ungeduldig jetzt, nervös.

»Nichts. Schon gut.«

Faye war bei der zweiten Flasche Bier. Die Holzkohle war durchgeglüht. Wegen der Mücken saß sie nah am Grill.

»Wir wollten dich überraschen«, sagte Helen. »Aber der Ostseelachs war aus.«

Sara ging hinein, um sich ein Bier zu holen, und nahm auch eines für Helen aus dem Kühlschrank, und dann hielt sie inne. Sie stand einen Moment allein in dem jetzt dunklen Haus.

Draußen legte Helen die Lachssteaks auf den Rost.

»Die Nacht klingt anders hier«, hörte sie Faye sagen. »Sogar die Mücken sind mir fremd. Und ihr habt mir viel Zeit gelassen, das herauszufinden.«

»Wir sind Zeugen einer leidenschaftlichen Szene geworden«, sagte Helen. »Da war dieser Typ, dem hat die Lady von der *Fiskbutik* –«

»Zweifellos.« Faye sah Helen über den Grill hinweg an.

Sara öffnete ihr Bier, und als sie einen Schluck nahm, spürte sie, wie hungrig sie war. Sie war matt und angespannt. Aber immer noch war sie im Moment, immer noch da, wo sie sein wollte. Helen und Faye, das war von Anfang an so gewesen. Darauf hatte sie sich eingestellt. In diese Liebe war sie hineingeraten, hatte sich *hineingefuchst*, wie man so sagte.

Verschwommen durch die Gaze nahm sie Helen wahr, die um den Grill herum auf Faye zuging. Sie sah, wie Helen sich hinunterbeugte und Faye einen Kuss gab. Das hatte sie noch nie vor Saras Augen getan. Sara kam der Gedanke, dass es richtig war, das Einzige, was sie in dieser Woche der Erschöpfung entgegensetzen konnten, nicht die Ostsee oder den Strand mit einem stillgelegten Kalkwerk am Horizont.

»Küsst du Sara auch so?«, fragte Faye und drehte ihren Kopf weg. Der Schein der Außenbeleuchtung fiel auf ihr Gesicht, feine Züge, geschwungene Brauen, sie zupfte sie, benutzte einen Augenbrauenstift, war eben doch Amerikanerin.

»Und schläfst du bei ihr auch sofort danach ein?«

Sara gab sich einen Ruck und ging hinaus. Sie stellte das Bier auf die Bank, ging zum Grill und wendete die Lachssteaks. Dann nahm sie sie vom Rost.

»Fangt an«, sagte sie ruhig und hielt beiden einen Teller hin.

»Bisher hielt ich das für ein männliches Phänomen«, sagte Faye zu Sara und nahm ihr den Teller ab. »Das komatöse Einschlafen nach dem Sex. Du nicht?«

»Ein Mythos«, sagte Sara, »auf den man sich irgendwann eingeschossen hat.«

»Dein Mann etwa nicht?« Faye betrachtete den Lachs, dessen Fleisch sich durch die Hitze entfärbt hatte. »Helen schläft sofort ein. Sie schläft, und ich liege da und schaue mir diese schlafende Pflanze an. Früher hat mich das geärgert. Jetzt nicht mehr. Der Ärger hat irgendwie an Bedeutung verloren.«

»Ich schlafe in ihrem Schlaf«, sagte Sara leise.

Faye nickte. »Wenn nichts mehr hilft, hilft immer noch die Poesie.«

»Bisher ist doch alles super gelaufen«, sagte Helen. »Also lasst uns da weitermachen«, sagte sie euphorisch. »Stoßen wir an!«

»Unsere kleine Idealistin«, sagte Faye. »Sie ist im Osten groß geworden. Der Osten ist untergegangen. Aber sie hat immer noch nicht aufgehört zu idealisieren.«

Sara setzte sich ans Ende der Bank. Der Fisch schmeckte nach Grillanzünder und Meer.

»In einer Zeit, in der sich niemand mehr gedankliche *Exits* leisten kann, hat sie Utopien im Kopf.«

»Warum zeigst du's ihr nicht, Helen?«, fragte Sara. »Zeig Faye, wie du mich küsst.«

»Bloß nicht«, sagte Faye.

»Küss Faye, als wäre sie ich.«

Helen stand immer noch da mit ihrem Teller in der Hand. Sie stand so, dass die Glut aus dem Grill sie von unten beleuchtete, und starrte Sara an, aber weil ihre Augen im Dunkeln lagen, war der Ausdruck darin nicht zu erkennen.

»Bloß keine Vergleiche.« Faye war aufgestanden. »Da verlierst du genauso wie ich, Sara. Da verlieren wir beide.«

Helen ließ den Teller los. Sie ließ ihn einfach zu Boden fallen, Grasboden, kalkhaltiger Lehm.

Sie stellte sich Faye in den Weg. Sie fasste nach Fayes Kinn, nahm Fayes Kinn fest in den Griff. Sie tat es so, dass Sara alles genau sehen konnte, Helen benutzte dieselbe Geste, die sie an Sara liebte, wenn Sara ihr das Kinn festhielt.

Es war eine geborgte Berührung, und Faye wischte sie weg. »Der Fisch war viel zu teuer, um ihn runterzuwerfen, Sara, nicht?«

Sara stellte ihren Teller auf die Bank. Sie war auf einmal erschöpft. »Wisst ihr was? Ich geh ans Wasser. Ich brauche Luft.«

»Die Frau mit dem Geld verlässt uns«, sagte Faye hinter Sara her.

Die Nacht hatte ein tiefes nördliches Blau.

Der Himmel wurde im Sommer nie dunkel, nie war er ganz schwarz. Die Grillen waren sehr laut, und in der Ferne war der Mond über dem Hafen zu sehen, und als Sara auf den Mond zulief, spürte sie eine Härte, eine plötzliche Steifheit der Glieder.

»Ich halte es für keine so schlechte Idee, jemanden mit einem festen Job ins Boot zu holen«, hörte sie Faye hinter sich sagen. »Angesichts der miserablen finanziellen Lage, in der nicht nur wir uns, sondern halb Europa sich befindet und die noch lange anhalten wird, könnte es eines Tages generell vernünftig sein, Verbindungen einzugehen, die mehr als zwei Menschen betreffen. Zum Zwecke gegenseitiger Unterstützung. Jedenfalls ist das ein Argument, das für Helen verstärkend hinzukommt zu ihren Gefühlen, ihrem Begehren, ihrem Glück.«

Sara hatte den Kiesweg der Einfahrt erreicht. Irgendwo dahinter lagen die Bucht und die *Fiskbutik*.

»Ich hatte nicht das Gefühl, ausgebeutet zu werden«, sagte sie tonlos. »Ich habe mich nicht ausgebeutet gefühlt.«

Als sie sich umdrehte, standen Helen und Faye in voller Beleuchtung unter der Lampe am Haus.

Sara sah die beiden Frauen im Licht; die große, elegante Amerikanerin und die sportliche, schlanke Frau mit der kratzigen Stimme, die sie so liebte. Ihr ging ein seltsamer Gedanke durch den Kopf. Wenn zwei gemeinsam in die gleiche Richtung blickten, konnte nur eine Dritte sehen, was in deren Rücken geschah.

»Bisher habe ich mich nicht ausgebeutet gefühlt«, sagte sie noch einmal, laut jetzt, während sie langsam zurücklief. »Ihr scheint nicht mal zu wissen, was ich verdiene.«

»Nein«, sagte Faye. »Das hat Helen vergessen zu sagen.«

»Zweitausendfünfhundert Euro netto im Monat. Und davon gehen Strom und Miete ab, das Internet, die Kfz-Steuer, eine Zahnarztzusatzversicherung und mein Beitrag für die Tabakindustrie.«

»Hört auf«, sagte Helen. »Es war doch alles okay.«

Darauf sagte niemand was.

»Was habt ihr vorhin gemacht«, fragte Faye dann, »als ihr Fisch kaufen wart?«

»Wir haben Fisch gekauft«, sagte Helen.

»Und was noch?«

»Das weißt du doch«, sagte Sara.

»Ja«, sagte Faye leise. »Natürlich weiß ich das.«

Sie trugen die leeren Bierflaschen und die Fischreste ins Haus. Sie sammelten die Scherben ein, sie trennten den Müll, wie es vorgeschrieben war, und stellten das benutzte Geschirr in die Spülmaschine. Helen holte eine Decke. Sie setzten sich auf die Bank an der Hauswand. Das Holz war noch warm.

Grillen waren zu hören, das Rascheln der Himbeerblätter, das Knistern, mit dem die Glut im Grill zerfiel. Hatte Faye zuvor Bedenken wegen der Mücken gehabt, waren sie jetzt zerstreut. Um diese Uhrzeit gab es keine Mücken mehr.

»Ich habe mich noch nie auf anderer Leute Geld verlassen«, sagte Faye irgendwann. »So lange ich denken kann, habe ich mein Geld selbst verdient.«

Sie saßen zu dritt unter der Decke, und Sara spürte, wie die Steifheit aus ihren Gliedern verschwand.

»Ich war sogar mal Kartenabreißerin im Kino«, sagte Faye. »Ich fuhr mit dem Bus durch halb Los Angeles, verrücktes, kleines Mädchen ohne Orientierungssinn. Natürlich landete ich jedes zweite Mal auf einem *parking-lot* in Downtown, wusste nicht, wo ich war, und jemand musste mich einsammeln. Natürlich gab das meiner Mutter kein gutes Gefühl. Es passierten ja ständig schreckliche Sachen, Mädchen, die als Leiche irgendwo in den San Bernardinos wiedergefunden wurden, nachdem ihnen ein Fremder Haschkekse geschenkt hatte. Aber Haschkekse waren ordinär, wir lachten darüber. Wer nimmt schon Haschkekse von Fremden an? Ihr ungutes Gefühl – Sorge war das nicht, Sorge würde schon zu weit gehen – hat sie in ihrem Desinteresse allerdings nicht gestört. Hat sie nicht mal entfernt beschäftigt. Ihr herrliches, überschwängliches Desinteresse. Sie konnte nicht mal mit ihrer Tochter abendessen. Keine große Sache, würde man meinen, wo sie die ganze Zeit zu Hause war, aber *no* Interesse, *zero, nada*, absolut keins. Schon damals habe ich mich von niemandem abhängig gemacht.«

»Du musst dich nicht rechtfertigen«, sagte Helen.

»Mag schon sein, dass ich eine Nutznießerin gewesen bin. Aber nur die Nutznießerin eines Images. Ein Image, das von außen kam, von dort, wo man nicht den ganzen Tag Rasenflächen besprengte, wo es keinen Rasen gab«, sagte Faye. »Das Image tragen immer andere an einen heran.«

»Sara hat dir keinen Vorwurf gemacht!«

»Sei still, Süße«, sagte Sara, »und hör zu.«

»Aus meiner Sicht«, sagte Faye, »sah das Image anders aus. Die Leute mit dem richtigen Geld wohnten auf der anderen Seite des Boulevards. Leute, für die der Unterschied zwischen hundert und tausend Dollar nichts weiter war als eine Null. Die das auch zum Ausdruck brachten. Wenn du für einen Milchshake fünfhundert Dollar zahlst, willst du, dass jemand das weiß. Da willst du was rausschlagen. Die Neidskala ist nach oben hin offen. Bankerfamilien wohnten da, Wassermultis, Profiteure im Ölgeschäft, die alles haben konnten. Wurden ganz schön schweinisch. Glaubt's mir«, sagte Faye. »Nicht, dass das abfärbt. Ich habe nur immer so gelebt, als *hätte* ich ein Polster. Nie knapp bei Kasse. Ich musste mich nicht einmal anstrengen. Das haftet einem an, die richtige Haltung, das Aussehen, wie Haut. Du brauchst exzellente Garderobe, aber nur eine Garnitur, und die musst du nicht einmal kaufen. Die nimmst du auf Probe mit, weil man dich kennt, du trägst sie eine Weile und tauschst sie um. Wenn du so aufgewachsen bist wie ich«, sagte Faye, »kapierst du früh, dass das ganze Leben eine erweiterte Ausleihe ist. Und dann kommt jemand wie du«, sagte Faye zu Helen. »Die Kleine aus dem Sozialismus, mit ihren Idealisierungen, ihren Utopien. Erstaunlich, dass sie dir das nicht abgewöhnt haben«, sagte sie. »Dass sie's dir nicht versaut haben.«

»Nicht alles wurde versaut, wenn man im Osten aufgewachsen ist«, sagte Sara.

»Ich erinnere mich, dass ich dir eine Creme schenkte«, sagte Faye zu Helen. »Ich machte dir ein Geschenk an deinem dreißigsten Geburtstag, den du in L. A. gefeiert hast, weißt du noch? Ich erzählte dir, ich hätte die Creme in einem Spezialgeschäft in Santa Barbara gekauft. In Wirklichkeit war es die Probe einer Neuentwicklung, die ich bei Barneys bekommen hatte. Kostenlos. Und auf einmal schämte ich mich dafür.«

»Barneys?«, sagte Sara.

»Wir haben schon einiges durchgemacht, du und ich«, sagte Faye zu Helen.

»Barneys«, sagte Sara, »davon hat mir doch neulich erst jemand –« Sie spürte Helens Hand, die sich unter der Decke auf ihren Oberschenkel legte.

»Das mit der Creme weiß ich.«

Faye nickte.

»Jedenfalls«, sagte sie zu Sara, »habe ich mich noch nie auf anderer Leute Geld verlassen. Falls Helen dir etwas anderes erzählt hat, glaub es nicht.«

Helen hielt ihre Hand jetzt still.

»Keine Sorge«, sagte Sara. Sie nahm die Zigarillos aus der Manteltasche. Es waren nur noch zwei im Päckchen, und sie zündete sich das vorletzte an.

»Was soll ich denn erzählt haben?«

Sara musste lächeln. Die Anspannung war ganz von ihr abgefallen, vielleicht war es Helens Eifer, der dafür gesorgt hatte, ihre unermüdliche Euphorie.

Sara rauchte, und nach einer Weile musste sie an ihre eigene Euphorie denken, damals in den neunziger Jahren, als sie Norman nach Neuruppin gefolgt war, in Aufbruchstimmung, euphorisch verliebt. Das lachende Paar.

»Ich stand auch mal ohne Job da«, sagte sie.

Sie spürte die angenehme Taubheit vom Tabak auf der Zunge und fing an, zu erzählen, von den Neunzigern, als jedes Haus saniert wurde und es an jeder Ecke Partys gab und über den Einschusslöchern in den Fassaden die verheißungsvollen Slogans der besseren Welt klebten, der sie gerade beigetreten waren.

»Ich dachte, ich hätte Glück gehabt. Alle wanderten aus Neuruppin ab, aber ich bekam ein Vorstellungsgespräch bei der Ostdependance einer großen westdeutschen Firma. Die hatten ordentlich staatliche Fördergelder kassiert. Mein erster Job als Elektronikingenieurin nach dem Studium! Als ich reinkomme, steht der Chef auf und setzt sich gleich wieder hin. Lässt sich auf seinen superweich gepolsterten Chefsessel fallen, ohne mich etwas zu fragen oder sich meine Zeugnisse anzusehen. Sieht aus dem Fenster. Sagt: Ich stelle nur Frauen ein, die kleiner sind als ich. Es geht ja hier um einen technischen Beruf.«

Im Haus machte Sara kein Licht. Sie stieg im Dunkeln die Treppen hoch. Sie öffnete das Fenster in der Diele und konnte die Stimmen hören, die ruhige, helle von Faye und die rauhe von Helen.

Sie nahm ihren Koffer und stellte ihn in das rechte Schlafzimmer, dorthin, wo er am Nachmittag schon einmal gestanden hatte.

Sie hatte das Zimmer für sich allein.

Der Kirschbaum am Ende des Gartens

Warnemünde, Mecklenburg, Deutschland

Es ist Abend geworden.

Sterne sind da, wie Pfropfen in den Himmel gestopft, und Musik. Die Töne ziehen leise über die Terrasse. Es gibt Bier, aber sie haben noch nichts getrunken. Sie sitzen da, der Steintisch ist kühl. Sie lehnt ihre Handflächen dagegen, und als sie sie wieder wegnimmt, spürt sie die Wärme der Luft, als würde sie ihre Hände an eine Wange legen.

Der Abend ist ein Abend wie jeder. Ein paar Rituale der Vögel im Kirschbaum. Hin und wieder klatscht Katt in die Hände, dann flattert es im Geäst, und einige Blätter fallen auf den Rasen. Es ist dunkel geworden, die Vögel sind verstummt. Sie steht auf und füllt die Schale mit Salzstangen. Sie nimmt sie gebündelt aus der Tüte und lässt sie langsam aus der geschlossenen Hand rutschen, so dass sie einzeln auf den Boden der Schale klackern.

»Bin gleich fertig«, sagt er und streckt sein Gesicht zu ihr hoch, als sie hinter ihm vorbeigeht. Sie bleibt stehen und beugt sich vor. Er gibt ihr einen Kuss, und sie muss daran denken, wie oft Katt ihr in den vergangenen sechzig Tagen gesagt hat, er wäre von ihr wie von einer Rose am Wegrand geküsst worden.

Es ist ein klarer Abend mit einem Mondgewächs an der Spitze des Kirschbaums. Sie bleibt hinter seinem Rücken stehen und sieht dem Mond beim Aufgehen zu. Er lässt sich Zeit.

Wegen des Kirschbaumes hatten sie sich für diesen Ferienbungalow unter allen ehemaligen FDGB-Bungalows in Warnemünde entschieden, obwohl die Zeit der Kirschen längst vorbei war.

Sie konzentriert sich, um das Meer zu hören, aber es ist still, bis auf die Grillen im Gras und das Kratzen seines Stiftes auf dem Papier. Sie geht um ihn herum und setzt sich wieder auf den Gartenstuhl nah an der Hauswand. Dahin kehrt auch Strawinsky zurück, der *Feuervogel*, den sie auf *repeat* gestellt hat vorhin. Er hat sie gefragt, was sie heute Abend gern hören möchte, und sie hat gesagt, Strawinsky.

Über Strawinsky hatten sie sich vor sechzig Tagen kennengelernt. Sie standen am Spreeufer, Musik drang aus einer nahe gelegenen Bar. Sie hatte ihm vom *Feuervogel* erzählt, ihrem Lieblingsstück. Er trug eine Jeansweste, fast weiße Haare stachen wirr vom Kopf ab in die Luft. Es war dieses Haar, das ihr sofort gefallen hatte, sein silbriges, helles Haar und das sommersprossige Gesicht. Nach dem Vortrag, in dem es um Fragen zur Stadtplanung in den neuen Bundesländern gegangen war, hatte sie sich bemüht, dicht neben ihm aus dem Saal zu gehen. Sie waren zusammen ans Ufer gelaufen. Auf vierzig hatte sie ihn geschätzt und lag nur zwei Jahre daneben. Sie lehnten an der Spreebrüstung, und Lichter flossen vorbei, und von Strawinsky kamen sie irgendwann auf sein Lieblingsthema, die Archäologie, zu sprechen.

Er erzählte ihr von seinen Reisen, von Ausgrabungsstätten im Norden. Er hatte eine Schwäche für den Norden. Er war oft nach Skandinavien gefahren, zu Gräbern in Nordnorwegen oder Schweden, Runengräber, die sich an den Ufern schwedischer Seen befanden, moosbewachsene Steinberge die meisten, viele noch nicht untersucht. Er hatte es dort gemocht. Die Weite, die Ruhe, die Naturbelassenheit. Die Runengräber hatten sich in einem Seengebiet befunden, das von Kanuten befahren war, und er und seine Mitstreiter hatten auf Kanurastplätzen mit sorgfältig eingerichteten Feuerstellen gecampt. Ganze Sommer waren über solchen Ausgrabungen verstrichen. Aber dann, sagte Katt, hatte er keinen Nerv mehr dafür gehabt, hatte einfach die Geduld nicht mehr aufgebracht. Eines Tages war er nicht mehr dorthingefahren, hatte damit aufgehört, endgültig. Als sie nach dem Grund fragte, zog er sie übergangslos in einen Kuss. Er küsste sie mit einer Leidenschaft, die sich nicht wiederholen würde, was sie damals nicht wusste. Irgendwann sah er auf die Uhr. »Tut mir leid«, sagte er. »Aber da ist noch Arbeit liegengeblieben.«

»Ja«, sagte sie. »Das macht doch nichts.«

Seine Ernsthaftigkeit hatte sie berührt und das Pathos, mit dem er sich vor dem Abschied ihre Telefonnummer aufs Handgelenk schrieb.

Sie sieht auf seine Finger, auf die Knöchel, die immer etwas aufgescheuert sind, auf seine Handgelenke, die er mit dünnen Lederbändern in verschiedenen Farben bestückt. Der Ärmel seiner Sommerjacke ist bis zum Ellbogen hochgerutscht. Einmal hat sie seine Hand genommen und ihre Lippen auf die Fingerknöchel gelegt und leicht an ihnen gesaugt. Er lachte und sagte, das hätte noch keine gemacht. Noch niemand.

Sie lehnt den Kopf zurück an die Lehne des Liegestuhls. Der Feuervogel schwingt sich zu großer Höhe auf. In den Pausen hört sie die Grillen im Gras und das Rascheln der Seiten.

Wenn Katt mit der Arbeit fertig ist, sortiert er gedankenverloren die Blätter, bis sie ihm eine Brücke baut mit einer Berührung oder einem Wort, das ihn zurückholt auf die Terrasse, an den Steintisch, zu ihr.

Ein Salzkorn ist an ihren Lippen hängen geblieben. Sie zerknirscht es zwischen den Zähnen. Katt sieht auf. Er streckt seine Hand aus, beugt sich über den Tisch und streicht ihr mit angewinkeltem Zeigefinger über die Wange. »Alles in Ordnung?«

Sie lächelt und denkt an Sternschnuppen im August. Er nickt. Für ihn geht es weiter. Sechzig Tage und ein Abend, die er am Laptop und über Papieren verbringt, die mit seiner akkuraten Handschrift gefüllt sind. Die kleinen »i« tragen einen Kreis. Sobald er die Seiten abgetippt hat, verschnürt er sie mit einem Gummi und verstaut sie in einer Bananenkiste. Die Kiste steht neben seinem Bett.

Sie hat die letzten Tage am Strand hinter dem Windschutz verbracht. Das Knattern der Stoffbahn mischte sich mit dem Geräusch der Wellen, mit Kindergeschrei und Wind. Hin und wieder ist sie ins Wasser gegangen, hat lange Zeit im Flachen gelegen, auf den Rücken gedreht, die Arme aufgestützt auf dem welligen Grund. Das Wasser war warm, und erst, als ein paar Jungs anfingen, sich in ihrer Nähe mit Sand zu bewerfen, stand sie auf.

Ob er nicht mitkommen wolle, hat sie ihn morgens gefragt, und er zog überrascht die Brauen hoch. Die Papiere hielt er wie schützend vor der Brust und machte eine Bemerkung über das langsame Internet an der Küste.

Spätnachmittags kam er zu ihr an den Strand, um sie abzuholen. Ins Wasser ging er nicht. Der Wind war zu kalt oder es war ihm zu mühsam, sich auszuziehen, oder es gab zu viele Quallen im Wasser. Er redete nicht von dem, was er gearbeitet hatte. Sie redeten über den sonnigen Tag, über die Kinder, die Kleckerburgen bauten, über sich selbst beim Kleckerburgenbauen als Kinder. Zweimal hatte sie ihm vorgeschlagen, ein Kajak zu mieten und in Sichtweite des Ufers in den nächsten Ort zu paddeln oder eine Wanderung zu unternehmen, und er hatte gesagt, das sei eine gute Idee, aber nicht heute.

»Wie schön es hier ist«, sagte er und stand in flatterndem Hemd vor dem Himmel, der sich immer höher spannte, als sie es sich vorstellen konnte, und sie dachte an einen dem ersten vergleichbaren Kuss. Er schaute aufs Meer, und das Hemd machte einen Buckel auf seinem Rücken. Wenn sie sich hinter ihn stellte und den Buckel mit ihrem Gesicht eindrückte, nahm er ihre Hand, zog sie vor seine Brust und küsste ihren Handrücken.

»Siehst du, wie porös die Ostsee wird, wenn man ganz weit hinausschaut?«, sagte er, und sie nickte, und ihre Nase rieb an seinem Schulterblatt.

Dann kniete er sich in den Sand und begann, die Stoffbahnen des Windschutzes über die Glasfiberstangen zu rollen. Sie stand neben ihm und versuchte, mit den Zehen Sand in die Hosentasche seiner Shorts zu schaufeln.

»Wir könnten Wein holen und bleiben, bis es dunkel ist.«

»Ich muss noch was tun«, sagte er. »Das geht nicht am Strand.«

Das war der Wendepunkt der Gespräche. Danach sagte sie nichts mehr, sah ihm zu und wartete, bis er die Stangen in den orangefarbenen Stoff gewickelt hatte, und dann stapften sie durch den Sand, der schon ein bisschen feucht war und schwer zu treten. An den Steinplatten, die durch die Dünen führten, legte er ihr manchmal den Arm um die Schultern.

»Du bist hinreißend«, sagte er. Und sie sah, wie das Meer aus seinem Nacken floss, und dass es weit draußen wirklich porös war und keine Ähnlichkeit mehr mit Wasser hatte.

Sie hängte ihre Badesachen über die Leine am Haus, während er den Grill anwarf. Sein Körper wurde von den tief hängenden Ästen des Kirschbaums in einzelne Teile zerlegt. Die Arme wurden vom Rumpf getrennt, sein Rücken wirkte zerstückelt, der Kopf schwebte wie von selbst in der Luft. Und das erschien ihr logisch. Das erschien ihr wie ein aussagekräftiges Bild. Es war, als müsste sie ihn sich erst auf die richtige Art zusammensetzen.

»Wie war das eigentlich bei deinen Ausgrabungen«, hat sie ihn eines Abends gefragt, »wenn du im Schutthaufen etwas entdeckt hast und nicht wusstest, was? Ich meine, wenn man erst alles langwierig analysieren und überprüfen muss, entsteht da überhaupt noch ein Glücksgefühl? So ein Entdeckerglück?«

Er beugte sich über die Grillpfanne und pustete in die Kohlen. Asche wirbelte auf. Kleine Flocken setzten sich auf seine Stirn.

»Es sind meistens bestimmte Sachen, nach denen du an bestimmten Orten gräbst«, sagte er, und die Glut zog durch die unteren Kohlenschichten, der Himmel griff nach der schmalen Rauchspur und verdunkelte sich darin.

Sie hatte angenommen, dass es ihm zu schaffen machte, früher einmal in die Ablagerungsschichten verschiedener Erdzeitalter vorgedrungen zu sein, während ihm nun in seinem Gutachter-Job nur die Oberfläche geblieben war, die Zusammensetzung des Bodens in Gutachten für Häuser, die kaum länger als ein paar Jahrzehnte hielten.

»Wie spät ist es?«, fragt er.

Sie weiß es nicht, sie würde sich gern die Ewigkeit zum Vorbild nehmen, dieses Ausharren in bewegungsloser Akzeptanz der Dinge. Der Kirschbaum, sein übers Papier streifender Arm, die Musik, die ihre Töne im Kreis dreht.

»Hast du mich die ganze Zeit beobachtet?«

»Ich habe alles Mögliche gemacht«, sagt sie. »Ich war am Strand.«

»Das habe ich gar nicht gemerkt.«

Sein Lächeln hängt unsicher in den Mundwinkeln. Er stützt das Kinn in eine Hand und schaut sie von unten herauf an, wie immer, wenn er seine Arbeit unterbricht. Sie sitzt da und denkt, dass sie ihn vielleicht zum letzten Mal auf dieser oder irgendeiner anderen Terrasse lächeln sieht.

Heute Morgen, als sie die Tür öffnete, fiel ein funkelnder Sonnenregen aus den Blättern des Kirschbaums. Sie stand eine Weile gebannt da, überwältigt vom sprühenden Licht, von den Tausenden Lichttropfen, die den Rasen besprengten. Der Garten begrüßte sie, der Kirschbaum bejubelte das Glück, das sie beim Aufwachen empfunden hatte, als sie ihn neben sich schlafen sah, die Decke an den Füßen, in seinen blauen Shorts und dem Pyjamahemd, in dem er aussah wie ein Schüler.

Beim Frühstück erwähnte er ein Kloster, das er früher oft besucht hatte und das jetzt restauriert worden war.

»Ich würde es mir gern ansehen. Es ist nicht weit. Wir könnten unterwegs anhalten und baden gehen.«

Die Sonne lag hell auf dem Grundstück.

»Was meinst du? Hättest du Lust?«

Das war eine überflüssige Frage, und er wusste das und fing an, vom Alter des Bauwerks zu schwärmen, von einem Beinturm, der nördlich des Münsters im Originalzustand erhalten war, von gemauerten Gewölbekappen, einem Kelchschrank und einem Glockenspiel, das Gerüchten zufolge ein Pfarrer zu Kriegsende in seinem Keller versteckt und vor den Sowjets gerettet hatte. Sie hörte zu, und ihr Kopf wurde leicht, und sie spürte, wie diese Leichtigkeit sie völlig ungeschützt ergriff.

Sie fuhr, denn es war ihr Auto. Katt war früher Motorrad gefahren, eine Chopper, aber die fuhr er schon lange nicht mehr. Auch damit hatte er aufgehört. Ein Auto, fand er, brauche er in der Großstadt nicht. Aber sie brauchte eines. Sie war viel auf den Baustellen im Umland unterwegs, wovon die weißen Spuren auf den Fußmatten zeugten, Reste von Gips, Staub, Spritzer von ausgehärtetem Beton.

Sie öffnete alle Fenster. Der Wind wirbelte die Haare auf, und sie fand das passend, sie hätte gern einen noch wilderen Wind gehabt. Die Straße zeichnete den Küstenverlauf in großen Schwüngen nach, schattig bedeckt vom Laubdach der Bäume. Nur manchmal rissen die Schatten jäh auf, und das Meer war zu sehen.

»Du rast noch schlimmer als ich«, sagte er.

Sie schnaubte ihn von der Seite an, und er lachte. Er gab ihr einen Kuss auf den Handrücken und legte ihre Hand wieder auf den Knüppel der Gangschaltung zurück. Und vielleicht war das alles, dachte sie. Vielleicht war auch an diesem Tag nicht mehr drin. Und sie erwartete mehr und wollte sich das nicht verbieten.

An einer Baustelle mussten sie halten. Die Ampel sprang auf Rot. Er legte ihr die Hand an die Wange, strich leicht mit den Fingern ihren Hals hinab und ließ die Hand auf ihrem Schlüsselbein liegen.

»Wie schön du bist«, sagte er. Die Ampel schaltete auf Grün.

»Manchmal denke ich, ich habe nicht genug Zeit, um es zu begreifen.«

»Was zu begreifen?«

»Deine Schönheit«, sagte er. »Für manche Dinge braucht man lange.«

Sie passierten das letzte rotweiße Warnsignal, und dann waren sie außerhalb des Baustellenbereichs.

»Meine Mutter ist der Ansicht, jeder Mensch hat vierundzwanzig Stunden Zeit am Tag«, sagte sie. »Man muss sie sich nur nehmen.«

Sumpfige Wiesen wechselten sich mit Sandwällen ab, die aufgeschüttet waren, um das Meer zurückzuhalten. Das Meer musste dicht hinter den Sandwällen beginnen, und sie hatte Lust, anzuhalten und mit einem knatternden Segel in eine Halse zu gehen. Sie ging hoch in den fünften und trat das Pedal durch.

»Falls wir nicht von etwas gejagt werden, das ich nicht sehen kann«, sagte Katt, »solltest du besser die Höchstgeschwindigkeit beachten.«

»Ich denke, du willst mehr Zeit.« Sie ließ die Tachonadel noch einen Tick im Uhrzeigersinn wandern. Und sie hätte damit weitergemacht, wenn ihn das zu irgendetwas bewegt hätte. Aber er lächelte und sah geradeaus. Die Straße führte durch Gerstenfelder eine kleine Anhöhe hinauf. Vor ihnen lag eine Ansammlung von Häusern, korrekt gescheitelt in rote und braune Schindeldächer. Auf den Traktoren im Feld saßen Frauen mit Kopftüchern wie in einem alten sozialistischen Film.

»Dort.« Er tippte mit dem Zeigefinger an die Windschutzscheibe. »Siehst du? Die Turmspitze? Das könnte das Kloster sein.«

Die Turmspitze verschwand wieder aus ihrem Blick, als sie die schmale Straße hinab in den Ort hineinfuhren, und auf Höhe der ersten Häuser nahm sie die Geschwindigkeit zurück. In den Vorgärten wuchsen Dahlien und Pfundrosen. Sie fuhren an einer Landbäckerei vorbei, die geschlossen hatte. Vor ihnen stand eine Gruppe Menschen am Straßenrand.

Als sie näher kamen, löste sich aus der Gruppe ein Mann. Er trat auf die Fahrbahn. Er blieb stehen und breitete die Arme aus. Er stand mitten auf der Straße, und sie musste stark bremsen, die Räder blockierten. Knapp vor ihm kamen sie rutschend zum Stehen.

»Scheiße! *Verdammt noch mal!*«

Der Alte wankte. Er fuchtelte mit einem Gehstock herum, reckte das Gesicht zum Himmel und verlor das Gleichgewicht. Er fiel vornüber, rammte die Motorhaube, sackte zu Boden.

»Mensch!« Katt stieß die Beifahrertür auf. »Sind Sie blind?«

Er rannte nach vorn, verschwand vor dem Auto, während

sie noch immer das Lenkrad festhielt. Erst jetzt fingen ihre Beine an zu zittern. Die Sonne prallte aufs Autodach.

»Der braucht einen Arzt«, sagte Katt zu den Leuten am Straßenrand und bedeutete ihr auszusteigen. »Na los, wollen Sie Ihrem Freund nicht helfen?«

Die Leute rührten sich nicht.

»Kenne keinen, der mit ihm befreundet ist«, sagte schließlich einer.

Ihr fiel ein, dass es eine Decke im Kofferraum gab. Sie blieb noch einen Moment sitzen. Der Schock war in allen Gliedern. Dann stieg sie aus, um die Decke zu holen, und legte sie dem Mann unter den Kopf. Sein Gesicht war schweißnass.

»Jut, datse ein Auto haben«, sagte einer von den Leuten, ein untersetzter Mann im Karohemd. »Wenn Se ein Auto haben, könn' Se den ja ins Krankenhaus fahrn.«

»Es wäre einfacher, wenn Sie einen Arzt rufen«, sagte Katt.

»Jibtet hier nicht.«

»Warum ist er plötzlich auf die Straße gerannt?«, fragte sie den Mann.

Die Leute schwiegen.

»Sie kennen ihn doch, oder nicht?«

»Hat früher mal hier gewohnt«, sagte endlich eine Frau. »Kommt jetzt nur noch auf Besuch ab und an.«

»Also hat er hier Familie.«

»Nee«, sagte die Frau. »Familie hat der nicht.«

»Wissen Sie wenigstens, wen man anrufen könnte?«, fragte Katt.

Einige schüttelten die Köpfe.

»Der gehört hier nicht zu. Wenn der zu Besuch da ist, wohnt der in dem verfallenen Haus gegenüber von Netto.«

»Wie sind die denn drauf?«, sagte sie leise zu Katt.

»Menschenjäger.«

»Was?«

»Menschenjäger. Geilen sich auf, wenn andere zu Boden gehen.« Katt fühlte den Puls des Alten. »Wahrscheinlich die Hitze«, sagte er, und dann sagte er laut: »Kann vielleicht jemand Wasser holen?«

Die Leute standen da und guckten, und niemand ging los, um Wasser zu holen.

»Also gut«, sagte Katt zu ihr. »Dann fahren wir eben um ihn rum.«

»Das ist nicht dein Ernst.«

»Sollen die sich doch kümmern!« Katt war wütend. »Was ist das denn für ein Scheißkaff? Behandeln ihre Mitbürger wie den letzten Dreck. Wie ich so was hasse.« Die Wut war ihr neu, die kannte sie an ihm nicht. Sie legte ihm eine Hand auf den Arm.

»Vielleicht haben sie wirklich keine Ahnung«, sagte sie. »Alles Rentner, die meisten wahrscheinlich dement. Die ganze Gegend ist doch am Aussterben. Wahrscheinlich gibt's hier auf hundert Kilometer keinen Arzt mehr.«

»Ich ruf den Rettungswagen.« Katt holte sein Handy aus dem Handschuhfach. »Ich lass mir doch von solchen nicht den Tag versauen.«

Als er die Nummer gewählt hatte und das Handy ans Ohr hielt, fing der Alte an zu stöhnen.

»Na also.« Katt nahm das Handy herunter.

»Bringen Sie mich nach Hause«, flüsterte der Mann.

»Da findet sich bestimmt jemand, der das gern übernimmt«, sagte Katt. »Einer von Ihren Freunden hier.«

»Haben mir eine Schreibmaschine jeschenkt«, sagte

der Alte und ließ sich wieder zurück auf den Asphalt sinken.

»Was haben die?«

»Hat man sich zuerst jefragt, warum«, flüsterte der Alte. »Warum sollnse eim einfach eine Schreibmaschine schenken.« Er hustete. »Wo es keine zu kaufen jegeben hat.«

»Schreibmaschine?«, sagte sie. »Sowas gibt's überhaupt nicht mehr.«

»Sie wussten eben, dass man dauernd was zu schreiben jehabt hat. Dauernd Anträge an die Regierung wegen Telefon. Das ist ja wichtig für so ein Dorf, was weitab vom Schuss jelegen ist. Auch andere Anträge. Viele Anträge.«

»Dann sind Sie ja wieder fit«, sagte Katt.

»Jefälligkeiten«, sagte der Mann. »Wissen ja nicht alle, wie sie was formulieren sollen. Und manchmal sind welche jekomm, die wegjewollt haben, die sich übern anti-imperialistischen Schutzwall davonmachen wollten. Und alles immer auf jeliehenen Büroschreibmaschinen jetippt. Bis sie eim eine schenken.«

»Alles klar«, sagte Katt. »Sie beruhigen sich jetzt, und wir schaffen Sie von der Straße runter, und dann kümmern sich Ihre Freunde um Sie. Okay?«

»Nein«, flüsterte der Mann und streckte abwehrend eine Hand aus. »Hat man doch jelernt, junger Mann. Wen die Jemeinschaft ausjestoßen hat, hat nie mehr vertrauen jekonnt. Der muss sich hüten. Sonst holen sie ein' wieder ab.«

»Niemand holt Sie ab«, sagte Katt. »Die bringen Sie einfach nur nach Hause.«

»Hat man ihnen nich mehr jeglaubt«, flüsterte der Mann. »Nachdem man rausjefunden hat, dass eine Schreibmaschine, die sie eim jeschenkt haben, eine registrierte Schreibmaschine jewesen ist. Wo es keine zu kaufen jegeben hat.« Er hustete. »An der Schrift haben sie's sehen jekonnt. Haben sie alles sehen jekonnt, alle Anträge, die man jeschrieben hat, haben sie aus allen anderen rausjefischt. Weil es die Type ja nur einmal jegeben hat.«

Katt hatte den Mann unter die Arme gefasst und richtete ihn auf.

»Machen Sie mal mit«, sagte er unwirsch.

Sie hob die Decke und den Gehstock auf und versuchte, den Alten von der anderen Seite zu stützen. Er hing schwer an Katts Schulter. Die Leute am Straßenrand schauten zu. Das machte Katt noch verrückter. Er grub seine Hände in den Stoff der Jacke, die viel zu warm war für dieses Wetter, und schleifte den Alten am Revers unsanft über den Asphalt. Auf dem Gehweg setzte er ihn ab.

»Machen sich nüscht drauß«, sagte jemand. »Der war damals schon renitent. Deswegen war der ja hier.«

Katt sah den Alten an, und dann gab er ihm einen Klaps auf die Schulter. »Sie werden mir noch richtig sympathisch.«

»Weil man renitente Staatsbürger damals aufs Land verbracht hat.«

Sie legte den Gehstock neben den Alten und sah, wie seine Hände zitterten.

»Wir könnten ihn wenigstens zu seinem Haus bringen«, sagte sie.

»Ich mach hier gar nichts mehr.« Katt ging zum Auto und öffnete die Tür zum Beifahrersitz. »Ich bleibe keine Minute länger in diesem Scheißkaff. Jetzt komm schon! Die sind jetzt dran.«

Sie warf noch einen Blick auf den Mann, dann stieg sie ein. Eine Hitzewelle schlug ihr entgegen, die nach warmem

Plastik roch. Sie zog ihr T-Shirt aus, bevor sie sich anschnallte. Die Gurte drückten den Verschluss des Bikinis in ihren Rücken.

Katt sah sie an. Und dann sah er noch einmal zu den Leuten und wieder zu ihr, und sein Fenster war offen, und im Luftzug blähte sich der Stoff seines kurzärmeligen leichten Sommerhemdes. Er beugte sich zu ihr hinüber.

»Sehr apart siehst du aus«, sagte er leise. Es klang ironisch, aber sein Blick war es nicht. Sein Blick war verschattet, und bevor sie etwas entgegnen konnte, streifte seine Hand ihren nackten Bauch. Er bog ihr den Kopf zurück. Er küsste sie, und das Drängen seiner Zunge nahm ihr die Luft. Er griff nach ihren Brüsten, schob eine Hand unter den Bikinistoff.

»Bist du verrückt«, flüsterte sie. Seine Hand war auf ihrer nackten Brust, er presste die Handfläche auf ihre Brustwarze, die hart wurde. »Nicht hier!« Er verankerte die Brust in einem festen Griff, und sie wollte ihm nachgeben, wollte diesen Griff, seine Hand, sie wollte ihn darin bestärken, ihm bedeuten weiterzumachen, nicht wieder aufzuhören, obwohl die Leute dort standen und ihr der Gedanke in den Kopf kam, dass es ihm um etwas ganz anderes ging, dass er nur der Leute wegen so stürmisch war, als wollte er ihnen etwas beweisen, diesen Leuten oder sich, als wollte er sie vorführen, zeigen, dass er es verstand, mit einer Frau umzugehen. Der Gedanke tat ihr weh, und sie spürte die Augen der Frau aus der Gruppe auf sich. Als sie hinüberschaute, sah die Frau weg.

»Lass uns fahren«, flüsterte sie und entzog sich seinem Griff. »Lass uns den Kuss wiederholen, wenn wir am Kloster sind.«

Es war ein Zisterzienserkloster, ein hochgotischer Backsteinbau, an den sich ein englischer Garten anschloss. Der harte Steinkalk, aus dem die Mauern errichtet waren, hatte die Jahrhunderte gut überstanden, als Bauingenieurin interessierte sie das. Auch die aufwendigen Detailarbeiten in den Reliefs am Kornhaus imponierten ihr, die man während der Sanierung wieder hergerichtet hatte. Sie machten einen Rundgang an der mit Nonnen- und Mönchziegeln gedeckten Ringmauer entlang, und dann ging Katt noch einmal ins Münster hinein.

Sie setzte sich auf die Treppe vor dem Portal. Eine Linde hatte ihre klebrigen Samen über dem Vorplatz verteilt. Es war still. Von irgendwo drang das Klackern von Skateboards herauf. Weiter unten an der Straße gab es Betonhügel und abschüssige Rampen, von Brennnesseln, Klatschmohn und Raute gesäumt, wo ein paar Jugendliche ihre Kunststücke übten.

Es war schön, im kühlen Schatten der Kirchenmauern zu sitzen und zuzusehen, wie die Hitze über dem Platz Wellen warf. Ein Campinggefühl überkam sie. Es war das Gefühl, unterwegs zu sein, freier als am Strand oder im Ferienbungalow, aufgebrochen irgendwohin mit nichts als einem Schlafsack und einem Zelt im Gepäck, Katt hatte das früher oft gemacht, jedenfalls behauptete er das. Aber auf Zeltplätzen gab es kein Internet.

Als er zu ihr hinaustrat, sagte sie: »Küss mich noch mal so wie vorhin.«

Sonnenflecken fielen auf sein Gesicht, auf seine schmale Gestalt und das fast weiße Blond seiner Haare. Er war so unglaublich schön. Seine hellblauen Jeans, die eng an seiner jungenhaften Taille lagen, die roten Hosenträger. Das weiße

Hemd hatte er über der Brust geöffnet, und alles an ihm, die geraden Linien, die Blässe der Haut, sein schlanker Körper sahen wie vom Meer geschliffen aus.

Ein Kleinbus kam die Anhöhe hinauf. Er hielt, und ein paar Leute mit Fotoapparaten und Reiseführern flatterten dem Münster entgegen.

»Im Mittelalter«, sagte Katt, der eine Treppenstufe über ihr stehen geblieben war, »haben sie noch was verstanden von Architektur.« Er legte eine Hand an die Backsteinwand. »Da wussten sie noch, wie man die Leute verzaubert. Wie man sie reinholt, wie man ihnen magische Welten schafft, eine alternative, entrückte Existenz.« Er fuhr mit der Hand über den Stein. »Damals galt das noch was.«

»Lass uns in den Park gehen«, sagte sie. »Lass uns von hier verschwinden.«

Katt nahm die Hand vom Gemäuer, legte sie gewölbt über Mund und Nase und sog den Duft der Steine ein.

»Sie haben ihn schikaniert«, sagte er dann unvermittelt.

»Wen?«

»Den Alten. Der hatte Angst.«

»Wir hätten ihn wirklich nach Hause bringen sollen«, sagte sie zu Katt.

Er fuhr sich mit der Hand über die Brust. »Vielleicht ist er uns aus Panik vors Auto gerannt.« Er rieb seine Hand über das Sommerhemd, heftig, als juckte die Haut, bis er ihren Blick bemerkte und damit aufhörte. »Aussortiert haben sie den. Ausgesondert. Abgestempelt. Fertiggemacht.«

»Du denkst, dass es stimmt? Ich meine, haben sie die Leute damals wirklich zwangsversetzt?«

»Wer unbequem war, kam in die Uckermark oder nach Mecklenburg«, sagte Katt. »Das hab ich gelesen. Die wurden in die hässlichsten Dörfer verbannt. Sie haben sie abgeholt und umgesiedelt. Und jeder in diesen Dörfern wusste das. Das waren die Aussätzigen. Mit denen hat man sich besser nicht eingelassen. Und am beliebtesten waren Dörfer, die einen Militärflugplatz in der Nähe hatten. Psychoterror durch rund um die Uhr startende und landende Bomber.«

»Weil er Anträge geschrieben hat?«

»Er hat ihnen nicht in den Kram gepasst. Oder war einfach anders.«

Der Kleinbus drehte eine Runde und fuhr wieder ab.

»Weißt du was«, sagte sie und stand auf. Sie ging die Stufe hoch und legte ihm die Arme um den Hals. »Nach diesen historischen Exkursen hätte ich gern ein Eis.«

»Es wird spät«, sagte er. »Es wartet noch einiges an Arbeit auf mich.« Er griff nach ihren Handgelenken.

»Was ist das für ein Ausflug ohne ein anständiges Eis?«

»Ich kann dich in der Milchbar in Warnemünde absetzen«, sagte er und schob sie sacht von sich. »Von da ist es nicht weit bis zum Bungalow, du könntest noch einen Strandspaziergang machen.«

Er ging die Treppe hinunter, aber sie ging nicht mit. Sie blieb, wo sie war, auf der obersten Stufe des Portals. Sie stand so reglos da wie die Klostersäulen unter dem erhitzten Sommerhimmel.

»Du kannst mich mal«, sagte sie ruhig.

Er hielt kurz inne. Dann ging er weiter in Richtung Auto.

»Keine Arbeit ist so wichtig, dass du mit mir kein Eis essen kannst«, sagte sie. »Zumal wir eigentlich im Urlaub sind.«

Er ging weiter, erst am Auto blieb er stehen. Dort drehte er sich zu ihr um, aber nur, weil er keinen Schlüssel hatte.

Sie hielt den Autoschlüssel am gestreckten Arm nach vorn und zielte. »Bitte sehr!«

Ohne Antwort stieg er ein.

»Fahr du doch, wenn du unbedingt zurück willst«, sagte sie, als sie die Fahrertür öffnete. Sie setzte sich neben ihn und ließ wütend den Motor an.

»Danke«, sagte er leise.

»Das ist total lächerlich.«

»Danke für dein Verständnis«, sagte er und sah nach vorn. »Es tut mir leid, dass ich so ein Spaßverderber bin.«

»Jetzt bloß kein Selbstmitleid«, sagte sie. »Das kannst du dir sparen.«

Als sie ihn ansah, bereute sie das sofort. Er sah blass aus. Er fummelte an seinem Gurt, der Gurt hatte sich verdreht und schnürte seine Schulter ein.

»Vielleicht solltest du mir von deiner Arbeit erzählen«, sagte sie. »Damit ich die Dringlichkeit nachvollziehen kann.«

»Das geht nicht.«

»Das geht nicht?«

»Nein.«

»Ist das geheim, was du machst?«

Er wischte sich über die Stirn.

»Eine Art Undercover-Tätigkeit?«, sagte sie. »Bist du sowas wie ein Agent?«

Sie bemühte sich, sie wollte noch nichts verlorengeben, sie dachte an die Tage am Strand, an den vielen freien Platz hinter dem Windschutz, den sie nicht brauchte. Der Windschutz war viel zu groß. Er war für zwei und mehr Personen gedacht, und sie hätte den Platz am überfüllten Strand gut mit anderen teilen können. Aber sie wollte den Windschutz nicht nur zur Hälfte ausrollen, sie wollte, dass er wie alle anderen in der ganzen Länge der Stoffbahn aufgestellt war.

»Lass mich raten«, sagte sie. »Mal angenommen, dass du im richtigen Leben gar kein Bodengutachter bist. Du hast eine geheime aufregende Existenz. Und das andere ist nur eine originelle Tarnung.«

Katt schwieg. Er sah geradeaus auf die Straße, die sie jetzt in der vorgeschriebenen Geschwindigkeit befuhr, und sie spürte, wie sie alle Hemmungen verlor, wie sie Lust bekam, diesen Mann zu provozieren.

»Du bist so was wie ein Maulwurf, und die ganzen Geschichten von Ausgrabungen und archäologischen Entdeckungen sind nur dein originelles *cover-up*. So heißt das doch in eurer Agentensprache. Du guckst dir die Sache aus der Wurzelperspektive an. Du gräbst dich heimlich von unten in die Dinge rein. Du liest die Spuren, deutest die Zeichen, machst dir Notizen und beutest jeden einzelnen Hinweis dahingehend aus, dass –«

»Hör auf!«

»Es sind bestimmte Sachen, nach denen du an bestimmten Orten gräbst. Deine Worte. Ist doch prima, wie das passt!«

Auf einmal war sie erschöpft. Sie war so erschöpft, dass sie befürchtete, aus dem Sitz zu rutschen, schlaff wie der alte Mann, obwohl der Gurt sie hielt und die Geschwindigkeit ihren Kopf leicht gegen die Kopfstütze drückte. Sogar ihr Fuß löste sich vom Pedal, was zur Folge hatte, dass der Motor anfing zu stottern. Sie schaltete runter.

»Anhalten müssen wir deswegen nicht«, sagte er gepresst.

Da ging ihr ein verrückter Gedanke durch den Kopf. Ihr kam die Idee, dass er tatsächlich unter der Erde war. Er war unter der Erde, während er neben ihr im Auto saß. Denn jedes Mal, wenn er zu ihr zum Strand kam, wenn er am Grill stand, wenn er mit ihr frühstückte oder mit ihr einen Ausflug machte, war das für ihn wie ein Abtauchen. Es war, als würde er in den Momenten, die er nicht bei seinen Papieren verbrachte, die Luft anhalten, und je länger diese Tauchgänge unter die Erde dauerten, umso größer wurde die Angst, ihm könnte der Sauerstoff ausgehen.

Der *Feuervogel* beginnt von vorn.

Sie nimmt einen Schluck Bier. Sein Glas steht noch unberührt neben ihm.

»Geheimnisse machen sexy«, sagt sie leise.

»Wie bitte?« Er hebt den Kopf.

Sie trinkt ihr Bier aus und steht auf. Sie geht an Katt vorbei an den Rand der Terrasse und sieht in den dunklen Garten, zum Tor, wo das Auto steht. Sie hat es am Nachmittag vor dem Grundstück abgestellt, weil der Besitzer sich Sorgen macht um seinen Rasen und keine Autos auf dem Grundstück erlaubt.

Als sie vom Kloster zurückkehrten, ging Katt sofort an die Arbeit. Er holte den Laptop aus dem Bungalow, setzte sich an den Steintisch, und alles ging von vorn los. Nur sie machte nicht mit. Sie mixte zwei Apfelschorlen, und als sie ihre Schorle getrunken hatte und ein Großteil des Nachmittags noch immer vor ihr lag, fasste sie einen Entschluss.

Sie ging in den Bungalow. Sie ging hinein, wie um sich ein neues T-Shirt anzuziehen oder eine Bluse herauszusuchen, die sie am Abend tragen wollte, aber sie wusste, dass sie das nicht tun würde. Es gab keinen Grund, am Abend etwas Besonderes anzuziehen, nicht an diesem Abend und auch an keinem der nächsten.

Die Bananenkiste stand wie immer neben seinem Bett. Sie hätte es sich noch einmal überlegen können. Sie hätte umdrehen und einen Spaziergang machen können, die Mole entlang oder zur Milchbar. Sie hätte mit dem Eisverkäufer ein paar Worte wechseln und am Strand entlang zurückschlendern können. Die meisten Familien hätten dann schon angefangen, ihre Sachen zusammenzupacken.

Sie setzte sich aufs Bett. Sie betrachtete eine Weile die Gardine, die der Wind über dem mit Gaze bezogenen Fenster blähte. Von draußen war nichts zu hören. Katt war in seine Arbeit vertieft. Dann beugte sie sich hinunter und nahm einen Packen Papier aus der Kiste. Sie streifte den Gummi ab. Sie breitete die Seiten auf ihrem Schoß aus und fing an zu lesen.

Sie las langsam.

Sie las die erste Seite zweimal und machte dann mit den anderen Seiten weiter. Was sie las, handelte nicht von historischen Fundstücken. Es ging nicht um Ausgrabungsstätten, nicht um wissenschaftlich fundierte Analysen weit zurückliegender Jahrhunderte. Der Text dieser Seiten ging sie direkt an. Und dann bemerkte sie, dass der Name, der in der rechten oberen Ecke jeder Seite stand, nicht Katts Name war. Sie kannte diesen Namen nicht. *Katjuscha.* Vielleicht hatte Katt ihn erfunden, ein weibliches Pseudonym, wie im Netz, wo sich auch jeder hinter einem erfundenen Namen verbarg. Die Zeile unter dem Namen war in einer Sprache, die sie nicht verstand: *Vad vet du om mig och vad vet jag?*

Im Ganzen ergaben die Szenen eine Geschichte oder

mehrere, untereinander verbundene Geschichten, denn als sie den nächsten Stapel aus der Kiste nahm, ging es dort mit denselben Figuren weiter.

Sie las. Und während sie las, hoffte sie, einen Text über sich zu lesen, über sich und Katt, weil es in den Geschichten um Liebende ging.

Aber sie erkannte nichts wieder. Trotzdem suchte sie danach, hoffte mit jedem neuen Satz, auf etwas Vertrautes zu stoßen, Hinweise zu entdecken, Details, die ihr ein gemeinsames Erlebnis, eine Erfahrung ins Gedächtnis riefen. Sie wollte glauben, dass es in diesen Texten eine Erklärung gab, ein entscheidendes Bruchstück, das sie bisher übersehen hatte, das ihr die sechzig Tage aufschlüsselte und diesen Mann.

Aber die Figuren hatten nichts mit Katt oder ihr zu tun. Sie erinnerten sie an niemanden. Die Namen sagten ihr nichts. Auch die Orte stimmten nicht mit den Orten überein, an denen sie und Katt gewesen waren. Die Geschichten waren reine Phantasie. Oder sie hatten mit Ereignissen zu tun, die Katt vor ihrer gemeinsamen Zeit erlebt hatte.

Katjuscha.

Dann wieder dachte sie, dass ihr etwas daran doch bekannt vorkam, als würden die Figuren anderen Geschichten entstammen, Geschichten, die schon existierten, die allgemein im Umlauf waren und die Katt nur übernommen und weiterentwickelt hatte. Vielleicht kursierten sie im Internet, und er reicherte sie mit seinen Ideen an, vielleicht musste er deshalb immer so dringend online sein.

Es ging um Sex.

Sex in Hotels, auf Felsen, in Bars, nüchtern, drastisch, verliebt. Es gab eine Körperlichkeit und eine Lust, die sie mit Katt nie erlebt hatte, die sie an ihm nicht einmal vermutet hätte, und das löste ein so heftiges Verlangen aus, dass sie beinahe vergaß, von wem die Texte stammten.

Sie hatte auch vergessen, dass sie las.

Die Berührungen begannen, sich in ihr abzubilden. Es war, als breche die Lust der Figuren in ihr aus, schmerzhaft und erregend, und dann registrierte sie die Reglosigkeit, mit der sie auf der Bettkante saß.

Sie sieht in den Garten. Der Mond wird von Wolken verdeckt. Aus der Glut in der Grillschale steigt dünner Rauch. Es ist kühl geworden, aber ihr ist nicht kalt.

Katt ist hinter ihr am Steintisch sitzen geblieben. Sie kann ihn körperlich spüren. Sie spürt die Sätze, die er schreibt, Sätze, die überströmt sind von Sex.

Sie sieht in den dunklen Garten, und eine Frage geht ihr durch den Kopf. Sie fragt sich, ob er mit Hilfe der Geschichten zu ihr vordringen will, ob er auf Umwegen zu ihr gelangen möchte. Vielleicht will er sie von einem anderen Punkt aus berühren, was nicht unmöglich wäre. Sie hat es bereits erlebt. Ihr Körper hat sich seinen Worten geöffnet.

Sie dreht sich zu ihm um. Die fast weißen Haare, das blasse Gesicht, die roten Hosenträger.

Bevor sie hinunter auf den Rasen geht.

Die Gräser sind schon feucht vom Tau. Die Äste des Kirschbaums sind eins mit der Nacht. Nur auf dem Grill liegen noch winzige Leuchtpunkte, die sich am Himmel zu spiegeln scheinen.

»Ich will dir deine Arbeit nicht länger streitig machen«, sagt sie vom Rasen aus zu ihm hinüber.

»Ich verstehe es jetzt«, sagt sie. »Ich verstehe, warum du

mit mir nicht darüber reden kannst. Und weißt du, was mich daran stört?«

»Du wirst es mir sicher gleich sagen.«

»Es macht mich so furchtbar normal.«

Er sieht auf. Seine Augen, sein Mund sind vom Schein des Windlichtes schwach beleuchtet.

»Was verstehst du jetzt?«, fragt er und versucht, sie unten im Garten zu erkennen, aber es ist dunkel dort, wo sie steht.

»Alles«, sagt sie. »Du bist gar nicht hier.«

Als er aufsteht, fällt sein Umriss übergroß auf die Hauswand. Er geht zur Musikanlage, die sie ans offene Fenster gestellt haben, und stellt sie ab. Strawinsky setzt aus. Es ist still. Dann kommt er zu ihr in den Garten.

»Habe ich dir schon gesagt, dass du einen schönen Nacken hast«, sagt er. »Obwohl Nacken ein hässliches und völlig unpassendes Wort ist für eine so komplexe Stelle am Hals.«

Er steht dicht neben ihr. Er überragt sie um einen halben Kopf.

»Ich möchte dich umarmen«, sagt er.

»Ich weiß.« Sie bleibt so stehen neben ihm. Sie bewegt sich nicht.

Wind fährt in die Kirschbaumblätter. Die Punkte auf dem Grill wechseln ihre Helligkeit. Es sind nur noch wenige, und das Aufglühen steht in keinem Verhältnis mehr zu ihrem Verlöschen.